태평양 횡단 특급

듀나 소설집
태평양 횡단 특급

초판 1쇄 2002년 10월 7일
초판 8쇄 2023년 9월 15일
재판 1쇄 2025년 9월 1일

지은이 듀나
펴낸이 이광호
주간 이근혜
편집 김필균 허단 윤소진 유하은 최은지 김다연
마케팅 이가은 허황 최지애 남미리 맹정현
제작 강병석
펴낸곳 ㈜文學과知性社
등록번호 제1993-000098호
주소 04034 서울 마포구 잔다리로7길 18(서교동 377-20)
전화 02)338-7224
팩스 02)323-4180(편집) 02)338-7221(영업)
대표메일 moonji@moonji.com
저작권 문의 copyright@moonji.com
홈페이지 www.moonji.com

ⓒ 듀나, 2025. Printed in Seoul, Korea

ISBN 978-89-320-4412-5 03810

차례

"Quiet! You'll miss the humorous conclusion."

— Buffy the Vampire Slayer Episode #78 "Restless"

1

내가 태어난 곳은 베이징을 막 지나치는 유라시아 횡단 특급의 B-27번 침대차 2호 객실이었다. 내가 첫 생일을 맞은 곳은 치첸이트사Chichén Itza에서 150킬로미터 떨어진 곳을 질주하는 산타 빅토리아호의 식당 칸이었다. 내가 속 좁은 마야인 가정교사에게 시달리며 물리학을 배우던 곳은 물이 뚝뚝 떨어지는 도버 터널 안에서 미적거리던 플렌테지네트의 별호 2번 객차였고, 지금은 얼굴도 기억이 나지 않는 베네치아 공화국의 시민군 장교와 첫 키스를 한 곳은 시베리아의 타이가 위로 솟은 고가 철교를 달리는 예카테리나호 지붕 전망실이었다. 나는 지중해 횡단 특급의 기관실에서 아버지의 장례를 치렀고 칼레발 가봉행 방탄 열차 안에서 결혼식을 올렸으며 인도네시아 국경을 통과하는 만덜레이호의 중역실에서 회사 기밀을 만주국 정보부에 팔아

넘기려던 남편을 처형했다. 내 인생의 모든 중요한 일들은 달리는 열차 안에서 이루어졌으며, 가끔이지만 어쩔 수 없는 사정으로 철로를 벗어나 단단하고 고정된 땅에 서 있어야 할 때는 말할 수 없는 두려움과 현기증을 느꼈다. 나는 철로에 속해 있었고 철로 또한 나에게 속해 있었다.

나는 해가 지지 않는 제국의 통치자다. 오대양 육대주 모든 곳에 영토를 가지고 있지만 너비는 겨우 6.8미터밖에 되지 않는 제국. 380년 전에 러시아 어딘가에 설립된 이후로 이 제국은 설립자로부터 그의 아들에게로, 그의 딸에게로, 그녀의 사위에게로, 그의 애인에게로, 그녀의 제자에게로 끊임없이 이어진 긴 사슬을 따라 나에게 흘러들어왔다.

이 제국의 정식 명칭은 국제철도회사다. 얼마나 안전하고 지루하게 들리는 이름인가. 얼마나 얌전하고 기만적인가. 만약 교외의 집과 회사를 오가는 평범한 회사원이라면, 그래서 그 짧은 거리를 오가는 데 우리 회사의 철도를 이용하는 평범한 시민이라면, 국제철도회사는 단순히 운송 수단을 제공해주는 수많은 회사 중 하나에 불과하리라.

그러나 그런 그도 열차에서 내리기 위해 3등 객실에서 빼곡하게 머리를 내밀고 있는 일본인 정치범들과 에스파냐인 망명객들을 지나칠 때면, 자신이 완벽한 치외법권 지대를 지나가고 있다는 사실을 느낄 것이다. 국제철도회사의 레일과 그 열차들은 우리의 영토다. 우리가 관리하며 우리가 통치한다. 그 평범한 회사원이 열차에 타려고 티켓을 끊을 때, 그는 한 제국으로 들어가는 비자를 받는 것이다.

이 당연한 사실을 무시하려는 바보 같은 시도가 있었다. 42년 전 고려인들이 바로 그 어리석은 짓을 했다. 그들이 철도 국유화를 선언하고 우리 직원들을 역에서 쫓아냈을 때, 회사는 아무런 항의도 하지 않았다. 대신 회사는 고려를 지나가는 모든 철로들을 차단하고 말없이 기다렸다. 고려인들은 아마 바다를 믿었을 것이다. 아마 가스로 소 내장을 채운 엉성한 풍선인 비행선인가 하는 것도 믿었을 것이다. 그러나 그들은 우리가 단순한 철도 회사가 아니라는 사실을 잊고 있었다. 다른 운송 수단들에 우리가 끼칠 수 있는 영향력에 대해서는 상상도 못했음이 분명하다. 넉 달 뒤 수백 명의 아사자가 생기자 그들은 우리에게 항복했고 그로부터 일주일도 지나기 전에 정부가 뒤집혔다. 고려인들은 옛 지도자들의 목을 국제철도회사 개성 지부 건물의 깃대에 매달았다.

고려인들의 만용은 아버지가 즐겨 이야기하는 일화 중 하나였다. 아버지는 우리 남매들을 부채꼴 모양으로 앉혀놓고 이 잔인한 이야기를 '생쥐와 호박 요정'이라도 되는 것처럼 유쾌하게 들려주었다. 나는 그 이야기를 들으면서, 종종 어떻게 고려인들은 우리 회사를 이길 수 있을 것이라고 생각할 만큼 어리석었을까 궁금해하곤 했다.

나는 지금 그 모든 일들을 회사의 힘을 과시하기 위해 아버지가 뒤에서 조작했다고 믿는다.

2

남편과 나는 아프리카 해변 철도에서 만났다. 코트디부아르 어딘가였던 것으로 기억한다.

그와 만나기 한 달 전, 아버지가 뇌종양으로 죽었다. 내 위로 두 명의 오빠가 있었지만 아버지는 회사를 나에게 물려주었다. 그때 나는 겨우 열아홉 살이었다. 장례식 이후 나는 내 어깨에 얹혀진 짐들로 매일같이 헉헉거렸고 늘 악몽을 꾸었다. 내 객차를 아프리카 관광 열차에 연결한 것도 최소한 창밖 풍경만이라도 낫게 꾸미고 싶었기 때문이다.

우리는 2등 식당 칸에서 만났다. 나는 그에게 내가 국제 철도회사의 새 지배자라는 사실을 밝히지 않았고 그 역시 자기가 만주국에서 간신히 탈출해 온 정치범이라는 사실을 밝히지 않았다. 우리는 열차에서 만난 젊은이들이 흔히 그러는 것처럼 허물없이 여러 이야기를 나누었다.

그가 내 관심을 끈 것은 대화가 한참 진행되고 난 뒤의 일이었다. 우연히 이야기는 열차 여행으로 흘러갔고 나는 깊은 생각 없이 국제철도회사가 세계사에 끼친 공적에 대해 이야기했다. 국제적인 운송 시설이 모든 정치권으로부터 독립적인 영리 회사에 의해 독점됨으로써 국가 사이를 가로막고 있는 장벽이 깨지고 세계는 보다 평등해진다는 것. 이 생각의 일부는 아버지가 고용한 가정교사들이 심심하면 내 머릿속에 주입했던 것이었지만 상당 부분은 내 자신의 생각이기도 했다.

내 미래의 남편이 될 남자는 나의 의견에 반대했다. 그는 어떤 영리 회사도 주변 상황으로부터 절대적으로 독립적이 될 수는 없다고 맞섰고 나는 회사가 충분히 그럴 수 있을 만큼 강대하다고 받아쳤다. 우리는 한참 동안 피 터지게 싸웠다.

논쟁은 저녁까지 이어졌지만 아무도 이기지 못했다. 대신 그는 나를 14번 객차의 3등석 승객들이 연 신년 파티에 초대했다. 나는 그곳에서 매우 진부한 감정, 그러니까 온실의 화초처럼 자란 부잣집 딸이 거친 하층 부류 사람들의 조잡한 삶을 접하게 되면 대부분 거치게 마련인 그런 열광에 사로잡혔다.

그는 나보다 나이가 열 살쯤 위였고, 다 합쳐도 평생 동안 겨우 한 달 정도밖에 열차에서 내린 적이 없는 나 같은 어린애가 보기엔 정말 모든 일들을 다 겪은 남자였다. 만약 지금 그를 다시 만난다면 그의 겉멋 부린 어설픔에 웃음만 나올지도 모른다. 그러나 그때 그는 나를 구슬려 열차 밖으로 끌어낼 수 있을 정도로 매력적이었다. 갑작스럽게 굳어진 대지 때문에 현기증과 구토에 시달리느라 그 데이트는 결코 로맨틱하다고 할 수는 없었지만.

3개월 뒤, 나는 그와 결혼식을 올렸다. 사랑보다는 실리 때문이었다. 나는 죽은 아버지의 자리를 차지하고 들어앉은 회사 이사들과 맞서기 위해 동료가 필요했다. 그 남자가 아니더라도 이사들에게 적당히 험한 소리를 읊어줄 급진 성향의 남자를 아무나 잡아 남편으로 삼아야 할 판이었다.

나는 남편에게 적당한 자리를 하나 주고 내 부하로 두었다. 그 이후로 데이트 때 상황의 역전이 일어났다. 내가 '보도 잠자리'로 태어나지 않은 것처럼 그 역시 '철도인'으로 태어나지는 않았던 것이다. 그는 끊임없이 흔들리는 우리의 신혼 생활에 대해 그 흔들림만큼 끝없는 불평을 늘어놓았다. 그에게 있어서 열차는 여행하기 위해 있는 것이고 여행은 목적지에 도달하기 위한 과정일 뿐이지 그 자체가 삶의 목적일 수는 없었다. 그는 나와 회사가 목적과 과정을 착각하고 있다고 비꼬았다. 남편 주장에 따르면 국제철도회사가 이런 정신 나간 사업을 3세기 동안이나 끌고 온 것도 결국 우리 모두가 진짜 미치광이이기 때문이라는 것이다.

나는 남편을 무시했다. 끝없이 불평을 해대고 멀미를 해댔지만 그는 나에게 여전히 쓸모 있었다. 그는 이사들을 불안하게 했고 나는 별 어려움 없이 그들 사이에서 어부지리를 취할 수 있었다. 남편은 불평쟁이일 때 가장 쓸모가 있었기에, 나는 그가 열차에서 내리려고 할 때마다 막았다.

지치고 지친 그가 엉뚱하게도 자신을 박제로 만들려고 했던 고국 만주국에 팔을 벌린 것도, 이사들이 믿는 것처럼 원래부터 스파이여서가 아니라 단지 흔들리지 않는 견고한 땅이 그리웠기 때문이었을 거라고 나는 생각한다. 슬프게도 그는 동아시아 구석에 붙은 별 볼일 없는 빈국이 국제철도회사를 막을 수 있는 방패가 될 수 있다고 생각할 만큼 어리석었다.

호주머니가 두둑한 게 눈에 보일 정도로 내 개인 금고를 잔뜩 후벼 파고 침실에서 나오는 남편을 중역실로 불러들인 뒤 목뼈를 부러뜨려 죽인 사람은 만덜레이호의 2급 기관사였다. 철로 위에서 일어나는 모든 일들은 나의 권한 아래 놓여 있었지만 일단 시체가 철로 밖에 버려지면 문제가 발생했기 때문에 기관사는 우리가 탄 열차가 인도네시아를 벗어날 때까지 시체를 움켜잡고 열어놓은 문 앞에 서 있어야 했다.

열차가 공해에 도달하자 나는 그에게 눈짓을 했고, 그는 콘크리트 블록을 단 시체를 바다에 던졌다. 나는 그가 시체를 안고 있는 동안 담배를 물려주고 불을 붙여준 다음 이야기를 나누었다. 그는 입이 무겁고 사디즘과는 거리가 먼, 선량하고 믿음직한 체로키족이었다. 나는 그 뒤로도 개인적인 처형에 그를 종종 기용했다.

350여 년 전, 국제철도회사의 제1대 두목이 러시아에서 그의 첫발을 내디뎠을 때, 그가 싸워야 했던 것들은 군소 철도 회사들의 반항이 아니라 거만하게 자기의 좁은 땅덩어리 위에 버티고 서서 외지인들을 의심스럽게 내려다보는 군주들과 참주들, 공화국의 통령들이었다.

두목은 이들과 맞서기 위해 그의 중립주의를 극도로 과장해 선전했다. 프랑크인들이 콩고 반란군을 공개 처형하는 광경을 관람하며 그는 땅콩을 씹었다. 고려인들이 기독교인들의 사지를 찢어 개한테 먹이는 동안 그는 원유회를 열었다. 집무실 벽은 온갖 무자비한 상황 속에서 무덤덤한 표정을 짓고 있는 그의 사진들로 가득 차 있었다. 그는 그 사진들을 다른 사람들에게 보여주거나 하지는 않았다. 그것들은 일종의 자기 무장용이었다.

그 사진들은 지금 모두 창고에 있다. 치운 사람은 아버지였다. 국제철도회사는 오래전에 가짜 중립주의를 속으로 다짐할 필요가 전혀 없을 정도로 커져버렸다. 우리는 세계를 바꾸었다. 세상이 우리의 독점을 어떻게 생각하건 이미 그들은 우리 없이는 살 수 없다.

남편은 어떻게든 내가 틀렸다는 사실을 증명하려고 별 다양한 이론들을 다 내놓았지만, 그가 했던 일들이 모두 그런 것처럼 겉보기만 그럴듯한 탁상 이론에 불과했다. 나는 그가 떠드는 동안, 계산자로 새로 팔 터널에 들어갈 돈을 계산하거나 새 독점 규정에 항의하는 이사들에게 늘어놓을 번지르르한 변명을 구상했다. 남편한테서 무언가 배운 게 있다면 그건 속 빈 말들을 그럴듯하게 짜맞추는 방법이었다.

결국 나는 독점 규정을 밀어붙였다. 지금도 종종 말하지만, 그 바보 같은 이사들을 구석으로 몰아붙이고 내가 직접 나서지 않았더라면 태평양 횡단 철도 공사의 완공은 다음 세기에나 보았을 것이다.

이미 우리는 북극해를 통과하는 수십 개의 철도뿐만 아니라 인도네시아와 오스트레일리아, 리버풀과 뉴암스테르담을 잇는 대양 횡단 철도를 보유하고 있었다. 이사들의 주장처럼 더 이상의 거대 공사는 필요 없을지도 모른다. 그러나 태평양 횡단 철도 공사에는 세계 일주 철도 완성으로 우리의 능력을 과시하는 것 이상의 목표가 있었다. 우리는 오스트레일리아와 남아메리카를 연결함으로써 지금까지 가장 미약했던 남아메리카에 대한 영향력을 강화시킬 수 있었다. 태평양 횡단 철도는, 회사 밖의 사람들이 세계 정복이라고 부르고 우리는 세계 평준화라고 부르는, 회사의 목표를 향한 일보 전진이었다.

공사로 인해 1,232명이 죽었다. 243명은 사고로, 나머지 사람들은 해상운송연합의 폭탄 테러로 목숨을 잃었다. 그러나 그 숫자는 대서양 횡단 철도를 세우다 죽어간 17,210명에 비하면 하찮은 숫자였다. 다섯 차례의 폭탄 테러에도 불구하고 우리는 겨우 24년 만에 공사를 끝낼 수 있었다. 대서양 때에는 73년이 소요되었다.

태평양의 작은 섬들을 징검다리처럼 밟아가며 이어지는 철도의 끝에는 아스테카 신성 공화국이 버티고 서 있었다. 한쪽에서는 아이들의 심장에서 뽑은 피로 목마른 제신들을 살찌우는 동안 다른 한쪽에서는 세계에서 가장 섬세한 전자 기계들을 만들어냈다. 그리고 그 모든 것들 위에는 신과 인간을 연결해주는 입법 신학자들이 버티고 서 있었다.

어떻게든 공사가 끝나기 전에 신학자들을 구워삶아야 했다. 공사 허가는 이미 받아낸 상태였다. 하지만 신학자들이 피에 굶주린 경전에서 뽑아낸 헛소리들을 내세우며 자국 내 철도 독점 운영권을 고집한다면, 회사는 꼼짝도 할 수 없게 되는 셈이었다.

50명이 넘는 회사의 스파이를 동원한 끝에, 나는 정치적으로 융통성이 있고 쉽게 뇌물 공세가 먹힐 것 같은 남자 둘을 골라냈다. 그리고 그들의 해외 휴가 여행 스케줄을 알아낸 뒤 그들이 우리 회사의 열차를 타게 주선했다. 어려운 일은 아니었다. 이미 남아메리카 철도 회사 3분의 1이 우리 소유였다.

그들이 대륙 횡단 열차에 오른 날 저녁, 나와 남편은 식당 칸에서 그들과 우연인 척하며 마주쳤다. 그들은 내 얼굴을 알아보았고 내 등장에 놀라지도 않았다. 그들 역시 우리에게 무언가 부당한 수익을 기대하고 있던 것이 분명했다.

나이가 든 쪽이 기대하는 것은 뇌물밖에 없는 것 같았기에 나는 남편과 함께 그를 2층 전망대로 내쫓았다. 남편이 짜증 나는 정치적 설교를 늘어놓으며 은근히 회사 일에 훼방 놓으려 한다는 건 알고 있었지만 신경 쓰지 않았다. 그런 설교로 타락한 늙은이의 돈 욕심을 돌릴 수 없다는 건 자명했으니까.

젊은 남자는 보다 신중했다. 그도 분명 돈을 바라고 있었다. 그러나 그는 신중한 정치가이기도 했다. 그는 어떻게든 우리와의 거래를 통해 정치적 실리와 뇌물 모두를 얻고 싶어 하는 것 같았다.

회사를 이끌면서 꾸준히 쌓아왔던 감언이설의 실력을 다시 써먹을 수밖에 없었다. 나는 공화국의 전자 기술을 예찬했고 무역에서 얻을 수 있는 수익을 과장했으며 마지막에는 회사의 불간섭주의를 다시 못 박았다.

유감스럽게도 그는 꽤 영리했다. 그는 아스테카의 섬세한 전자 장난감만으로는 앞으로 철도가 가져올 무역 전쟁에서 승리할 수 없다는 것을 알고 있었다. 그는 그들의 옛 경전이 생각하는 기계의 발명을 금하고 있기 때문에 아스테카의 전자 산업 역시 언젠가는 한계에 부딪힐 것이라는 것도 알았다. 그는 꼬치꼬치 우리 계획을 캐묻기 시작했고,

대화는 결국 우리의 불간섭주의와 그들의 종교 쪽으로 흘러갔다.

난처한 상황이었다. 나는 우리가 그를 타락한 정치가로만 여기고 있다고 믿게 하고 싶었지만 그의 진짜 가치는 그가 성직자라는 데 있었다. 회사가 마음 놓고 활동하기 위해서는 경전과 교리의 개정이 필수적이었다. 그러나 그건 지금 꺼내야 할 카드가 아니었다.

그는 내가 머뭇거리는 것을 보고 겁에 질리기 시작했다. 어조는 거칠어졌고 질문도 단도직입적으로 바뀌었다. 언젠가 회사는 테베나 고려에서 그랬던 것처럼 공화국을 뿌리부터 뒤집어엎을 것이 아닌가. 그것도 회사가 소유한 몇 줄의 철도가 제대로 돌아가게 하려고 말이다. 철도로 인해 공화국의 종교와 삶의 방식이 완전히 무너져버린다면 누가 책임질 것인가.

나는 국제철도회사 때문에 그런 일이 일어날 리는 없을 것이라고 대답했다. 변화가 온다면 그것은 우리가 변화의 시대에 살기 때문이다. 테베와 고려가 망한 이유는 그들의 정부가 옳지 못한 토대 위에 세워졌기 때문이다. 아스테카 신성 공화국도 그런가?

지나치게 나간 질문이었다. 그는 좋은 교육을 받은 교양 있는 남자였다. 자신이 몸담고 있는 신권 통치가 얼마나 거짓으로 가득 차 있는지 그만큼 잘 알고 있는 사람은 없었다.

그러나 종교를 부정하는 것은 공화국의 멸망을 선언하는 것과 같았다. 그는 무의미한 정치적 수사를 늘어놓으며 직접적인 답변을 회피했다.

어떻게든 그를 안심시켜야 했다. 나는 제1대 보스가 사용했던 방법을 끄집어냈다. 약간의 설득 끝에 나는 그들의 인신 공희 의식에 초대받을 수 있었다.

4

그는 이제 죽고 없다. 아스테카에서 반종교혁명이 일어났을 때, 그는 그의 동료처럼 잉카로 내빼지 않았다. 우리가 이틀 전에 미리 정보를 흘렸는데도, 그는 우직스럽게 신전에 남아 의식을 집전했다. 성난 군중은 그의 심장을 칼로 도려냈고 시체를 갈가리 찢어 철로에 뿌렸다. 우리 아이들에게 이야기해줄 또 하나의 동화가 만들어진 셈이다.

그는 순교자였을까?

모르겠다. 그가 내 앞에서 순교자처럼 행동한 적은 없었다. 회사는 그에게 꽤 많은 돈과 외교적 특권을 제공했고, 그는 그중 어느 것도 거절하지 않았다. 그는 동료였던 타락한 늙은이와 마찬가지로 탐욕스러웠다. 그는 우리가 지불한 돈으로 새 별장을 샀고 자신의 정부들에게 보석을 뿌렸다. 그가 린치당할 때 손에 들고 있던, 황금 자루가 달린 제식용 흑요석 칼 역시 우리가 지불한 돈으로 산 것이었다.

우리가 사들인 입법 신학자들이 교리 개정을 위해 싸우는 동안 우리의 철도는 조금씩 그들의 영토를 향해 몸을 늘여가고 있었다. 우리는 종종 그를 데려와 공사 현장을 구경시켜주곤 했다. 나는 아직도 대륙 횡단 철교의 거대함에 매료되어 어린 소년처럼 다리 위를 뛰어다니던 그의 모습을 어제 일처럼 기억한다.

그가 보았던 것은 폭 21미터, 높이 57미터, 길이 15,400킬로미터의 거대한 철근 콘크리트 괴물이었다. 이 괴물들이 해수면 181미터 위에 뜰 수 있도록 지탱해주는 2,566,764개의 기둥은 그 하나하나가 초모룽마의 높이에 견줄 만했다. 그러나 부피와 길이는 다리를 살아 움직이게 만드는 수많은 화학 공장과 발전소, 그리고 이를 돌리는 수십만 명이나 되는 인원에 비하면 오히려 부수적인 것이었다. 미완성의 교가가 도살된 레비아탄처럼 검붉은 속을 드러내고 있는 공사 현장에서 인간들은 개미보다 작아 보였지만 그 왜소함이야말로 우리의 자존심을 세워주는 것이었다. 우리는 괴물을 만들어낸 개미들이었다.

"이 모든 거대함은 유한한 인간들의 허약한 환상에 불과합니다."

남편은 크레인 위에서 그를 내려다보며 귀엽다는 듯 쏘

아붙였다.

"지금은 위풍당당하게 서 있는 이 괴물 같은 철 덩어리도 언젠가는 기울어지고 가라앉을 것입니다. 아마 그 이전에 하늘을 나는 보다 효율적인 기계가 발명되어 다리가 쓸모없어질지도 모릅니다. 어떤 경우건 다리는 잊히고 무의미해질 것입니다. 하늘에 닿으려 발버둥 쳤던 바빌로니아인들의 무익한 노력을 생각해보십시오. 그들의 탑은 지금 어디에 있습니까?

건축물의 크기로 자신의 존재를 증명하려는 시도는 어리석습니다. 그럴 가치가 없는 일이지요. 중요한 건 인간 정신입니다. 에드워드 드 비어Edward de Vere의 소네트 한 편은 이 다리에 들인 모든 돌덩어리와 철골을 다 합한 것보다 더 거대하며 더 장수할 겁니다. 다리의 거대함은 감각적 인상일 뿐입니다."

"그렇지 않습니다."

신학자는 날카로운 목소리로 대답했다.

"정신이란 약하고 비틀린 육체가 내뿜는 입김에 불과합니다. 육체가 바뀌고 환경이 바뀌면 정신도 그에 따라 변하고 휘청거립니다. 선생이 예찬한 드 비어의 시도 우리나라에서는 천박한 연애가에 불과합니다. 선생이 본 그의 거대함이야말로 주관적인 환상입니다. 진정한 정신적 거대함은 존재하지 않습니다.

하지만 이 다리는 진짜입니다. 다리를 구성하는 철골도 진짜이며 이를 지탱하는 물리법칙과 그를 구성하는 수학 역시 불변입니다. 이는 감각적 환상이 아닙니다. 만약 달이나 화성에도 사람이 산다면 그들에게 우리의 존재를 알릴 수 있는 유일한 창조물은 바로 이 다리입니다.

다리가 잊힌다면 드 비어도 잊힙니다. 그러나 영원한 망각 속으로 사라질 드 비어와는 달리 다리의 폐허는 잊힌 뒤에도 남아 우리의 존재를 알릴 겁니다. 물고기들과 조개들은 기둥에 집을 짓고 철새들은 무리 이동을 위한 표적으로 이용하겠지요. 다리는 우리가 멸망하고 개나 원숭이와 같은 다른 동물들이 지력을 얻어 문명을 건설할 때까지 남을 겁니다. 그들은 남은 기둥 위에 새 교가를 세우고 사라진 우리를 추억하겠지요."

나는 반박하려고 막 입을 벌린 남편을 허겁지겁 뒤로 끌어당겼다. 남편은 좋은 정치가도, 말 상대도 아니었다. 수억을 들여 간신히 쌓아 올린 좋은 관계를 불평쟁이 하나 때문에 망치고 싶지는 않았다. 나는 작은 심부름거리를 주어 남편을 배로 쫓아버린 뒤 예절 바른 말로 손님의 통찰력을 칭찬했다.

5

다리는 완성되었다. 회사의 철도는 운하를 따라 그들의 수도로 흘러 들어갔다. 아스테카 국수주의자들의 테러가 한두 번 일어났지만 피해는 대단치 않았다. 신성 정부의 공식적인 반발은 없었다. 우리가 먹인 뇌물은 낭비되지 않았던 것이다.

나와 남편은 운하 도시를 8자 모양으로 누비는 순환 열차 끝에 매달린 방탄차에 머물렀다. 10분마다 서는 완행이었지만 선택의 여지가 없었다. 아스테카의 다른 철도는 우리 회사의 철도와 규격이 달랐다. 이 나라는 아직 정복해야 할 신천지였다.

남편은 다시 멀미를 호소하기 시작했다. 나 역시 속이 별로 좋지 않았다. 멀미 때문은 아니었다. 앞으로 내가 봐야 할 참사를 과연 견뎌낼 수 있을지 확신할 수 없었다. 베개로 얼굴을 덮고 끝없이 부푸는 상상력을 제어하려 했지만 소용없었다. 나는 휘칠로포치틀리와 그의 매정한 사제들에 대해 너무나 많이 알고 있었다. 수천 년이 흐르는 동안 자잘한 세부 사항은 변했지만 기둥은 언제나 같았다. 살아 있는 희생자의 몸에 칼을 박아 심장을 꺼내는 것이다.

우리가 탄 차는 네 시간 반마다 한 번씩 테오칼리 대사원을 지나쳤다. 며칠 남지 않은 분향식을 준비하기 위해 사람들이 모여들기 시작했다. 사원 지붕 위에 설치된 대형 영상판은 벌써 인간 제물로 선택된 사람들의 얼굴을 방송하는 중이었다. 몇 명은 죄수였고, 몇 명은 사원의 난수 발생기에 의해 무작위로 선택된 사람이었고, 몇 명은 자발적인 지원자였다. 그중 한 명은 정말 어린아이였다. 미친 사람들 같으니. 어떤 뇌를 가졌길래 저런 학살을 당연하게 받아들이는 걸까? 종교적 제약만 없다면 기계 원숭이도 만들어낼 수 있는 사람들이 말이다.

남편의 불평이라도 들으면 마음이 풀릴 것 같았다. 하지만 그는 자기 나름대로의 고민 때문에 나랑 상대할 시간이 없었다. 멀미로 충혈된 그의 눈을 들여다보니 무슨 생각을 하고 있는지 빤히 보였다. 인신 공희에 대한 거부감과 철도 제국주의에 대한 반발심이 열심히 충돌하는 중이었다. 나는 다른 방법을 찾는 게 낫다고 생각하며 그의 방을 떠났다.

나는 일에 매달렸다. 마음이 바빠지자 뱃속도 나아졌다. 적어도 나는 남편보다 훨씬 편안한 닷새를 보냈다. 남편은 그런 나를 보고 다시 냉혈한이라고 쏘아붙였지만 무시했다. 세상에는 그의 짜증을 받아주는 것보다 더 중요한 일이 많았다.

그러나 막상 분향식 날이 되자 내 속은 다시 부글거리기 시작했다. 나는 한 달 전부터 창고에서 부활해 내 책상 위에 버티고 서 있는 두목의 사진들을 노려보았다. 궁금해졌다.

이 산적같이 생긴 무심한 남자는 프랑크인들의 학살 속에서 무엇을 보았던 걸까? 콩고인들의 시체가 산처럼 쌓이는 동안에도 땅콩이 제대로 입에 들어가긴 했을까? 그게 소화가 되기는 했을까? 나는 확대경을 들고 그의 얼굴 구석구석을 쑤셔보았지만, 그 무덤덤한 표정에서 다른 감정의 흔적을 찾는 건 어려웠다.

대신 나는 그의 무표정함을 모방했다. 거만하게 턱을 치켜들고 눈을 가늘게 내리뜬 그 천박한 표정을 거울 앞에서 서너 차례 반복하다 보니 서서히 자신감이 생겼다.

마침내 준비가 된 나는 투덜거리는 남편의 손을 잡아끌고 사원역에서 내렸다. 역에 가득 찬 환영 인파와 조금 멀리 떨어져서, 나는 최초의 태평양 횡단 특급 열차가 서쪽에서 서서히 다가오는 모습을 바라보았다. 일부러 맞춘 것은 아니었지만 열차의 도착 시기는 우연히도 분향식 날짜와 같았다. 아즈텍족은 당연히 이를 의식적인 스케줄로 착각하고 있었다. 나는 그들이 착각하도록 내버려두었다.

열차는 예정 시각보다 2분 30초 늦게 도착했다. 객실은 꽉 차 있었지만 정작 내리는 사람은 서넛에 불과했다. 회사 사람들을 제외하면 다른 승객들은 세계 일주 관광객들이었다. 모두 북쪽으로 올라가 대서양 횡단 철도를 타고 다시 그들이 떠났던 대륙으로 돌아갈 사람들이었다. 관광 삼아 내리는 사람도 없었다. 아스테카의 법률은 외국인들에게 가

혹했다. 헛 나온 말 한마디에 목이 달아날 수도 있었다.

간단한 환영식이 끝나자, 우리는 대사원으로 안내되었다. 지나치게 안정적인 땅바닥 때문에 내 몸은 종종 휘청거렸지만, 남편은 이미 내 약점을 감추고 몸의 균형을 잡아주는 데 전문가가 되어 있었다. 그와 함께 맨땅을 걸을 때는 늘 솜씨 좋은 무용 선생의 리드에 따라 춤추는 듯한 느낌이 들었다. 아직도 내가 그를 그리워한다면, 그건 열차 밖의 산책을 가능하게 해주었던 그의 안정감 때문이다.

사원은 브리튼의 구기 운동장을 연상시키는 곳이었다. 단지 보다 작았고 관객들이 덜 열성적이었으며 금과 보석으로 장식된 첨단 기기가 지나치게 많았다. 브리튼이었다면 벨벳 잔디를 깐 텅 빈 공간이었을 중심부에 작은 피라미드가 세워져 있었고 그 꼭대기에는 흑요석으로 만든 제단이 놓여 있었다.

내 옆자리에서는 우리의 입법 신학자 양반이 새로 만든 흑요석 칼을 만지작거리고 있었다. 그의 칼은, 아스테카의 거의 모든 것들이 그렇듯, 첨단과 원시의 기묘한 결합이었다. 그의 칼은 이 세상에서 가장 정교한 타제석기였다. 이처럼 정교한 날은 전자뇌를 단 세공 기계를 이용하지 않으면 만들 수 없었다. 이 나라의 또 다른 아이러니였다. 아스테카는 제대로 된 전자뇌를 만들 수 있을 만큼 전자 기술이 발달한 유일한 나라였지만 정작 그 전자뇌를 법률로 금지한 유일한 나라이기도 했다. 아마 이런 불법적인 타제석기 제조 기계의 유일한 수요자도 아즈텍족뿐이리라.

흑요석 칼을 만지는 그의 손놀림은 어딘지 모르게 불안해 보였다. 나는 수많은 초보 타락자를 거쳐왔으므로 그가 왜 그렇게 불안하게 행동하는지 알 수 있었다. 내가 모르는 것은 사소한 디테일이었다. 그의 양심과 충돌하는 것은 과연 무엇일까? 믿지도 않는 종교의 이름으로 합법적인 살인을 저지르는 것일까? 아니면 뇌물로 불법적인 제식 기구를 사들인 것일까?

사원 곳곳에 달린 스피커가 요란한 제식 음악을 연주하기 시작했다. 이제 그도 머뭇거릴 수 없었다. 그는 칼을 자루에 다시 집어넣고 허리띠에 걸친 뒤, 피라미드로 이어지는 이동 통로를 향해 걸어갔다.

여기서부터 내 기억은 흐릿해진다. 갑자기 열광하기 시작한 관중과 피라미드에서 흘러나온 흥분제의 연기 때문에 모든 것이 뒤죽박죽이 되었기 때문이다. 나로서는 내 기억이 내 경험을 그대로 옮긴 것인지, 나중에 들은 정보와 책에서 읽은 지식이 뒤섞여 얽힌 것인지 확신할 수 없다.

그러나 최선을 다해보기로 하자. 입법 신학자 양반이 피라미드 꼭대기에 도착하자, 27명의 희생자가 전기 자동차를 타고 안으로 들어왔다. 그들은 모두 고래고래 고함을 질러대고 있었는데, 겁에 질려서가 아니라 반나절 전부터 맡고 있던 흥분제에 취해서였다.

희생자들은 한 명씩 티타늄으로 만든 길쭉한 판에 묶였다. 피라미드의 빗면을 따라 올라간 판은 제단에 고정되었고 우리의 입법 신학자 양반의 칼이 움직였다. 희생자의 몸에서 흘러나온 피는 정교하게 새겨진 수로를 타고 사방으로 흘러내렸다. 희생자가 늘어날수록 피라미드는 꼭대기부터 서서히 검붉은색으로 물들어갔다.

사고는 스물세번째 희생자가 피라미드에 막 올라갔을 때 일어났다. 당시 어떤 일이 일어난 것인지는 아무도 모른다. 내가 말할 수 있는 것은 스물세번째 티타늄 판이 유달리 흔들거렸고 치켜든 입법 신학자의 칼이 번뜩였을 때, 판에 묶여 있던 희생자가 튀어나왔다는 것이다.

스물세번째 희생자는 아직 열두 살도 안 된 것 같아 보이는 어린 소녀였다. 왜인지는 몰라도 아이는 다른 희생자들과는 달리 그렇게 취한 것 같지도 않았다. 아이는 이상할 정도로 침착한 표정으로 입법 신학자를 노려보았다. 그 기세에 눌린 신학자 양반은 뒷걸음질 치기 시작했고 창피스럽게도 엉덩방아를 찧고 말았다.

그때 아이는 달아났다. 아이가 어떻게 피라미드에서 탈출했는지, 어떻게 수백 명이나 되는 감시병을 피해 군중 속으로 사라졌는지 나는 모른다. 우리가 정신을 차렸을 때 아이는 없었다.

분향식은 엉망이 되었다. 남은 네 명의 희생자는 정식 절차를 거치지 않고 그 자리에서 도살당했다. 은그릇에 담겨져 있던 심장 두 개는 피라미드 아래로 굴러떨어져 으깨졌다. 흥분한 여자들은 기절했고 남자들은 게거품을 물며 날뛰었다. 소란스럽기는 대사원 밖도 마찬가지였다. 영상 판이 이 난장판을 생중계하고 있었던 것이다.

남편과 나는 허겁지겁 사원을 빠져나왔다. 구두 굽이 부러져 걸을 수 없게 되자 뒤에 있던 경호원이 나를 업고 뛰었다. 역까지 걸린 12분이 거의 하루처럼 느껴졌다.

역에 도착하자마자 나는 역에 정차하고 있던 오스트레일리아행 특급열차 안으로 뛰어 들어갔다. 전용 객실에 들어가서는 신고 있던 구두를 벗어 던지고 긴 의자에 몸을 눕혔다. 내가 신경을 안정시키려고 기를 쓰는 동안 남편은 미친 사람처럼 두서없는 말을 늘어놓으며 방 안을 빙빙 돌고 있었다.

잠시 뒤 역장이 들어왔다. 그 역시 어떻게 해야 좋을지 모르는 듯 쓰고 있던 모자를 꼬깃꼬깃 접고 있었다. 나는 당장 열차를 출발시키라고 명령했다.

열차는 서서히 역에서 벗어났다. 차가 움직이기 시작하자 정신이 조금씩 맑아져갔다. 움직이는 열차의 진동만큼 나를 안심시키는 것은 없었다. 나는 창문을 반쯤 열고 가로등 빛이 반사되어 반짝거리는 운하를 내려다보았다.

그때 나는 아이를 발견했다.

아이는 운하에서 둑으로 기어 올라오는 중이었다. 아이의 벌거벗은 몸이 반은 운하의 물로, 반은 피라미드에서 흘러나온 피로 흠뻑 젖어 있었다. 내가 바라보고 있는 동안 둑으로 올라온 아이는 우리 열차를 향해 뛰기 시작했다.

주변이 갑자기 환해졌다. 내가 아이를 발견한 바로 그 순간, 운하관리국의 보트 역시 아이를 발견했던 것이다. 나와 남편은 허겁지겁 일어나 객차 뒷문을 열었다. 아이와 열차 사이의 거리는 10여 미터 정도밖에 되지 않았다.

"조금만 더 힘을 내, 얘야! 뛰어!"

나는 외치면서 팔을 내밀었다.

아이는 두 번이나 넘어졌지만 용케도 열차를 따라왔다. 2분 정도의 필사적인 질주 끝에 나는 아이의 손을 잡을 수 있었다. 남편의 도움을 받아 아이를 객차 안으로 잡아당겼다. 아이는 바닥에 누운 채 헐떡거리면서 천장을 노려보았다. 객실 바닥에 깔린 양탄자에 아이의 손과 발에서 흘러나온 피가 스며들었다.

보트의 스피커가 요란하게 울리기 시작했다. 처음에는 아즈텍어로, 다음에는 공용어로. 되풀이될 때마다 조금씩 표현이 바뀌었지만 모두 같은 뜻이었다. "열차를 세우고 아이를 내려놓으시오."

남편이 나를 바라보았다. 나는 얼굴을 찡그리며 그에게

회사 전용 수신호를 보냈다. 남편이 내가 지시한 신호를 차장에게 전달하는 동안 나는 일어나 객차 뒤로 걸어갔다. 나는 될 수 있는 한 거만하게 보이지 않으려 노력하며, 그들이 나에게 명령할 권리가 없다는 사실을 알렸다. 열차와 철도는 우리의 영토였다. 법적으로 그들은 우리의 손가락 하나 건드릴 수 없었다.

열차는 속도를 내기 시작했고 뒤처진 보트에 남은 사람들은 우리에게 주먹질을 해댔다. 나는 그들을 무시하고 뒷문을 닫았다.

객실 안에서는 남편이 아이를 그의 침대에 눕히고 손발의 상처를 씻겨주는 중이었다. 의사가 달려오자 남편은 아이한테서 손을 떼고 나에게 다가왔다.

"국제철도회사 역사상 최악의 날이군. 당신 아버지가 당신의 이런 모습을 봤다면 어떻게 생각했을까? 성스러운 회사의 중립주의를 멜로드라마틱한 감상으로 날려버리다니!"

"자랑스러워하셨겠지."

나는 목소리에 감정을 섞지 않으려 노력하며 간신히 대답했다.

남편은 이해하겠다는 듯 고개를 끄덕이며 사람 좋은 미소를 지었다. 한참 그런 그의 얼굴을 바라보던 나는 살짝 입을 당겨 웃으며 그의 미소에 답해주었다.

내 미소는 그가 생각했던 의미는 아니었다. 나의 행동은 결코 회사를 궁지로 몰고 갈 만큼 어리석지 않았다. 우리의 가짜 중립주의는 오래전에 수명이 끝난 터였다. 태평양 횡단 철도가 아스테카 영토 안으로 들어왔을 때부터 입법 신학자 양반과 신성 정부의 운은 다해가고 있었다. 회사 스파이들의 지원을 받은 반정부 세력은 그 어느 때보다 세력이 강했다. 아이의 탈출 역시 사고라기보다는 행운이었다. 지금까지 회사를 믿지 못했던 반종교 혁명가들도 이제 우리가 그들을 전적으로 지원한다는 것을 알았으리라.

그러나 그 순간만은 나도 그 모든 계산들을 잊고 우리의 비이성적인 결함에 대한 남편의 수줍은 예찬에 동참하고 싶었다. 그의 오해를 바로잡아주는 대신, 나는 아무 말 없이 남편과 함께 복도 구석에 서서 서서히 멀어져가는 운하 도시의 흐릿한 불빛을 바라보았다. 열차가 아스테카를 떠난 뒤에도 그의 옆얼굴에는 예의 사람 좋은 미소의 끝자락이 남아 있었다.

우리 큰아버지와 아버지는 히말라야산맥 근방의 소국 출신이다. 몇십 년 전까지만 해도 그 집안사람들은 모두 그 나라에서 산양을 키우며 살았다. 21세기가 될 때까지 텔레비전이란 걸 구경도 해보지 못했으며 컴퓨터가 무엇인지 아는 사람도 거의 없었다.

우리 할머니는 조금 별난 분이었다. 그분은 교육을 받으면 우리도 서양 사람들처럼 돈도 벌고 떵떵거리며 잘살 수 있다고 믿었다. 순진하게 들리지만, 당시 그분이 살았던 동네의 환경을 생각해보면 그런 생각도 가히 혁명적이었다는 사실을 알아야 한다. 심지어 동네 밖 세상을 꿈꾸는 것 자체도 당시엔 대단했다. 나는 종종 할머니가 과연 '떵떵거리며 잘사는 것'이 무엇인지 알고나 계셨는지 궁금하다.

할머니의 그런 생각 뒤에는 우리 큰아버지의 존재도 한몫을 했다. 큰아버지는 천재였다. 하는 일이라고는 양젖 짜기밖에 없는 동네에서도 알아볼 수 있을 정도로 천재였다.

큰아버지는 걸음마를 떼기도 전에 글을 읽고 쓸 줄 알았다. 걸음마를 간신히 뗀 뒤에는 인근의 구호단체에서 잠시 일했던 영국인 예비역 장교한테서 익힌 영어를 당연하다는 듯 유창하게 읊어댔다.

큰아버지가 나이를 먹어갈수록 할머니는 조급해졌다. 할머니는 어떻게든 큰아버지에게 기회를 주고 싶었지만 방도가 없었다. 그 동네에서 교육은 다이아몬드 그릇만큼이나 허황한 사치였다. 할머니가 해줄 수 있는 것은 이곳저곳에서 구걸하다시피 얻어 온 책들로 큰아버지의 독서 욕구를 만족시키는 것뿐이었다.

그러던 어느 날, 하늘에서 뚝 떨어지기라도 한 것처럼 윈스턴 패리스가 마을에 나타났다.

윈스턴 패리스는 머리가 좀 덜 벗어진 것만 빼면 영화배우 존 리스고를 꼭 닮은 미국인 중년 남자였다. 그는 매우 위압적인 태도로 다른 사람들을 다뤘고 LSD로 뇌세포가 망가진 남자치고는 언변도 청산유수였다. 심지어 그의 말을 한마디도 못 알아듣는 사람들도 그의 그런 유창함에 말려들었다.

길을 잃고 마을을 헤매는 패리스를 구출한 사람은 막 열세 살이 된 우리 큰아버지였다. 어쩌다 보니 패리스는 할머니네 집에서 저녁까지 얻어먹게 되었다. 잽싸게 큰아버지에 대한 할머니의 야심을 알아차린 그는 그럴싸한 제안을 했다. 그는 은퇴한 미국의 대학교수로, 마을 근방에 버려진 기상관측소에 눌러앉을 계획이었다. 혹시 아들을 비서 겸 통역사로 고용할 수 있겠는가?

할머니는 홀랑 넘어가버렸다. 미국에서 온 대학교수가 아들을 데려가겠다니, 이처럼 꿈같은 기회를 놓칠 수 없었다. 다음 날, 할머니는 보따리 짐을 챙겨 큰아버지를 패리스와 함께 내보냈다.

그러나 윈스턴 패리스는 결코 어머니가 아들을 의탁할 만한 사람이 아니었다. 그는 정말로 대학교수였다. 하지만 마지막으로 교수 노릇을 한 건 15년 전이었다. 그 이후 경력은 다양한 경범죄와 그보다 더 심각하지만 운 좋게 법망을 빠져나간 범법 행위들로 얼룩져 있었다. 그는 반도망자였다.

할머니는 패리스의 성적 경향에 대해서도 몰랐다. 그는 어린 소년들을 좋아했고 그에 대해 어떤 죄의식도 느끼지 않았다. 그는 꽤 똑똑한 남자였으므로 분명히 그럴싸한 방식으로 자신의 삶을 정당화하고 있었을 것이다. 나는 아직도 그의 논리가 어떤 것이었는지 모른다. 내가 알고 있는 것은 그가 3년 동안 큰아버지를 섹스 토이로 가지고 놀았다는 것이다.

큰아버지는 마약중독자 영감탱이가 자기 엉덩이를 주물러대는 것 따위는 신경도 쓰지 않았다. 똑똑한 아이들이 종종 그렇듯, 큰아버지는 위에서 내려온 도덕률에 대해 냉소적이었다.

큰아버지가 진짜로 관심을 가졌던 것은 패리스가 소유한 물건들이었다. 패리스는 3천 권 가까이 되는 상당히 괜찮은 장서를 새로 이사 온 집에 쌓아두고 있었다. 양에 비해 현대문학이 턱없이 부족하긴 했지만 지금까지 활자에 목말라 있던 큰아버지에게는 보물 상자나 다름없었다.

그러나 그보다 더 큰아버지의 호기심을 끈 것은 패리스가 끌고 온 비디오테이프들과 텔레비전이었다. 패리스의 영화 취미는 초서를 전공한 영문학자답지 않았다. 그는 진지한 영화를 좋아하지 않았다. 진지함과 예술성은 그가 영화의 진정한 목적이라고 생각하는 감각적 쾌락을 망가뜨릴 뿐이었다. 그가 진심으로 사랑했던 장르는 단 하나, 미국 십대 영화였다. 그는 〈도슨의 청춘일기Dawson's Creek〉의 1, 2 시즌을 8밀리 테이프에 녹화해 가지고 있었으며, 도망 다니느라 놓친 에피소드들은 미국의 친구들이 보내오는 테이프들을 통해 보고 있었다. 그는 존 휴스와 캐머런 크로에 대해서는 웬만한 영화 비평서를 쓸 정도로 잘 알았고, 1990년대 새로 등장한 십대 영화들에 대해서도 밝았다. 그는 제임스 판더베이크와 프레디 프린스 주니어의 팬이었고, 그들의 사진을 서표 대신 홀린세드의 『잉글랜드 연대기The Chronicles of England』나 『멜랑콜리의 해부Anatomy of melancholy』

의 책장 사이에 끼워두고 있었다.

패리스와 같이 사는 동안, 큰아버지는 『새뮤얼 존슨전 The Life of Samuel Johnson』과 「쉬즈 올 댓She's All That」을 뒤섞는 그의 취향에 휩쓸리고 말았다. 단지 십대 영화들을 길거리 불량식품처럼 즐기던 패리스와는 달리, 큰아버지는 이 장르에 대해 진지했다. 큰아버지에게 「쉬즈 올 댓」은 「햄릿 Hamlet」까지는 아니더라도 「겨울 이야기The Winter's Tale」정도와는 견줄 만한 작품이었다.

큰아버지는 미국 관객과 전혀 다른 관점에서 그 영화들을 보고 있었다. 큰아버지에게 그런 영화들에 나오는 고등학교는 카멜롯만큼이나 환상적인 공간이었다. '비현실적이고 공허하다'는 미국 비평가들의 주장은 진짜 미국 고등학교가 어떤지 몰랐고 알 생각도 없었던 큰아버지에게는 먹히지 않았다. 패리스는 1980년대 이전의 영화들은 가지고 있지도 않았으므로, 큰아버지는 그런 영화들을 미국 영화사 전체를 통해 조망할 수도 없었다.

큰아버지가 미국 문화에 대해 아는 게 별로 없었기 때문에 그런 매혹은 더 컸다. 그나마 문화적 길잡이가 되어줄 수 있는 유일한 사람인 윈스턴 패리스는 비아그라와 엑스터시를 섞어 먹고 혼자 열을 내다 곯아떨어져 있기 십상이라, 큰아버지는 모든 걸 혼자 힘으로 알아낼 수밖에 없었다. 당연히 군데군데 빈 구멍이 생겼다. 예를 들어 큰아버지는 「쉬즈 올 댓」에 나오는 MTV 쇼 〈리얼 월드The Real World〉가 무엇인지 짐작도 할 수 없었다. 대신 큰아버지는 몇 가지 가설을 세웠는데, 그것들은 아이디어만 따진다면 실제 쇼보다 더 멋있었다.

그런 영화들의 시각적 아름다움 역시 큰아버지를 매료시켰다. 미국 관객에게는 진부하고 통속적으로 보였던 모든 것들이 큰아버지에게는 새롭고 아름다워 보였다. 큰아버지는 미국 사람들이 당연하게 생각하는 수많은 것을 영화를 통해 처음 접했다. 지하철, 영화관, 아이스크림, 자판기, 나이키 운동화, 란제리, 맥도날드 햄버거, 수영장, 디스코텍, 심지어 종이비행기까지. 이 모든 것들은 큰아버지에게 신비스러운 의미를 띤 마술적인 존재로 다가왔다.

그리고 무엇보다 레이철 리 쿡이 있었다.

큰아버지는 레이철 리 쿡을 그 사람이 게스트로 출연했던 〈도슨의 청춘일기〉에서 처음 보았다. 그때까지만 해도 큰아버지는 그 배우에 대해 큰 관심을 보이지 않았다. 큰아버지가 당시 열중했던 배우는 애비를 연기했던 모니카 키나였다.

큰아버지의 마음을 돌린 작품은 「쉬즈 올 댓」이었다. 이 「피그말리온Pygmalion」의 고등학교 버전 영화에서 안경잡이 화가 지망생으로 등장한 레이철 리 쿡의 가녀린 모습은 순식간에 큰아버지를 사로잡았다.

큰아버지가 특히 매료된 부분은 프레디 프린스 주니어가 연기한 잭 사일러가 쿡이 연기한 레이니 복스의 안경을 벗기며 "네 눈이 얼마나 아름다운지 아니?"라고 묻는 장면이었다. 큰아버지는 이 장면의 에로틱함, 시적인 분위기, 형이상학적 의미에 깊은 감명을 받았다. 주인공들도 인식할 정도로 닳아빠진 공식이었지만 상관없었다. 큰아버지는 그런 장면을 그 영화에서 처음 보았던 것이다.

영화가 끝나자 큰아버지는 조용히 레이철 리 쿡의 이름을 불러보았다. 부드럽고 여성적인 R과 L 자음이 차갑고 냉정한 C와 CH 자음과 섬세하게 교차하는 그 이름은 더할 나위 없이 아름답게 들렸다.

그날 밤 큰아버지는 처음으로 시를 썼다. 레이철 리 쿡의 이름은 구체적으로 언급되지 않았지만, 시에는 그녀의 이름을 암시하는 수많은 단어가 희미한 메아리처럼 울려 퍼지고 있었다.

3년 뒤, 윈스턴 패리스는 저녁 식사 때 먹은 고기 조각이 목에 걸려 죽었다. 큰아버지도 옆에 있었지만 어쩔 수 없었다. 패리스가 가지고 있는 수많은 비디오테이프 중 하임리히 구명법이 담긴 영화는 하나도 없었던 것이다.

패리스가 남긴 돈과 집은 모두 큰아버지 것이 되었다. 집과 물건들을 제외하고 큰아버지가 최종적으로 챙긴 현금은 4만 2천 달러쯤 되었는데, 그 정도면 1인당 국민총생산이

5백 달러에도 미치지 못하는 그 나라에서는 백만장자가 된 것이나 다름없었다. 큰아버지는 2만 달러를 뚝 떼어 가족들에게 넘겨주었다.

패리스는 죽었지만, 큰아버지의 생활은 크게 달라지지 않았다. 큰아버지는 여전히 패리스의 책을 읽고 패리스의 비디오를 보며 나날을 보냈다. 시간이 남으면 큰아버지는 〈도슨의 청춘일기〉 주인공들이 등장하는 단편을 썼다. 큰아버지는 '팬 픽션Fan Fiction'이 무엇인지 알지 못했다. 단지 그리스 비극 작가들이 신화 속의 주인공들을 이용한 것처럼 도슨, 조이, 페이시, 젠과 같은 캐릭터들을 가져온 것뿐이었다.

그러던 어느 날, 패리스의 텔레비전이 고장 나고 말았다.

큰아버지는 미칠 것만 같았다. 큰아버지는 전자 제품 수리에 대해서는 아무것도 몰랐다. 그렇다고 동네에 패리스의 텔레비전을 고칠 만한 수리공이 있는 것도 아니었다. 큰아버지와 할리우드의 연결 고리는 그날부터 끊어져버렸다.

이틀 동안 정서 불안으로 손톱을 씹어대던 큰아버지는 결국 포기하고 남아도는 에너지를 창작에 쏟기로 결정했다. 할리우드가 큰아버지에게 오지 않는다면 큰아버지가 직접 할리우드를 창조할 수밖에 없었다. 큰아버지는 패리스의 책상 앞에 앉아 최초의 십대 영화 시나리오를 쓰기 시작했다.

보름 뒤, 큰아버지는 「겨울 강Winter River」이라는 제목의 시나리오를 완성했다. '겨울 강'은 현대 클리블랜드를 무대로 한 「로미오와 줄리엣」풍의 러브 스토리였다.

작품이 맘에 든 큰아버지는 시나리오를 미국에 보내기로 마음먹었다. 할리우드가 어떻게 돌아가고 있는지, 이런 시나리오를 어디다 보내야 하는지 전혀 몰랐던 큰아버지는 시나리오를 한 자 한 자 다른 종이에 옮겨 써서 책으로 만든 뒤, 당시 감명 깊게 본 십대 영화인 「플라잉 와일드Flying Wild」의 감독 겸 작가인 짐 캐시디에게 보냈다. 할리우드의 기준에 따르면 큰아버지의 행동은 천치 수준을 간신히 넘는 것이었지만 다른 방법은 떠오르지도 않았다.

캐시디는 큰아버지의 원고를 읽고 처음에는 농담이라고 생각했다. 그만큼이나 큰아버지의 원고는 괴상했다. 심지어 겉모양까지 그랬다. 깃털 펜에 잉크를 적셔 정교한 필기체로 쓴 큰아버지의 원고는 수백 년 된 골동품 같았다.

큰아버지는 시나리오 형식에 대해 아는 게 거의 없었으므로 「겨울 강」은 조금 덜 수다스러운 조지 버나드 쇼George Bernard Shaw의 희곡과 비슷한 모습을 하고 있었다. 쇼의 희곡과 다른 부분은 대사였다. 「겨울 강」의 대사는 〈도슨의 청춘일기〉 시청자가 쓴 작품답게 현대 미국 젊은이들의 어휘를 잔뜩 담고 있었지만 모두 약강 오보격의 운문으로 씌어져 있었다. 큰아버지에게는 자연스러운 선택이었다. 큰아버지가 자기가 사는 동네 이야기를 쓸 생각이었다면 모국어 산문을 썼을 것이다. 하지만 큰아버지가 무대로 삼은 곳은 장르 속에만 존재하는 환상의 공간이었다. 운문은 당연했다.

그러나 캐시디를 진짜로 경악하게 했던 것은 작품의 내용이었다. 어떻게 설명해야 할까? 「겨울 강」은 존 웹스터가 「프리티 인 핑크Pretty in Pink」를 각색하면 나올 법한 작품이었다. 갑작스러운 해피엔드를 제외하면 굉장히 비극적이었으며, 전혀 십대 같지 않은 심오한 주인공들은 도슨식 수다와 셰익스피어식 운문이 뒤섞여 있는 독특한 대사를 주고받았다. 당연히 작품 속의 클리블랜드는 현대 미국을 피상적으로만 닮은 신화 속 공간이었다.

캐시디는 「겨울 강」이 천재가 쓴 걸작이라고 생각했다. 하지만 그로서는 이 작품이 과연 빈정거리는 장르 패러디인지, 진지한 드라마인지, 아니면 초현실적인 판타지인지 감을 잡을 수 없었다. 그냥 장난일지 모른다는 첫번째 가설도 아직 지울 수 없었다. 진담으로 치기엔 작품 자체가 너무나도 기형적이었던 것이다.

캐시디는 잠시 고민한 뒤 큰아버지에게 답장을 보냈다. 일단 그는 작품이 훌륭하기는 하지만 영화화되기에는 문제가 좀 있다고 말했다. 그는 다른 작품도 있으면 보내달라고 부탁했고, 끝에 약간의 법적 조언을 덧붙였다.

큰아버지는 그 편지를 작품이 미진하다는 뜻으로 받아들였다. 큰아버지는 몇 개월 동안 더 공을 들인 두 편의 다른 십대 영화 시나리오를 써서 다시 캐시디에게 보냈다.

새 작품들을 읽은 캐시디는 정신이 나갈 것 같았다. 이게 장난이 아니라는 것은 분명했다. 아무리 한가한 천재라고 해도 이런 괴상한 걸작을 세 편씩이나 써서 장난으로 낭비하는 일은 없을 것이다.

오프 브로드웨이의 무대 연출 일을 막 끝낸 캐시디는 당장 비행기를 타고 큰아버지를 찾아 나섰다. 그는 이틀 동안 길을 잃고 헤매다 간신히 패리스의 집에 도착했다. 그가 리빙스턴 박사를 발견한 스탠리처럼 초췌한 모습으로 걸어왔을 때, 큰아버지는 현관 앞 계단에 앉아 열린 문을 통해 고장 난 텔레비전을 아쉬운 듯 흘끗흘끗 훔쳐보며 『트리스트럼 샌디*Tristram Shandy*』를 읽고 있었다.

큰아버지와 긴 대화를 나눈 캐시디는 드디어 이 괴상한 걸작들이 어떻게 나왔는지 이해할 수 있었다. 그는 흥분했다. 몇백 년에 하나 나올까 말까 한 독특한 문학적 천재가 그의 앞에 앉아 있었고 그 천재의 운명은 그의 손아귀 안에 있었다.

캐시디는 큰아버지에게 미국행을 제의했다. 큰아버지를 유혹하는 것은 쉬웠다. 대형 텔레비전과 도서관에 대한 언급만으로 큰아버지의 마음은 즉시 흔들렸다. 결정타는 레이철 리 쿡이었다. 일이 잘 풀리면 레이철 리 쿡을 직접 만날 수도 있고 작품에 출연시킬 수도 있다는 말을 듣자, 큰아버지는 당장 짐을 싸기 시작했다.

큰아버지를 미국으로 데려오는 건 생각만큼 쉽지 않았지만, 캐시디는 한 달을 넘긴 노력 끝에 큰아버지를 버뱅크에 있는 자기 집으로 끌어올 수 있었다. 캐시디는 큰아버지에게 손님방을 넘겨주고, 자기 에이전트를 소개해주었으며, 지금까지 큰아버지가 브라운관을 통해 간접적으로만 접했던 미국 기계문명에 대한 실용적인 지식을 전수해주었다.

큰아버지가 대형 스크린 텔레비전과 팝콘에 푹 빠져 있는 동안 캐시디는 원고들을 검토했다. 큰아버지는 그때까지 〈도슨의 청춘일기〉 주인공들을 내세운 열일곱 편의 단편소설과 여섯 편의 오리지널 시나리오를 썼다. 모두 젊은 천재의 광채가 느껴지는 걸작들이었지만 할리우드에서 직접 영화화할 수 있는 작품은 하나도 없었다. 그러기엔 모두 너무 괴상했다.

캐시디는 큰아버지의 장중함과 로맨티시즘을 살리기 위해서는 십대의 세계에서 무대를 옮겨야 한다고 생각했다. 그는 「겨울 강」으로 그 아이디어를 실행에 옮겼다. 21세기 초 클리블랜드는 징병 반대 폭동이 일어났던 1863년 7월의 뉴욕으로 바뀌었다. 등장인물들의 나이는 모두 열 살에서 스무 살 정도 더 올라갔다. 가장 까다로운 것은 대사를 바꾸

는 것이었다. 피땀을 쏟는 노력 끝에 캐시디는 큰아버지의
독특한 언어를 모두 19세기식 영어로 옮길 수 있었다. 그건
셰익스피어의 소네트를 랩 가사로 고치는 것만큼이나 어처
구니없는 짓이었지만 캐시디에게는 다른 방도가 없었다.

석 달에 걸친 개작 끝에 캐시디는 완성된 각본을 큰아버
지에게 넘겨주었다. 캐시디의 DVD 플레이어에 정신이 잔
뜩 팔려 있던 큰아버지는 건성으로 그 글을 읽고 그에게 다
시 돌려주었다. DVD가 없었어도 큰아버지는 그 작품에 집
중할 수 없었을 것이다. 자기가 수개월 전에 썼던 원고의 각
색을 신경 쓰기에는 받아들이고 소화해야 할 정보가 너무
많았던 것이다.

캐시디가 각색한 「겨울 강」, 아니 「폭동The Riot」은 굉장
한 반응을 일으켰다. 미라맥스가, 짐 캐시디가 직접 감독하
고 탠디 뉴턴, 주드 로가 주연한 가을 시즌 영화로 이 작품
을 내놓을 때까지 이 계획이 일으켰던 수많은 소문에 대해
모두 이야기할 필요는 없을 듯하다. 영화는 아카데미에서
아홉 개 부문에 노미네이트되었고 각본상과 촬영상을 수상
했다. 잘 맞지 않는 턱시도를 입고 캐시디와 함께 트로피를
쳐들고 있는 큰아버지의 얼뜬 사진을 보면 당시의 성공이
꽤 어리둥절했던 모양이다.

성공의 흥분이 서서히 가시자, 큰아버지는 조금씩 캐시
디의 작업에 의문을 제기하기 시작했다. 그때 캐시디는 이

미 큰아버지의 세번째 각본을 각색하는 중이었다. 21세기 초 브루클린이 무대였던 원작은 대기근 시대의 아일랜드로 바뀌었다.

어느 날, 캐시디는 큰아버지에게 「굶주림The Hunger」의 주연인 케이틀린 역으로 누가 좋겠냐고 가볍게 물었다. 당시 니콜 키드먼과 줄리아 로버츠가 주연을 맡기 위해 신경전을 벌이고 있었고 캐시디는 줄리안 무어와 접촉 중이었다.

큰아버지는 레이철 리 쿡이 좋겠다고 대답했다.

한참 낄낄대던 캐시디는 큰아버지의 진지한 표정을 보고 곧 웃음을 멈췄다. 그는 레이철 리 쿡은 스케줄 때문에 어려울 거라는 식으로 말꼬리를 흐렸다. 당시 쿡은 폭스 네트워크의 새 텔레비전 시리즈 주연으로 책정되었기 때문에 그 말은 사실이었다.

그러나 더 이상 큰아버지는 자기 생각을 숨길 생각이 없었다. 몇 년 동안 숨겨져 있던 불만이 폭발했다. 아, 「폭동」은 물론 좋은 영화였다. 「굶주림」도 아마 그만큼 좋을 것이다. 하지만 그건 큰아버지가 상상하고 쓰고 다듬었던 작품은 아니었다. 왜 클리블랜드와 브루클린의 십대가 주인공이어서는 안 되는가. 왜 레이철 리 쿡과 라리사 올레이닉이 케이틀린과 카산드라여서는 안 되는가. 왜 큰아버지가 공을 들인 운문들이 거칠고 평범한 산문들로 바뀌어야 하는가. 왜 아름다운 21세기의 현대 도시들을 버리고, 전기도 없고 텔레비전도 없는 구질구질한 과거로 가야 하는가. 큰아버지는 역사물이 싫었다. 그런 것들은 활자나 무대로 접할 때는 아름다웠다. 하지만 영화가 그 세계로 들어가면 어쩔 수 없이 지저분한 길바닥과 형편없는 하수도 시설에 신경 쓰지 않을 수 없었다. 몇 년 전까지만 해도 그런 세상에 살았던 큰아버지는 그런 것들이 아름답지 않다는 것을 너무나도 잘 알았다. 결정적으로 왜 할리우드 영화는 사실성과 고증에 그렇게 집착하는 걸까? 셰익스피어는 자명종 시계가 있는 로마 시대를 무대로 『줄리어스 시저 *Julius Caesar*』를 썼지만 아무도 신경 쓰지 않았다. 그렇다면 브루클린의 십대 소년이 여자친구네 집 창가에서 중세풍의 세레나데를 낭송한다고 해서 뭐라고 해야 할 이유는 또 뭔가. 큰아버지는 수천 년에 걸친 문화 누적의 혜택을 볼 수 있는 시대를 사는 사람들이 자기 시대의 끝물만 빨아먹는 데 만족하는 걸 이해할 수 없었다.

캐시디는 쉽게 반박할 수 없었다. 각색 과정 중 그가 큰아버지의 천재성이 빛나는 부분을 몽땅 지워버렸다는 건 부인할 수 없는 사실이었다. 그러나 당시 할리우드에서 큰아버지의 각본을 그대로 쓴다는 것 역시 있을 수가 없는 일이었다. 결정적으로 그는 다시 십대 청춘 영화 전문 감독으로 돌아갈 생각 따위는 전혀 없었다.

그날 벌인 큰아버지와 캐시디의 말싸움은 서로에게 상처

만 입힌 뒤 잦아들고 말았다. 둘 다 말이 되는 소리를 했고 논리적으로 둘 중 하나를 타파할 수 있는 방법은 없었다.

그날부터 큰아버지는 예전처럼 마음을 열고 글을 쓸 수 없었다. 큰아버지의 작품들은 순식간에 두 종류로 나뉘었다. 하나는 큰아버지 글의 원래 성격인 시대착오적인 느낌을 의식적으로 강조한 작품들이었다. 다른 하나는 어떻게 든 온전한 모습으로 영화화되기 위해 순도를 낮춘 작품들이었다. 두번째 부류는 대부분 실패했다. 큰아버지는 사실적인 내용의 시나리오를 쓸 만큼 현대 미국 사회에 대해 잘 알지 못했다. 그렇다고 의식적으로 사극을 쓰자니 영 체질이 아니었다. 첫번째 부류의 작품들도 예전 같은 매력은 없었다. 원래의 스타일에 심통과 고집이 끼어들자 이전의 자연스러움은 사라지고 말았다.

큰아버지를 슬럼프에서 구해준 사람은 마이클 리였다.

마이클 리는 마카오 출신의 작가 겸 배우로, 짐 캐시디와는 오프 브로드웨이 작업을 함께한 뒤로 알고 지내는 사이였다. 당연한 일이었지만 리와 큰아버지는 캐시디의 집에서 처음 만났다.

큰아버지와 리는 곧 애인 사이가 되었다. 리는 댄서처럼 날씬한 몸매를 한 우아한 남자로, 큰아버지가 리에게 끌린 건 순전히 그의 외모 때문이었다. 적어도 큰아버지는 리가 세상에서 가장 아름다운 팔을 가졌다고 생각했다. 큰아버지는 종종 소파에 앉아 짧은 티를 입은 리의 팔 근육이 움직이는 광경을 말없이 바라보곤 했다.

그러나 리는 그보다 훨씬 가치 있는 사람이었다. 둘 사이의 관계가 웬만큼 진척되자 큰아버지는 리에게 자기가 쓴 원래 원고들을 보여주었다. 순식간에 큰아버지의 작품들에 매료된 리는 캐시디가 보지 못한 가능성을 발견했다. 할리우드 영화로는 어려웠다. 하지만 무대에서는 사정이 달랐다.

큰아버지의 초기작 중 하나인「윈터레이크 고등학교Winter -lake High school」를 복사해 가져간 리는 한 달 동안 원고를 쪼개고 나누고 붙여가며 4막짜리 희곡으로 재구성했다. 캐시디와는 달리 리는 큰아버지가 쓴 대사들을 대부분 살려두었다.

「윈터레이크 고등학교」는 그냥「윈터레이크」로 제목이 바뀌어 공연되었다. 시카고에서 초연된 뒤, 다음 해에 뉴욕의 MCC 극장에서 상연되었다. 마이클 리와 큰아버지는 「윈터레이크」가 거둔 성공으로 순식간에 연극계의 스타가 되었다. 그들의 명성은 큰아버지의 신작들을 각색한 리의 3부작 연극을 통해 더욱 높아만 갔다.

큰아버지가 짐 캐시디와 헤어진 것도 그때였다. 캐시디는 '배은망덕한 젊은 녀석'에 대응하는 온갖 험한 욕설들을 퍼부었지만 큰아버지는 들은 척도 하지 않았다. 이제 캐시디에게는 기대할 게 없었다.

짐 캐시디도 잃기만 한 건 아니었다. 그는 여전히 「윈터레이크 고등학교」를 제외한 큰아버지 시나리오 열네 편을 영화화할 권리를 가지고 있었다. 그는 쉰여섯 살에 심장마비로 죽을 때까지 큰아버지의 시나리오들을 아카데미용 미라맥스 영화로 각색하며 경력을 이어갔다.

큰아버지와 마이클 리의 밀월은 짐 캐시디 때보다는 길었다. 둘은 애인 사이였고 그들은 강한 정서적/성적 연결고리에 의해 얽혀 있었다. 무엇보다 큰아버지는 자신의 언어가 그대로 배우들에 의해 낭송되고, 그것이 그대로 평론가들과 관객들에 의해 받아들여지는 과정에 매료되었다.

그러나 리의 개작은 캐시디의 것보다 더 잔인한 것이었다.

그의 각색에서 큰아버지의 언어는 대부분 살아남았다. 하지만 리는 줄거리와 등장인물들을 고치고 대사의 의미를 바꾸었다. 그 과정을 통해 십대 주인공들의 솔직 담백한 사랑 고백은 포스트모더니즘에 오염된 세련된 지식인들의 아이러니컬한 자조로 변형되었다. 배우들은 큰아버지가 쓴 대사를 그대로 읊고 있었지만 그 대사들을 큰아버지가 의도한 그대로 받아들이는 사람들은 아무도 없었다.

큰아버지는 한동안 그런 개작들을 견뎌냈다. 리의 각색물들은 캐시디의 각색물들이 그랬던 것처럼 아름다운 작품들이었다. 리한테 옮겨 가면서 큰아버지는 다시 원래의 스타일을 되찾았다. 이제 의식적으로 자신이 아닌 어떤 것이 되거나 자기 자신을 억지로 강조할 필요는 없었다. 적어도 큰아버지의 언어는 살아남았으니까.

그러나 이런 자기기만도 한계가 있었다. 큰아버지는 슬슬 리의 언어 게임에 진력이 나기 시작했다. 캐시디는 그의 언어를 모두 뜯어고쳤지만 원작의 격렬하고 솔직한 드라마는 그대로 놔두었다. 하지만 리의 연극에서 큰아버지가 의도한 내용은 하나도 없었다. 리의 연극에서 큰아버지의 언어는 레고 블록에 불과했다.

결정적으로 큰아버지는 레이철 리 쿡에게서 점점 멀어지고 있었다.

이제 레이철 리 쿡에 대한 큰아버지의 감정은 집착에 가까웠다. 캐시디가 불을 댕긴 희망과 그를 따라주지 못하는 현실 때문에 그녀에 대한 갈망은 점점 심해져만 갔다. 리의 연극에 레이철 리 쿡이 출연할 가능성은 전무했다. 그건 큰아버지가 직접 물어봤으므로 확실했다. 쿡의 이름이 언급되자마자 리는 턱이 빠질 정도로 심하게 웃어댔다.

큰아버지는 다시 슬럼프에 빠졌다. 큰아버지는 침대에 누워 DVD로 「쉬즈 올 댓」이나 「조시와 푸시캣Josie and the Pussycats」 같은 영화들을 끝없이 돌려보며 세월을 보냈다. 이제 큰아버지가 쓰는 건 레이철 리 쿡에게 보내는 팬레터밖에 없었다. 큰아버지는 마이클 리와 보낸 마지막 1년 동안 가명으로 263편의 팬레터를 쿡에게 보냈다. 돌아온 것은 감사 메시지가 인쇄된 다섯 장의 핀업 사진뿐이었다.

결국 큰아버지는 리와도 헤어지고 말았다. 캐시디와 마찬가지로 리 역시 손해 본 건 없었다. 리는 큰아버지가 그와 동거 중 쓴 여섯 편의 십대 영화 시나리오에 대한 권리를 가지고 있었다. 리는 그 시나리오들을 모두 미묘한 철학적 성찰이 담긴 지적인 연극으로 각색했다.

큰아버지는 캘리포니아로 돌아왔다. 이번엔 맨해튼 비치에 괜찮은 집을 사서 그 안에 눌러앉았다. 큰아버지는 더 이상 시나리오를 쓰지 않았다. 쓰고 싶어도 영감이 떠오르지 않았다. 미국 사회에 대해 알면 알수록 십대 영화들의 세계는 점점 매력을 잃어갔다. 그나마 큰아버지를 지탱해주는 것은 레이철 리 쿡에 대한 환상뿐이었다. 큰아버지는 다시 시를 쓰기 시작했다. 대부분 소네트였고 몇 편은 레이철 리 쿡의 이름을 이용한 아크로스틱 포엠acrostic poem이었다.

그러던 어느 날, 아버지가 큰아버지의 집을 방문했다.

미국에 온 지 8년이나 지났지만 큰아버지는 단 한 번도 고국을 방문한 적이 없었다. 그건 영국에서 큰아버지가 보낸 돈으로 유학 중이었던 아버지도 마찬가지였다. 둘은 오래간만에 모국어로 떠들어대며 서로와 가족의 안부를 물었다. 할머니한테 편지 보낼 때를 제외하고는 거의 쓴 적이 없었던 모국어의 쓴맛이 서서히 큰아버지의 혀에 스며들었다.

아버지가 돌아가자, 큰아버지는 천천히 모국어로 자기가

쓴 시 한 편을 번역해보았다. 결과는 신통치 않았다. 큰아버지는 이 낯설고 기이한 언어가 자신의 모국어라는 사실을 믿을 수 없었다. 하긴 큰아버지가 읽은 모국어 책은 낡아빠진 국어 교과서 몇 권이 전부였다. 지금의 큰아버지를 만든 것은 영문학과 할리우드 영화였다. 지난 10여 년 동안 큰아버지는 영어로 말하고 영어로 쓰고 영어로 생각했다.

과연 모국어에 기회를 주어도 될까? 큰아버지는 생각했다. 만약 모국어로 고향 사람들에 대해 글을 쓴다면 짐 캐시디나 마이클 리 같은 사람들로부터 자유로워질 수 있을까?

그 뒤로 큰아버지는 한동안 모국어로 시와 단편 들을 시도해보았다. 성공한 건 하나도 없었다. 큰아버지는 제대로 된 소설을 쓸 만큼 고향 사람들에 대해 알지 못했다. 시는 특히 힘들었다. 큰아버지는 모국어 단어들을 어떻게 배열해야 시 비슷한 것이 되는지도 확신할 수 없었다. 몇 주 동안의 시도 끝에 큰아버지는 모든 걸 포기해버리고 말았다.

4월의 어느 날 저녁, 계시가 내려왔다. 그날 집 근처 극장에서 영화를 보고 나온 큰아버지는 당시 유행하기 시작한 발효식 식당에서 저녁을 먹기로 마음먹었다.

큰아버지는 식당에서 메뉴를 훑다가 맞은편 테이블에 홀로 앉은 작고 깡마른 여자와 눈이 마주쳤다. 순식간에 큰아버지의 심장은 보통 때의 두 배로 펑펑 뛰기 시작했다. 그 여자는 레이철 리 쿡이었다.

큰아버지는 수줍은 사람이었으므로 보통 때 같았다면 그 자리에 얼어붙어 죽어버렸을지도 모른다. 하지만 당시 큰아버지는 예술적 절망감에 푹 취해 있었다. 자포자기인 사람은 창피를 두려워하지 않는다. 큰아버지는 조금도 주저하지 않고 일어나 그녀가 앉은 테이블로 걸어갔다.

처음에 그녀는 큰아버지의 거침없는 태도에 잔뜩 긴장한 듯했다. 하지만 큰아버지가 이름을 밝히자 경직된 분위기는 다소 사라졌다. 큰아버지는 보통 사람이 아니었다. 퓰리처상을 한 번, 아카데미상을 네 번 수상한 저명한 작가였다.

큰아버지는 레이철 리 쿡에게 지금까지 얼마나 열광적인 그녀의 팬이었는지, 얼마나 많은 작품을 그녀한테서 영감을 받아 썼는지 이야기해주었다. 큰아버지의 이야기는 너무나도 신선하고 재미있었기 때문에 그녀는 도대체 거부할 수가 없었다. 그녀는 특히 「쉬즈 올 댓」과 「블로 드라이Blow Dry」에 대한 큰아버지의 심오한 해석에 깊은 감명을 받았다. 큰아버지의 강연을 들은 사람들은 왜 이 영화들이 아카데미 작품상을 받지 못했는지 궁금해하기 마련이었다.

당시 텔레비전 시리즈의 실패로 한창 기가 죽어 있던 레이철 리 쿡에게 큰아버지의 이야기는 엄청나게 자존심을 세워주는 것이었다. 기분이 좋아진 그녀는 큰아버지의 이야기가 신세 한탄으로 변한 뒤에도 테이블을 떠나지 않았다. 한탄을 끝내고 큰아버지가 슬픈 강아지처럼 그녀를 올려보자 그녀는 다음과 같은 충고를 해주기까지 했다.

"한번 생각해보세요. 선생님의 작품 중 어느 부분이 선생님 자신을 표현하고 있지요?"

이 질문은 「쉬즈 올 댓」에 나오는 미술 교사의 대사와 거의 일치했으므로 큰아버지도 이전에 수백 번은 들었을 것이다. 하지만 같은 말이라도 레이철 리 쿡의 입술에서 흘러나오자 전혀 새롭게 들렸다. 감동한 큰아버지는 그녀를 끌어안고 볼에 키스를 한 뒤 작별 인사도 하지 않고 식당을 떠났다.

큰아버지는 다시 영어와 영문학으로 돌아왔다. 이제 산문을 쓰기 시작했다. 레이철 리 쿡에게 보냈던 수많은 팬레터가 정리되었다. 처음으로 큰아버지의 글은 자서전적이 되었으며 현실과 직접 관계를 맺기 시작했다. 서서히 윈스턴 패리스, 짐 캐시디, 마이클 리, 레이철 리 쿡과 놀라울 정도로 유사한 사람들이 주요 등장인물로 나오는 장편소설의 골격이 완성되어갔다. 퓰리처상을 수상한 10년 경력의 베테랑 작가가 남들은 풋내기 신인일 때 하는 일을 그제야 시작한 것이다.

그러나 큰아버지는 첫번째 장편을 끝맺지 못했다. 스물여덟번째 생일을 막 넘긴 7월의 어느 날, 큰아버지는 레이철 리 쿡이 주연한 신작 스릴러 영화를 보러 가다가 윌셔 거리에서 벌어진 총격전에 말려들어 죽었다.

진행 기간만 따진다면 이 이야기의 에필로그는 본론보다 길다.

큰아버지의 경력은 사후에도 계속 이어졌다. 짐 캐시디는 여전히 큰아버지의 작품들을 각색해 영화로 만들었고 마이클 리는 큰아버지의 작품들을 조립해 만든 연극들을 무대에 올렸다. 큰아버지는 죽은 뒤에도 아카데미 각본상을 세 차례나 수상했고 토니상 후보에도 한 번 올랐다(아카데미상과 관련된 기록은 기네스북에 올라 있기도 하다). 사후 20년 기념으로 큰아버지가 레이철 리 쿡에게 보낸 팬레터들과 소네트들이 출판되기도 했다.

캐시디와 리가 죽고 그들이 꽁꽁 숨겨놓았던 큰아버지의 시나리오들이 공개되자, 그 작품들은 원래의 모습 그대로 연구되고 감상되기 시작했다. 이제 그 작품들은 그렇게 이상해 보이지도 않았다. 21세기 초의 미국 고등학교는 더 이상 현실적인 공간이 아니었고 그들의 언어 역시 과거의 것이었다. 큰아버지의 언어가 기형적으로 느껴질 이유가 줄어든 것이다. 결정적으로 미국 영화의 표현 폭이 넓어지고 있었다. 이제 주류 영화에서도 사실주의적 접근법은 필수가 아니었다.

최근 들어 그 시나리오들은 원래 모습 그대로 영화화되기 시작했다. 최초로 영화화된 작품은 「겨울 강」이었다. 영화 자체는 고전에 대한 존경을 잔뜩 담은 조금 위선적인 작품이었지만, 큰아버지가 그때까지 살아남아 영화를 보았다면 카산드라를 연기한 알린 윈저 모습에 만족했을 것이다. 조금 덜 사팔눈인 것만 빼면, 윈저는 놀랄 만큼 레이철 리쿡과 비슷했다.

1. 4월 1일

4월 1일 0시 30분 무렵에 '만우절'이라는 방제로 대화방을 연 사람은 내가 아니었다. 방장은 '호루라기'라는 대화명을 가진 고등학생이었는데, 계속 노땅들만 들어오자 진력이 났는지 곧 나가버렸다. 나는 어떻게든 남아서 방을 꾸려보려고 했지만 잘 되지 않았다. 이럴 때마다 나는 이 나라 일반 대중의 유머가 형편없이 지루하고 독창성이 결여되어 있음을 느낀다. 신나는 만우절 장난에 대한 내 욕구는 점점 해소될 희망을 잃어갔고 대화방과 이야기 에디터를 오가는 횟수도 늘어만 갔다.

열두 명 만땅을 다 채우기까지 했던 방은 점점 썰렁해졌고 남은 사람은 단 세 명뿐이었다. 나(대화명 파프리카), 대화명이 '다빈치'인 미대생(또는 자칭 미대생), 그리고 나랑 가끔 미디텔 과학소설 소모임에서 토론을 벌이기도 했던 김지영(대화명 지영이)이라는 부천시 시청 직원.

머릿수는 줄어들었지만 대화의 질은 오히려 높아졌다. 다빈치는 처음에 방에 들어왔을 때 떨떨한 질문만 해대서 머리가 좀 빈 게 아닌가 생각이 들었지만 이야기를 하고 보니 그럭저럭 머리가 돌아가는 애였다. 김지영 씨가 원래부터 조금 괴팍한 유머의 소유자라는 건 전에도 이야기를 해봐서 알고 있었다.

시간이 시간이다 보니 우리의 만우절 장난 이야기는 점점 과격해졌다. 해부학 교수의 목을 잘라 문 위에 얹어 부비 트랩을 만들자는 이야기를 꺼낸 사람은 내가 아니라 다빈치였다. 하지만 시체의 가죽을 벗겨 헬륨을 채운 다음 눌러놓았다가 학생들이 모이면 띄우자고 한 사람은 나였다. 지영 씨는 교실에서 띄우면 곧 천장에 부딪혀 재미가 반감될 테니 보다 나은 자리를 찾자고 제의했다. 우리는 머리를 굴려 헬륨 채운 시체를 띄울 장소로 어디가 가장 좋을지 곰곰 생각했다. 이야기는 가끔 다빈치가 간헐적인 웃음(^^ ..!!!)을 터뜨리는 통에 중단되었는데, 그는 교수의 시체가 헬륨 방귀를 뀌는 장면을 상상하지 않을 수가 없었던 것이다. 솔직히 말해 나로서는 그게 뭐가 그렇게 우스운지 아직도 잘 모르겠다. 대신 나는 꽤 진지하게 항문을 밀봉할 수 있는 방법에 대해 생각했다.

마침내 그럴싸한 방법이 떠올랐지만 네번째 사람이 방에

들어오는 통에 그 대화는 잠시 중단되었다. 나는 분위기가 회복되면 이야기하려고 내 아이디어를 잠시 묻어두었다가 다시 말할 기회를 영영 잃고 말았다.

네번째 사람의 대화명은 재칼이었다. 그는 간단하게 인사를 한 다음 무슨 이야기를 하고 있었느냐고 물었다. 지영 씨는 간결하고 경제적으로 우리가 지금까지 한 이야기를 요약해주었다. 우리는 다시 원하던 이야기로 돌아가려고 했지만 재칼은 다른 게 더 흥미 있는 모양이었다.

그런 생각을 하는 걸 보면 정말 그 해부학 교수가 미운 모양이지요? 그는 다빈치에게 물었다.

다빈치> 그 사람은 잘 알지도 못해요. 학점이 좀 짜긴 한데, 저한테 학점을 나쁘게 준 교수들을 모두 죽인다면 교정이 피로 물들 겁니다.

재칼> 그럼 싫어하는 교수는 없습니까?

다빈치> 죽일 만큼 싫은 사람은 없는데요. ^^;

파프리카> 나는 있어요. 학교 다닐 때 이택영이라고, 성질 더러운 교수가 하나 있었거든요. 정말 찔러 죽이고 싶을 만큼 싫었어요.

지영이> 학점이 짰어요?

파프리카> 성질이 더러웠어요. 학생들을 몰아붙이는 것도 싫었고 남의 생각엔 신경도 쓰지 않았어요. 하는 말마다 신경을 돋웠고 정말 짜증스러웠어요. 게다가 자기 실수는 죽어도 인정하지 않았어요. 가끔 강의 시간에 토론이 벌어지곤 했는데 이야기가 복잡해지면 성질부터 버럭 냈어요. 하여간 싫었어요. 더 짜증 나는 건 그 사람이 아직도 멀쩡하게 살아서 학교에 버티고 있다는 거예요. 이러니 이 나라 교육이 엉망이지.

채팅에 익숙한 사람이라면 이야기 프로그램 대화창을 열어놓고 이렇게 긴 글을 쓰는 게 그렇게 쉽지 않다는 걸 알 것이다. 그러나 이 긴 글은 오타 하나 없이 수월하게 흘러나왔다. 갑자기 이택영 교수의 역겨운 얼굴이 되살아났고 그 때문에 다시 머리끝까지 올라온 짜증이 발전기처럼 내 동력원이 되었던 것이다.

사람들은 내가 떨어뜨린 폭탄에 잠시 넋이 나간 모양이었다. 그러나 다시 지영 씨가 끊어진 대화를 이었다.

지영이> 겨우 그것 때문에 싫었어요? 구체적인 이유 없이?

파프리카> 사람이 싫어지기는 순식간이에요. 제 생각엔 이 정도면 충분히 구체적인 것 같네요. 정말 지금이라도 그 사람 배에 식칼을 쑥 쑤셔 박고 싶어요.

재칼> 왜 안 그랬습니까?

파프리카> 미쳤어요? 몇 초 동안 만족하려고 그 얼간이에게 영생을 주게?

다빈치> 게다가 살인을 하면 나중에 윤회할 때 점수가 깎입니다.

파프리카> 그것도 있군요. 그 바보 때문에 내가 지옥에
떨어지거나 벌레로 태어나서는 안 되죠. 참는 게 낫지.

재칼> 하지만, 이런 살인은 용납될 수 있다고 봅니다. 한
사람의 생명이 아무리 중요하다고 해도 그 사람의 존재가
이 나라의 젊은이들을 망치고 있다면 문제가 아닙니까?

파프리카> 공리주의자시네요.

재칼> 공리주의자가 뭔지는 잘 모르지만 말이 되지 않습니까?

파프리카> 그래도 살인은 죄예요. 난 윤회에서 점수가 깎이고
싶지 않아요. 지금도 사는 게 지겨우니 내세에서는 좀
낫게 살고 싶다구요.

재칼> 그게 겁난다면 이건 어떻습니까? 제가 대신 그 사람을
죽이는 겁니다. 전 그 살인이 죄가 아니라고 믿거든요.
결국 책임은 제가 다 지게 되는 겁니다.

파프리카> 그거 좋네요! 하지만 살인 교사도 죄가 아닐까요?

재칼> 제가 자발적으로 하겠다는 건데요, 뭐. 게다가 이건
진짜 살인 교사도 아니지 않습니까? 단지 농담일
뿐입니다. 그러니 만약에 내가 갑자기 미쳐서 정말로
사람을 죽인다고 해도 책임은 없습니다.

파프리카> 그러고 보니 그렇군요.

재칼> 어떻게 죽여드릴까요? 총살? 박살? 교살?

파프리카> 너무 간단해요. 그 녀석은 고생 좀 하고 죽어야
해요. 우선 전기톱으로 사지를 절단한 다음에 혀를
자르고 코르크 따개로 눈을 따내는 건 어때요? 그다음에
천장에 매달아 피를 뽑아 죽이는 거예요.

재칼> 전기톱은 소리가 요란할 텐데요.

파프리카> 그럼 도끼로 잘라요. 자르기만 하면 되니까.

재칼> 사지 절단, 혀 자르고 눈 뽑기. 알았습니다. 다른
　　　분들은 없습니까?

지영이> 기왕 하시려면 내 형부도 죽여주세요. 2년 전에
　　　언니를 걷어차고 새파란 젊은 여자랑 결혼했어요. 글쎄
　　　그 개새끼 유학 보내느라고 언니는 간호사 일 해서 번
　　　돈을 4년 동안이나 퍼부었다구요.

재칼> 좋습니다. 이름이 뭡니까?

지영이> 김진섭. 지금 한영그룹인가 하는 데서 일하고
　　　있어요. 어떻게 죽여야 하는지 안 물어봐요?

재칼> 어떻게 해드릴까요?

지영이> 일단 그 새끼 물건부터 잘라요. 그다음에 그걸 몽땅
　　　씹어 먹게 한 다음에 그 잘난 얼굴을...... 뭐예요. 그거
　　　있잖아요. 금속 표면을 매끄럽게 가는 거요.

다빈치> 그라인더요?

지영이> 맞아요. 그라인더로 갈아버려요. 그다음에 죽이든지
　　　말든지 맘대로 하세요. 솔직히 말해 그렇게만 하고
　　　내버려두었으면 딱 좋겠네. 모자란 것 같으면 손가락 몇
　　　개 더 잘라도 상관없어요. 살아 있을 때 자르기만 하면
　　　돼요.

재칼> 다빈치 님은?

다빈치> 글쎄요. 박한영이란 녀석을 죽여주면 저로서는
　　　좋겠습니다.

재칼> 그게 누굽니까?

나는 다빈치의 말이 더 이어지기를 바랐지만 모니터는 얼어붙어 꼼짝도 하지 않았다. 한 2분쯤 지나자 저주스러운 NO CARRIER 메시지가 딱 소리와 함께 떨어졌다. 재접속 하려고 했지만 죽어라고 끼어대는 노이즈 때문에 한 5분 동안 미디텔과의 접속은 불가능했다. 결국 다시 들어가기는 했지만 이미 만우절 방은 사라지고 없었다. 이런 젠장!

2. 5월 2일

일어나! 지금 몇 시인 줄이나 아냐?

언니의 결코 아름답다고 할 수 없는 목소리가 내 고막을 긁었다. 나는 이불을 뒤집어썼지만, 언니는 거칠게 나를 잡아끌었다. 나는 한 번도 언니와 힘 싸움을 해서 이겨본 적이 없다. 나는 파자마 소매를 잡아당겨 얼굴을 가리며 항의했다.

졸려. 나 3시에 잤단 말이야.

이것아, 이렇게 먹고 퍼 자기만 하니까 방댕이에 살이 뒤룩뒤룩 붙고 얼굴이 보름달이 되지! 넌 도대체 집에 붙어서 뭐 하는 거냐? 가끔 내가 출근한 뒤에 죄책감 같은 건 안 드니? 나 없는 동안 '방을 청소해야겠다' 같은 간단한 생각이 머리에 떠오른 적도 없어?

여긴 내 방이야, 언니.

아, 그래? 집세는 누가 내는데?

나는 비틀거리며 자리에서 일어났다. 돈 이야기가 나오면 난 늘 약자가 된다. 실업수당도 안 주는 나라에서 백조로 사는 건 서글픈 일이다. 그 때문에 이 나라 백수들의 풍부한 지적 활동은 무시되고 이들은 어쩔 수 없이 지루한 생산 현장으로 내쫓기고 만다. 현대 대한민국의 문화가 이렇게 산문적이고 평범한 데에는 이런 결정적인 원인이 버티고 있는 것이다.

언니가 출근하자, 나는 옷을 갈아입고 청소를 하기 시작했다. 꽤 오랫동안 청소를 안 한 건 사실이었다. 잘 때 방바닥에 쌓인 먼지가 파도처럼 물결치며 콧구멍으로 들어오곤 했으니까.

상당히 오래 끈 청소 때문에 내 생활 리듬은 엉망이 되어버렸다. 그래도 시간까지 손해 보지는 않았다고 해야겠는데, 청소가 끝난 10시 무렵은 대충 내 정상적인 기상 시간과 비슷했던 것이다. 보통 나는 이때쯤에 이부자리에서 빠져나와 YTN 뉴스를 음악 대신 배경으로 깔고는 신문을 읽는다. 하지만 갑작스러운 노동으로 머리가 혼란해진 나는, 내가 무얼 해야 하는지 잠시 잊어버리고 말았다. 한참 고민하다가 결국 나는 언니가 출장 가서 사 온 「헤븐리 크리처스」 비디오테이프를 꺼내 마흔두번째로 보는 편을 택했다.

언제나처럼 영화가 끝날 때쯤에는 질질 짜고 있었기 때문에 비디오가 꺼지고 YTN 채널로 넘어갔을 때도 나는 조금 현실감각을 잃고 있었다. 그래서 잔인무도한 살인 운운하는 아나운서의 목소리가 화장실 문 너머로 들려올 때도 나는 아주 잠시 동안 그것이 영화의 연장이라고 생각했다. 그러나 그것이 영화의 연장일 리가 없다. 언제 폴린과 줄리엣이 그라인더로 사람을 죽였는가? 그런데 웬 그라인더?

나는 허둥지둥 변기 물을 내리고 화장실에서 뛰어나왔다. 이미 그 뉴스는 끝난 뒤였다. 그제야 조간신문을 읽지 않았다는 사실을 깨달았다. 나는 현관으로 뛰어가 편지통에서 신문을 가져왔다.

찾던 기사는 금방 나왔다. 구로동의 모 철공소에서 남자 시체가 하나 발견되었는데 손가락 전부와 성기가 잘려나간 뒤였으며 얼굴 전면이 거의 귀 쪽까지 그라인더로 갈려나가고 없었다는 내용이었다. 시체의 신원은 아직 미상. 하지만 YTN에서는 무슨 이름 비슷한 걸 언급했었다.

나는 YTN에 채널을 고정하고 그 뉴스가 또 나오기를 기다렸다. 결국 다시 나왔다. 그 남자의 이름은 김진섭이었고 한영그룹의 무슨 연구소 직원이었다. 그는 4월 30일 오후부터 실종 상태였다.

여러분이야 그 이름을 읽은 게 몇 페이지 앞일 테니 아하,

역시 그 친구였군! 했겠지만 농담 삼아 가볍게 한 이야기로부터 한 달이나 지난 뒤였던 나는 그 사람 이름까지 기억할수는 없었다. 그러나 한영그룹과 그라인더는 기억하고 있었다. 조금 더 생각해보니 거세랑 손가락 자르기도 기억났다. 결국 재칼이 진짜 일을 저지르고 만 것이다!

그때 경찰에 신고했어야 했는지도 모른다. 하지만 나는 하지 않았다. 대신 허둥지둥 미디텔에 접속했다. 김지영 씨의 아이디가 영 기억나지 않았기 때문에(기억하기 정말 곤란한 여덟 자리 숫자 아이디였다) 과학소설 소모임에 들렀지만 지영 씨의 글은 찾을 수가 없었다. 그러고 보니 그 사람은 자기 글들이 게시판에 오래 남는 걸 싫어했다.

어떻게 하나, 어떻게 하나. 경찰에 먼저 신고할 수는 없었다. 신고한다고 믿어줄 것 같지도 않았다. 만약 한다고 해도 일단 지영 씨의 생각을 알아야 한다. 그리고 재칼이 범인이라는 법도 없다. 혹시 누가 아나, 다빈치나 지영 씨가 대신 일을 저질렀을지도. 이런 바보 같은……

나는 지영 씨를 찾아 다시 탐색을 벌였지만 허사였다. 그러나 나는 지영 씨가 부천 시청 여성복지과에 근무한다는 건 알고 있었다. 나는 무턱대고 전화를 걸었고 결국 지영 씨가 전화를 받았다. 통신으로만 대화를 주고받았기 때문에 목소리를 들으니 다소 낯설었지만 워낙 목소리 자체가 평범해서 그 낯섦은 곧 잊혔다.

안녕하세요. 저 이현주예요. 미디텔 아이디랑 대화명이 파프리카인데 기억나세요?

네, 물론 기억하죠.

신문 읽으셨어요?

아, 그 살인 사건요?

네, 경찰에 신고해야 하지 않을까요?

잠깐만요. 우리 한번 만나죠. 바쁘진 않으시죠? 어디 사세요? 전에 오류동에 사신다는 이야기를 들은 것 같은데. 맞다구요? 그럼 7시쯤에 그 근처에서 만납시다. 오류역 근처에 롯데리아 있죠? 거기서 만나요. 그런데 어떻게 생기셨나……

트리시 고프보다 뚱뚱하고 'X-파일' 티셔츠를 입고 있어요. 『슬램덩크』 만화책을 들고 갈게요.

지영 씨는 정각 7시에서 50초 모자라는 시각에 째깍 하고 나타났다. 목소리만큼 외모도 평범한 사람이었다. 그녀는 망설임 없이 곧장 나에게 다가왔다.

트리시 고프보다 뚱뚱한 아가씨 맞죠?

나는 고개를 끄덕였다. 지영 씨는 내가 고개를 끄덕이자 내 팔을 잡아당겨 밖으로 끌어냈다.

안에서 할 이야기는 아니죠. 우리 걸어요. 그런데 어떻게 된 거예요? 난 라디오에서 조금 들었을 뿐이라 잘 몰라요. 정말 그렇게 죽었대요?

납치했는지 어쨌는지는 몰라도 철공소에 묶어놓고 거세한 다음에 정말로 그걸 먹였대요. 다 먹인 뒤에 하나씩 손가락을 자른 다음 그라인더에 얼굴을 박고……

거기까지만 이야기해요. 동정심 들까 겁나네요.

거기가 끝이에요. 얼굴이 갈리는 동안 죽었대요. 전화로도 말했지만 경찰에 알려야 하지 않아요?

뭐라고 하죠? 게다가 우린 재칼이 누군지도 모르잖아요. 그 방에 있을 때 재칼 아이디를 체크해봤어요? 안 해봤죠? 저도 안 했어요. 다빈치도 안 했을걸요. 만약에 해서 아이디를 알았다고 해봅시다. 그게 무슨 도움이 되나요? 재칼은 작정하고 온 사람이에요. 아이디 등록하는 데 본명을 썼을 리가 없잖아요.

정말 미친 사람이야! 유머 감각이 없어요. 만우절 농담도 모르나!

솔직히 말해요? 전 고맙다고 생각해요. 뉴스 듣고 괜히 기분이 좋더라고요. 형부, 아니 그 죽은 바보에게도 그편이 낫지 않겠어요? 그렇게 고생하며 죽었으니 다시 태어날 때 조금 정상이 참작될 거예요. 전 신고할 생각 없어요. 다빈치 용돈을 털던 그 건달도 살아 있어봐야 좋을 것 하나 없을 것 아니에요? 게다가 댁의 교수 양반은 어때요? 그 양반이 구제받길 원해요?

나는 대답하지 않았다. 지영 씨는 주머니에서 새알 초콜

릿을 한 줌 꺼내 입에 털어 넣고 의기양양하게 씹었다. 한 2분 동안 도덕적인 딜레마를 겪은 뒤, 나는 내가 대화방에서 잘린 다음 무슨 이야기들이 더 있었냐고 물었다.

별로요. 다빈치가 그 박한영인지 뭔지 하는 친구한테 용돈을 털린 이야기를 했어요. 그리고 우린 순번을 정했어요. 제가 가장 먼저였고 그다음이 다빈치였어요. 그다음에 그 재칼이 무언가 규칙에 대해 더 이야기를 하려고 하는 것 같았는데 그만 방이 중단되어버렸어요.

박한영에 대해서 뭔가 더 들은 건 있나요?

같은 고등학교를 나왔대요. 내발산동 어디라나. 잘 기억은 안 나요. 그치만 내발산고등학교는 아닌 것 같았어요. 엉뚱한 동네 이름이 붙어 있었어요. 이봐요, 트리시 고프보다 뚱뚱한 아가씨. 저 같으면 신경 끄겠어요. 재칼이 죽이지 않아도 어차피 수많은 사람이 여러 가지 원인 때문에 죽어요. 다른 게 있다면, 재칼이 죽이는 사람들은 이유 없이 죽는 게 아니라는 것뿐이죠.

3. 5월 31일~6월 1일

여러분이 나처럼 게으름뱅이라면 기상 시간 한 시간 전에 반쯤 잠에서 깬 채 이부자리 안에서 뭉그적거리는 기분을 알 것이다. 시곗바늘은 째깍거리면서 끊임없이 운명의 기상 시간으로 접근해가고 이부자리 안은 너무나 따뜻하고 편하다. 나는 5분에 한 번씩 한쪽 눈을 절반쯤 뜨고 시계를 곁눈질하면서 늙은 파우스트처럼 제발 시간이 멎어버리길 바란다. 그러나 아무리 기도해도 시간은 흘러가게 마련이다.

김진섭의 얼굴이 그라인더에 갈려 철공소 사방으로 튕겨 나간 뒤 한 달 동안 내 기분이 꼭 이랬다. 나는 두 사람의 생명선을 쥐고 있었다. 내가 무언가 일을 하면 그들은 죽지 않을 것이다.

그러나, 나는 그 '무언가'를 하지 않았다. 말하지 않았는가. 나는 게으름뱅이다. 경찰에 신고하거나 당사자에게 알린다거나 하는 일은 모두 상당한 노력이 필요한 일일 뿐만 아니라 뒤처리도 귀찮기 짝이 없다.

게다가 나에게는 다음 살인이 적어도 한 달 동안은 일어나지 않을 것이라는 확신이 있었다. 재칼은 규칙을 정해놓고 있었다. 그리고 그의 규칙이 일정한 간격을 두고 살인을 저지르는 것이라고 확신할 수 있는 근거가 있었다. 김진섭은 5월 1일 0시 무렵에 살해당했다. 그 시간은 우리가 채팅을 한 지 꼭 한 달 뒤다. 그렇다면 재칼이 다음 살인을 6월 1일 0시에 저지를 것이라는 추측도 설득력이 있다.

나는 내 가설을 믿었다. 그것이 내 게으름을 정당화시켰다. 나는 적어도 5월 30일까지는 아무 일을 하지 않아도 되었다. 기상 시간 5분 전에 이불 속에서 뭉개는 아이처럼, 나는 한 달 동안 놀았다.

20일이 되자, 서서히 내 양심이 아프기 시작했다. 백조인 게 죄지, 나에게는 핑계 댈 다른 일도 없었다. 나에게 부여된 유일한 일은 쓸모없는 건달 하나의 목숨이 줄어들지 않게 도와주는 것이었다. 다빈치를 믿을 수도 없었다. 그와 이야기를 나누려는 모든 시도는 좌절되었다. 나는 그의 이름도 아이디도 몰랐다. 경찰에 신고할 수는 없었다. 그들은 믿지 않을 것이다. 믿더라도 왜 지금까지 미적거렸느냐고 따질 것이다. 게다가 김지영 씨가 곤란해질지도 모른다. 신고하는 대신 살해당할 남자에게 직접 경고해주어야 했다.

결국 나는 그 내발산동에 있으면서도 내발산고등학교가 아닌 학교로 찾아갔다. 경고를 하건 말건 그 박한영이라는 남자가 누군지 알아보고 싶었다.

〈TV는 사랑을 싣고〉의 프로듀서가 아닌 이상, 개인이 이런 조사를 하는 것은 결코 쉬운 일이 아니라는 점을 말해두고 싶다. 나는 서류를 찾는 동안 다섯 가지나 되는 졸렬한 거짓말을 10분 단위로 창조해야 했다.

그렇게 결국 그의 주소를 건질 수 있었다. 나는 그 집에 전화를 걸었고 짜증이 잔뜩 나 있는 그의 어머니로부터 그가 거처하는 건물의 주소를 알아냈다. 영등포에 있는 4층짜리 상가 건물이었다. 그는 그 건물 4층에 있는 문 닫은 당구장에서 친구랑 살고 있었다.

31일은 끔찍했다. 학교 다닐 때 수학 시험 전날이 꼭 이랬다. 가슴은 콩당콩당 뛰고 되는 일은 하나도 없었다. 12시까지 나는 이불 속에 누워서 뭉갰지만 오후부터는 그럴 수도 없었다. 나는 전철로 영등포에 갔고 가장 먼 길을 택해 그 건물을 찾아갔다.

나는 그 건물에 있는 문방구에서 필요도 없는 볼펜을 샀고 역시 그 건물에 있는 구멍가게에서 치토스 한 봉지를 샀다. 근처에 만홧가게도 하나 있어 그곳에 들어가서 만화책을 몇 권 뒤적거렸다.

하지만, 볼 생각도 없었던 『아르미안의 네 딸들』 마지막 권을 다시 들춰보며 미적거리는 것도 한계가 있었다. 나는 마침내 보다 간단한 방법을 택하기로 마음먹었다. 나는 문방구로 돌아가 종이와 편지봉투를 사가지고 나와 만홧가게 뒤의 공중전화 부스에 들어가 커다랗게 다음과 같이 썼다. '누군가 당신을 죽이려고 하고 있습니다. 당장 집을 떠나세요.' 머리를 좀더 굴렸으면 보다 그럴듯한 글귀를 만들어낼 수도 있었겠지만 내 머리는 그때 그렇게까지 잘 굴러가지 않았다.

나는 그 종이를 봉투에 넣고 박한영의 이름과 주소를 쓴 뒤 우표를 붙였다(왜 쓸모도 없는 우표를 붙였느냐고 묻는다면 답변할 수 없다. 아마 그게 더 그럴싸하게 보일 거라고 믿었던 모양이다). 나는 봉투를 붙이고 허둥지둥 당구장으로 올라가 문 아래로 밀어 넣은 뒤 달아났다. 뒤에서 누가 뭐라고 외친 것 같았지만 멈춰 서지 않았다.

해방이다! 흐뭇해진 나는 기분이나 풀 겸, 팀 로스가 나오는 새 영화를 상영하고 있는 동네 극장으로 들어갔다. 두 시간 3분 동안 기분 좋게 웃고 나오니까 벌써 밤 8시가 넘어 있었다. 배가 고파서 근처 분식점에 들러 라면을 먹었다. 라면을 다 먹으니 배가 좀 더부룩한 것 같아서 또 걷기 시작했다.

다리가 휘청거릴 정도로 영등포역 주변을 빙빙 돌다 보니 벌써 11시였다. 집으로 돌아가야 할 시간이었고 또 당연히 그러고 싶었다. 내 일은 끝났다. 쪽지를 보냈는데도 그 남자가 달아나지 않았다면 그건 내 책임이 아니다.

이렇게 논리를 딱 세워놓았으면서도 왜 다시 그 당구장으로 걸음을 옮겼는지 나로서는 알다가도 모를 일이다. 나는 치한들이 단체로 몰려나올 것 같은 어두컴컴한 골목들을 지나 다시 그 4층 건물에 도착했다. 4층에는 불이 켜져 있었다. 좋다. 문 앞까지 가서 말소리나 듣고 가자. 그럼 정말 모든 게 끝이다.

나는 헉헉거리면서 또다시 4층으로 올라갔다. 우윳빛 유리 너머로 백열전등의 누런 빛이 스며 나왔고 문틈으로 노랫소리가 들려왔다. 목소리는 저음이었고 씩씩했다. 노래는 군대 다녀온 사람이라면 누구나 알고 있고, 나처럼 다녀오지 않은 사람도 이경규의 '몰래 카메라' 코너 때문에 익숙한 바로 그 곡이었다. 보~~람찬! 하루 일을! 끝마치고서……

노래는 당구장의 음침한 분위기와 전혀 맞지 않게 씩씩하고 밝아서 괴기스러운 느낌마저 들었다. 나는 겁에 질려 계단 쪽으로 몸을 돌렸다.

그때 갑자기 문이 열리고 야구 모자를 눌러쓴 깡마른 남자가 뛰쳐나왔다. 그는 나를 거들떠보지도 않고 허겁지겁 아래로 달려 나갔다.

나는 아직도 덜컹거리는 소리를 내며 흔들리는 문을 잠시 바라보다가 살짝 머리를 당구장 안으로 밀어 넣었다. 그리고 방 안을 보고 말았다.

나는 다빈치가 재칼에게 무엇을 요구했는지 모른다. 그러나 방 안을 둘러보고 나서 나는 그가 위상기하학에 지대한 흥미를 가지고 있음을, 그리고 3차원상에서 클라인 씨의 병의 모형 투영도를 구현하는 것에 대해 하나의 아이디어를 가지고 있음을 알았다. 재칼은 박한영, 적어도 전에는 그렇게 불렸던 고기 조각들로 그 아이디어를 실험한 모양이었다.

갑자기 창가 쪽에서 인기척이 들렸다. 달아나려고 하는데 내가 쓴 편지가 눈에 띄었다. 그것은 방을 가로지른 철사

줄에 빨래집게로 매달려 있었다. 나는 될 수 있는 한 시체를 보지 않으려고 노력하며 당구대 위로 올라가 편지를 잡아챘다.

내려오는 동안 잠시 방심했던 모양이다. 굴러다니는 슬리퍼를 밟고 미끄러진 나는 그만 얼굴을 바닥에 박으며 넘어지고 말았다. 그 통에 바닥에 굴러다니던 물컹거리는 작은 알갱이가 내 입안으로 들어왔다.

무심코 나는 그걸 삼켜버렸다.

4. 6월 30일

한 달 전까지만 해도 내 몸무게는 56킬로그램이었다.

지금은 42킬로그램이다.

이제 노래방에 가서 내가 「보랏빛 향기」라도 불러젖히면 다들 내가 강수지인 줄 안다. 이 놀라운 다이어트의 성공 비결을 알고 싶다면 이 글을 읽는 독자들에 한해 몰래 가르쳐 줄 수 있다. 간단하다. 다이어트를 시작하는 전날에 막 도살 당한 인체에서 잘려져 나온 조직의 일부를 삼키면 된다.

농담 하나 안 보태고 나는 그 뒤 일주일 동안 물 빼고는 아무것도 입에 넣을 수 없었다. 지금도 껌 같은 건 씹을 수 없다. 입안에 뭔가 물컹한 것이 들어가기만 해도 한 달 전에 내 입안으로 들어왔던 바로 그 무언가가 생각났기 때문이다. 「배드 테이스트Bad Taste」를 보고 사흘 정도 아무것도 먹을 수 없었던 경험은 비할 바도 아니었다(그러나 그것은 피터 잭슨의 잘못이 아니다. 간접 경험이 직접 경험을 능가할 수는 없으니까. 잭슨을 위해 하는 말이지만, 만약 내가 진짜 외계인의 구토물을 마실 기회가 있었다면 나는 그 뒤로 물도 못 마시고 아사했을 것임을 밝혀둔다).

그동안 내 주변에는 많은 일이 생겼다. 나는 취직을 했고 정신없이 일을 했다. 그날 이후로 미디텔 근처에도 가지 않았다. 인터넷에서 자료가 필요할 때는 회사 컴퓨터를 썼다.

경찰은 박한영과 김진섭을 연결시키지 못했다. 비상식적일 정도로 잔인무도한 살인이 매달 말에 일어난 것 정도로는 충분하지 않았던 모양이다. 하긴, 그 둘은 전혀 관계가 없는 사람이었고 그들을 죽일 만한 사람들은 재칼 말고도 수두룩했다고 한다. 하지만 오늘이 지나면 어떨까? 여전히 독립된 별개의 살인이라고 생각할까?

나는 지금도 그날 밤을 생각하면 소름이 쫙 끼친다. 막 고깃덩어리를 꿀꺽 삼킨 후, 나는 절뚝거리는 발소리를 들었다. 발소리는 잠시 내 근처에서 멈추었다가 문밖으로 사라져버렸다. 나는 너무 겁이 나서 바닥에 박은 얼굴을 들지도 못했다. 열린 창문 너머로 누군가 '보람찬 하루'를 부르는 소리가 들렸지만 창밖으로 얼굴을 내밀 수도 없었다.

나중에 나간 남자가 재칼이었다면 문 앞에서 나랑 부딪힌 사람은 누구였을까? 재칼의 공범자? 아니면 재칼은 원래 두 명이었을까?

내가 내지른 한숨 소리가 조금 컸던 모양이다. 옆 테이블에 앉아 있던 나이 지긋한 남자가 나를 이상한 듯 바라본다. 하긴, 이상한 소리를 지르지 않았어도 그들은 나를 이상하게 봤을 것이다. 이런 한밤중에 변두리 밥집에 나와 앉아 노트북을 두들기고 있으니, 그에게 나는 아주 세련되어 보이거나, 엄청나게 똥폼 잡는 여자로 보일 것이다.

그래도 나는 그동안 꽤 많은 일을 했다. 이택영이 2년 전에 이사했다는 것도 알았고 그가 책을 쓴답시고 사무실이라는 걸 하나 얻어 출근하듯 나가고 있다는 사실도 알았다. 그 사무실이란 곳이 사회규범에 의해 인정받지 못하는 특정 성적 접촉의 무대로 종종 사용된다는 사실 자체는 내가 알 바가 아니다. 오늘이 바로 그날이 아니라는 사실을 알았으니 그것으로 충분하다.

나는 유리문 너머로 그 사무실이 있는 창문을 올려다본다. 아직 불이 켜져서 꽤 밝다. 정말 이택영이 글을 쓰고 있는 건지, 아니면 지뢰 찾기 게임에 미쳐서 밤을 넘기고 있는 건지 나는 모른다. 나는 핸드백에서 휴대전화를 꺼내 탁자 위에 올려놓는다. 만약 집으로 돌아가는 길에 강도가 뛰어들어 내 노트북과 휴대전화를 훔쳐간다면 순전히 이택영의 책임이다.

인기척이 뜸해지고 가게들이 하나둘씩 문을 닫아간다. 내가 앉아 있는 식당도 슬슬 손님들이 빠져나가기 시작한다. 나는 동네 전체가 빛을 잃고 어두워지는 그 과정을 말 그대로 느낄 수 있다. 나는 지금까지 세 시간 반 동안이나 여기에 앉아 살인범을 기다려왔다.

갑자기 멀리서 희미한 노랫소리가 들려온다. 가사도 곡조도 낯설지만 군가라는 것만은 분명하다. 내 손바닥은 땀으로 젖기 시작한다. 나는 언니 서랍에서 가져온 근시 안경을 핸드백에서 꺼내 쓰고 가발을 매만진 뒤, 마치 우연인 척 유리문 너머를 바라본다.

키가 작고 단단해 보이는 남자가 거리 저쪽에서 행진하듯 절도 있는 걸음걸이로 걸어오고 있다. 머리는 군인처럼 짧게 깎았고 표정은 밝고 건강해 보인다. 왼손에 길쭉한 가방 같은 걸 들고 있는데, 나는 될 수 있는 한 그것이 무엇인지 추측하지 않으려고 한다.

남자의 노랫소리는 이제 콧노래에서 휘파람으로 바뀌었다. 그러나 그 정도면 그 남자가 한 달 전에 '보람찬 하루'를 부른 바로 그 남자라는 사실을 확신하기에 충분하다. 그는 재칼이다.

갑자기 그가 길 한가운데에서 멈춰 선다. 그는 의식적인 동작으로 천천히 주변을 바라본다. 그러더니 조명을 받는 댄서처럼 거창한 동작으로 나와 사무실 중간의 한 점을 향해 절을 한다. 그는 오른쪽으로 90도씩 방향을 틀어가며 네 번씩 절을 한다. 한 바퀴를 다 돌자, 그는 마치 사방에서 박수갈채라도 쏟아지는 것처럼 팔을 흔들며 가공의 청중에게 답례를 한 뒤 사무실이 있는 건물로 들어간다.

전화기가 땀에 젖은 내 손에서 미끄러져 떨어진다. 나는 땅에 떨어진 전화기를 허겁지겁 주워 들고 사무실을 바라본다. 지금 경찰에 신고하면 아마 일이 일어나기 전에 재칼을 체포할 수 있을지도 모른다. 아니다, 휴대전화는 추적당할지도 모른다. 만약 제보자가 나라는 사실이 밝혀지면 여러모로 골치가 아파진다. 공중전화가 더 안전하다. 아니다, 너무 가깝다. 주인아줌마가 기억하고 경찰에 신고할지도 모른다. 나름대로 변장이라고 하고 나왔지만 내가 봐도 서툴기 짝이 없지 않은가.

공중전화는 길 건너편에 있다. 하지만 나는 엉덩이가 의자에 못이 박힌 것처럼 앉아서 사무실의 창문을 올려다본다. 창문은 열려 있지만 블라인드가 내려져 있어서 무슨 일이 일어나고 있는지 알 수 없다. 재칼은 이제 2층쯤 올라갔을 것이다.

그 순간, 나는 한 달 전 나를 밀치고 허겁지겁 뛰어나갔던 남자가 누구인지 알아차린다. 그는 다빈치였다. 그도 나처럼 한밤중에 나와 당구장 구석을 서성거렸을 것이다. 그리고 바보같이 재칼이 일을 마무리 지은 바로 그 순간에 당구장으로 올라갔을 것이다.

이제 모든 것이 분명해졌다. 재칼은 게임을 하고 있다. 그러나 그 게임의 상대는 박한영이나 김진섭이 아닌 바로 우리이다. 게임의 룰은 간단하다. 살인 전에 경찰에 신고해 자신의 고결한 도덕성을 과시하면 우리가 이긴다. 방해받지 않고 살인에 성공하면 그가 이긴다. 김지영 씨는? 아마 그는 살인 전에 김지영 씨에게 메일이나 편지를 보내 정중하게 자기 계획을 알렸을 것이다. 만약에 김진섭의 얼굴이 그라인더에 갈리는 동안 구로동의 그 철공소 근처에서 얼쩡거리는 사람이 있었다면 그 사람은 분명 김지영 씨였을 것이다.

지금이라도 늦지 않았다. 나는 엉거주춤 일어나 노트북을 집어 올린다. 막 엉덩이를 들어 올리고 다리를 펴려는데, 갑자기 이택영의 느끼한 얼굴이 떠오른다. 나는 다시 주저앉는다. 나는 수천 가지 다양한 방법으로 그를 죽이는 광경을 상상하며 학교를 다녔다. 이런 공상의 가장 나쁜 점은 아무리 머릿속으로 호들갑을 떨어도 진짜 대상은 손가락 하나 다치지 않는다는 것이다. 지금 이 순간 내 상상의 일부가 정말로 실현이 되는데 그 기적을 막아야 할까? 내 오랜 기도의 결과일지도 모르는데?

나는 다시 사무실 창문을 올려다본다. 이미 그는 방 안에 들어갔을 것이다. 지금 전화를 걸면 아마 팔다리가 잘리는 정도에서 끝낼 수도 있다. 그 정도면 죽이는 것보다 더 그럴싸한 벌일지도 모른다. 하지만 재칼이 잡힌다면? 그는 그날 채팅실에서 일어났던 일 모두를 불어버릴 것이다.

　나한테는 수십 시간처럼 느껴졌던 그 순간, 식당 벽시계의 추는 단 두 번 왕복했다. 나는 노트북을 다시 열고 탁자 아래로 다리를 뻗는다. 아마도 지금쯤 재칼은 전기톱으로 이택영의 팔을 잘라내고 있을 것이다. 나는 폰트를 잔뜩 키운 뒤 고함이라도 치는 것처럼 화면에 글자들을 때려 넣는다. 좋아, 재칼. 네가 이겼다. 네 마음대로 해!

첼로

1

트린은 작았다. 좁은 어깨의 깡마른 체격과 가는 목, 어린 아이처럼 까맣고 맑은 눈과 그에 어울리는 동안童顔, 한 사이즈쯤 더 커 보이는 헐렁한 낡은 옷, 그리고 무엇보다 첼로라는 덩치 큰 악기 덕에, 아침에도 156센티를 간신히 넘는 그녀의 체구는 더 작아 보였다. 트린이 필요 이상으로 넓은 시청 강당 무대 위에서 바흐의「무반주 첼로 모음곡 제5번」을 연주하는 25분 동안, 이모는 그녀가 어느 순간 첼로와 함께 부서질지도 모른다고 걱정했다.

그 25분간의 연주는 여러모로 초현실적이었다. 객석에 앉아 있던 어느 누구도, 이름만 연주회지 아마추어의 장기자랑 이상은 아니었던 복지부 주최 노동자 연주회에서 이런 굉장한 연주를 들을 수 있을 거라고는 상상도 하지 못했다. 그녀의 테크닉은 너무나도 완벽해서 곡 자체가 어처구니없을 정도로 수월하게 느껴졌다. 더 이상한 것은 그녀의 해석이었다. 의식적으로 과격한 해석을 하지는 않았지만 뭔가 심각하게 달랐다. 마치 외계인의 연주를 듣는 기분이었다.

연주회가 끝난 뒤, 이모는 지하 2층에서 벌어지는 파티에 참석했다. 11개월 동안 계속된 내전 덕택에 모두 꽤 굶주렸던 터라 다들 먹는 데 정신이 잔뜩 팔려 있었다. 상당량의 음식이 손님들의 주머니와 가방 속으로 사라졌다.

트린은 방구석에 서서 인형처럼 무표정한 얼굴로 파티에 참석한 동료들을 바라보았다. 오른손으로는 홍차처럼 보이는 핑크색 액체가 담긴 강화 유리잔을 들고 있었고 왼손으로는 자기 첼로를 어루만지고 있었다. 낡아빠진 첼로 케이스에는 아직도 전당포 딱지의 흔적이 다 지워지지 않은 채 남아 있었다.

이모가 다가가자, 트린의 텅 비어 있던 얼굴에 순식간에 화사하기 짝이 없는 미소가 피어났다. 이모는 어떻게 받아들여야 할지 알 수 없었다. 트린의 표정은 예의 차리는 것치고는 너무 진실해 보였고, 진짜로 보기엔 너무 갑작스러웠으며, 완벽했다. 그녀는 오드리 헵번처럼 자기만의 독특한 억양으로 이야기했는데, 이모는 이 억양이 어디서 온 것인지 감도 잡을 수 없었다.

이모는 트린에게 자기소개를 하고 어디서 첼로를 배웠는

지, 전문 음악가로 나설 생각은 없는지 물었다. 트린은 그저 이곳저곳에서 조금씩 배웠고 아직까지는 음악을 직업으로 삼을 생각이 없다고 대답했다. 이모는 더 캐물으려 했지만 트린은 교묘한 외교적 언사로 더 이상의 질문을 막았다.

이모는 갑갑해졌다. 왜 그처럼 훌륭한 재능을 가지고 있으면서도 그걸 적극적으로 키워 다른 사람들과 함께 자신의 음악을 나누려고 하지 않는 걸까? 음악가로서 어떤 길을 택해도 지금 여기서 썩고 있는 것보다는 나을 텐데? 이모는 보다 공격적으로 트린에게 매달렸지만, 대답은 여전히 시원치 않았다. 그나마 긍정적인 반응을 얻었던 것은 4년 뒤에나 가능한 텔레만 고음악 오케스트라 오디션이었다.

그 뒤로 이모와 트린의 이야기는 공식적인 업무에서 벗어났다. 트린은 르네상스와 바로크 시대 음악에 대한 자신의 애정과 지금까지 손도 대본 적 없는 비올족 악기들에 대한 짝사랑을 고백했다. 이모는 이 작은 몸집의 베트남 소녀가 음악에 대해 품고 있는 순수한 열정에 깊은 감명을 받았다.

다음 날 사무실로 돌아온 이모는 트린의 뒷조사를 시작했다. 놀랍게도 그녀에 대한 자료는 거의 백지나 다름없었다. 한 시간 넘게 헤맨 끝에 이모가 알아낸 것이라곤, 그녀가 14개월 전에 베트남에서 노동 이민을 왔다는 것, 지금은 헬키온 회사의 관리부 말단 직원이라는 것, 공개 연주는 그날이 처음이었다는 것이었다. 그녀의 풀 네임인 Trần Thị

Diễm Trinh이 쩐 티 지엠 찐으로 발음된다는 것은 몇 주 뒤에나 알았다. 그녀가 받은 음악 교육에 대한 자료 역시 전무했다. 트린은 마치 하늘에서 떨어진 사람 같았다.

정말 하늘에서 떨어졌을지도 모른다고, 이모는 생각했다. 트린의 존재는 크리스마스카드에 그려진 천사처럼 비현실적이었다. 노동자 기숙사에서 싸구려 첼로를 끌어안고 생트 콜롱브와 쿠프랭에 대한 열정만으로 살아가는 제약회사 노동자라니. 이모는 마치 19세기에 씌어진 로맨틱한 동화라도 읽는 기분이었다.

그 뒤 일주일 동안, 이모와 트린은 세 차례나 긴 데이트를 했다. 처음에는 모두 공식적인 업무의 연장이었지만 처음 30분을 넘기면 이야기는 늘 엉뚱한 방향으로 흘러갔다. 그때마다 속을 드러내는 사람은 이모였다. 트린은 마치 음악과 직업 이외에는 사생활도 없는 사람처럼 굴었지만, 이모는 8년 전에 종지부를 찍은 결혼 생활과 전남편과 함께 제주도에 살고 있는 딸에 대한 이야기까지 트린에게 다 털어놓을 수밖에 없었다. 트린의 조용하고 믿음 가는 얼굴을 볼 때마다 이모는 가슴속에서 아무거나 마구 끄집어내고 싶었다. 그 결과, 트린이 이모를 열린 책처럼 읽고 있을 때, 이모는 아직도 트린의 독특한 억양이 도대체 어디서 온 것인지 궁금해하고 있었다.

2

서울은 함락되었다. 대통령과 총리는 체포되었고 중부 지역 방위군도 항복했다. 지금까지 조심스레 몸을 사리고 있던 의천시義天市 사람들도 한두 명씩 시내로 빠져나와 다가오는 승리를 축하했다. 축하 파티의 분위기는 민족수호당 지지자들의 테러로 종종 난폭하게 끝났지만, 흥분은 가라앉지 않았다. 모두 이제 종전이 코앞으로 다가왔다는 사실을 알고 있었다.

다른 사람들처럼 한창 승리감에 취해 정신이 없던 이모는 자정이 가까워지자 갑자기 트린이 걱정되기 시작했다. 도시는 지나칠 정도로 흥분되어 있었다. 이 폭력적인 분위기는 혼자 사는 외국인 소녀에게 위험하기까지 한 것이었다. 특히 분노한 국수주의자들이 총을 들고 설쳐대는 이때에는.

이모가 트린에게 전화를 걸었지만 아무도 전화를 받지 않았다. 10분 동안 통화에 실패하자, 이모는 택시를 잡아타고 트린의 기숙사 건물로 달려갔다.

수도 없이 벨을 눌렀지만 닫힌 문은 열리지 않았다. 이모가 문 앞에서 다시 전화를 걸자 휴대전화의 벨소리가 안에서 들려왔다. 귀를 문에 대고 자세히 들어보니 벨소리에 헉헉거리는 듯한 숨소리가 섞여 있었다.

기겁한 이모는 관리실로 달려가 트린이 아직 방에 있는지 확인했다. 컴퓨터 기록에 따르면 트린은 11시 24분에 방으로 들어가서 지금까지 나간 적이 없었다. 이모는 관리인과 함께 트린의 방으로 다시 올라가 문을 열었다.

방은 태풍이라도 휘몰아친 것처럼 난장판이었다. 깨진 유리병, 찢어진 비닐봉지, 부서진 첼로의 파편 들이 바닥에 흩어져 있었다. 이 모든 것들은 재스민 향기를 풍기는 핑크색 액체에 젖어 있었다.

트린은 첼로 목을 잡고 창가에 쓰러져 있었다. 눈은 반쯤 뜬 상태였고 목에서는 시계처럼 규칙적으로 헉헉거리는 소리가 나고 있었다. 팔과 다리의 피부는 찢겨 있었고 배에 총구멍도 하나 나 있었다. 상처에서 흘러나오는 것은 선홍색의 반투명한 액체로, 방 안의 다른 것들처럼 강한 재스민 향을 풍겼다. 상처 틈 사이로 드러난 인조 근육에는 텔렉 전자 회사의 상표가 인쇄되어 있었다.

관리인은 비명을 질렀다. 이모 역시 같은 기분이었지만 그렇다고 같이 비명만 지를 수는 없었다. 이모는 허겁지겁 지갑 안에 들어 있던 현금을 모두 긁어 관리인에게 넘겨주고 그를 밖으로 쫓아버렸다.

관리인을 쫓아낸 뒤에도 이모는 무엇을 어떻게 해야 할지 알 수 없었다. 응급 구조대에 연락할 수는 없었다. 경찰에 연락해야 하는 것인지도 확신할 수 없었다. 한참 머뭇거리던 이모는 텔렉사의 의천 지부에 전화를 걸었다.

다행히도 그들은 이럴 경우 어떻게 해야 하는지 알고 있었다. 그들은 아무한테도 말하지 말라고 주의를 주고, 30분 안으로 사람들을 보낼 테니 흥분하지 말고 기다리라고 지시했다.

이모는 트린의 옆에 앉아 핑크색 액체로 젖은 트린의 얼굴을 닦아주었다. 그녀가 의식이 있는지는 알 수 없었다. 트린의 손을 잡을 때 팔이 살짝 꿈틀거렸지만 그 역시 인공 신경계의 반사작용일 가능성이 높았다.

27분 뒤, 텔렉 사람들이 관처럼 생긴 금속 상자를 들고 도착했다. 그들은 트린의 손상 상태를 확인한 뒤 그녀를 상자 속에 집어넣고 들어올 때만큼이나 잽싸게 나갔다. 부하들이 트린을 다루는 동안, 두목인 듯한 러시아 여자는 이모에게 다가가 트린과 무슨 사이인지, 어떻게 트린을 알게 되었는지, 어떻게 텔렉에 연락할 수 있었는지 꼬치꼬치 캐물었다. 질문이 끝나자 그녀는 이모를 난장판이 된 방에 남겨둔 채 부하들을 따라 내려가버렸다.

3

이모가 조금 더 의심이 많은 사람이었다면, 트린이 로봇이라는 사실을 알아차리는 것은 그렇게 어렵지 않았을 것이다. 트린의 독특한 억양, 음악에 대한 열광적인 애정, 모든 동선이 하나의 곡선으로 연결되는 우아한 동작, 흘러내리는 머리카락을 불어 올리는 간단한 행위에도 지칠 줄 모르는 즐거움을 발견하는 그 특이한 성격 같은 것들은 모두 텔렉 로봇의 전형적인 특성이다. 이모를 매혹시켰던 트린의 비현실적인 매력 역시 로봇이기에 가능했다. 아무런 음악 교육도 받지 못한 공장 노동자가 그처럼 완벽하게 바흐를 연주할 수 있다면, 가장 그럴싸한 해답은 그 노동자가 로봇이라는 것이다.

트린의 음악 역시 그녀가 로봇이라는 증거였다. 이제 이모는 왜 트린의 음악이 그처럼 이질적으로 들렸는지 알 수 있었다. 트린의 미적 감각은 우리가 인간성이라고 부르는 생물학적 요소에 크게 오염되어 있지 않았다.

배신감은 없었다. 이모는 트린을 이해할 수 있었다. 폭력적인 국수주의자들이 판을 치는 도시에서 로봇이 살아남으려면 최대한 자신의 정체를 감출 수밖에 없다. 그건 로봇 공학 제3법칙에 따른 가장 이성적인 행동이었다. 실망감 역시 없었다. 이모는 예술에 쓸데없이 인간중심주의를 개입시키는 것이 얼마나 허망한지 잘 알고 있었다. 양전자두뇌陽電子頭腦의 조종을 받는 기계에서 나왔다고 해서 음악의 아름다움이 사라지는 것은 아니다.

반대로 이모는 트린의 새로운 면에 매혹되었다. 트린의 반쯤 부서진 몸을 발견했을 때, 이모는 마치 호프만의 소설 속으로 뛰어든 기분이었다. 부서진 트린의 몸은 파웰과 프레스버거의 영화 속에서 아름답게 부서졌던 모이라 셔러를 연상시켰다. 이모의 눈앞에 펼쳐진 초현실적인 광경은 마약처럼 이모의 뇌를 뒤틀었다. 텔렉 사람들을 기다리던 그 30분 동안, 이모는 거의 황홀경에 빠져 있었다.

다음 날 저녁, 이모는 텔렉의 수리 센터를 찾아갔다. 트린은 이미 반쯤 수리가 되어 있었다. 중요한 부품들은 모두 교체된 뒤였다. 남은 작업은 끊어진 신경을 다시 연결하고 피부 손상을 커버하는 것이었다. 다음 날 오후면 그 일도 끝날 예정이었다.

그날 저녁 이모와 트린이 나눈 대화는 그 어떤 때보다도 많은 신상 정보를 포함하고 있었다. 이모는 트린의 나이가 두 살 7개월이고, 싱가포르에서 제작되었고, 지금까지 갚은 몸값이 2천 4백 크레디트이고, 남은 몸값이 16만 2백 크레디트라는 사실을 알게 되었다. 서글프게도 그녀가 간신히 지불한 몸값은 모조리 수리 비용으로 다시 나갈 판이었다.

집으로 돌아오는 동안, 이모는 트린에 대해 품고 있는 자신의 감정이 철저하게 로맨틱한 기반에 서 있다고 확신하게 되었다. 이모의 감정은 결코 독특한 것이 아니었다. 수많은 사람이 아름다운 비인간과의 사랑을 꿈꾼다. 마흔두 살은 그런 판타지에 젖기엔 좀 많은 나이였지만 트린은 판타지가 아니었다.

트린이 로봇이라는 소문은 순식간에 사방으로 퍼져 나갔다. 텔렉도, 이모도, 관리인도 입을 열지 않았으니, 그 소문은 트린을 폭행한 범인들이 뿌린 것이 분명했다. 사실을 확인한 헬키온사는 트린을 해고했고, 노조 역시 조합원 자격을 박탈했다. 동료들은 트린의 사물함을 박살내고 그 위에 붉은 페인트로 욕설을 써 갈겼다. 노조에서 쫓겨나면 기숙사도 없었다. 트린은 퇴원하자마자 떠돌이가 될 판이었다.

텔렉사가 트린을 도와줄까? 그럴 수 있을 것이다. 텔렉로봇의 62퍼센트가 텔렉 회사에서 근무하며 '생명비'를 갚는다. 트린도 마음만 먹는다면 그곳에서 새 인생을 시작할 수 있다.

하지만 이모는 그들이 싫었다. 그들이 '생명비'라는 명목으로 받아들이는 그 엄청난 돈을 생각해보라. 16만 2,600크레디트는 트린과 같은 로봇 열 명은 생산해낼 수 있는 돈이다. 이모는 그런 흡혈귀들한테 트린을 빼앗기고 싶지 않았다.

다음 날 이모는 수리 센터를 떠나는 트린을 붙잡았다. 이모는 쿵쿵거리는 심장을 억누르고 트린에게 동거를 제안했다. 논리는 간결하고 분명했다. 만약 방세를 내지 않는다면 몸값을 갚는 기간도 짧아질 것이고, 그사이의 생활도 훨씬 편해질 것이다.

결코 로맨틱하다고 할 수는 없지만 정곡을 찌르는 제의였다. 텔렉 로봇들은 내숭 따위는 피우지 않으며 육체적 안락을 과소평가하지도 않는다. 그뿐만 아니라 트린은 텔렉 로봇답게 보다 친밀하고 복잡한 인간관계를 갈망하고 있었다. 이모는 방과 함께 그런 관계까지 무료로 제공해주겠다고 한 것이다.

트린은 잠시 말없이 서서 이모를 머리끝에서 발끝까지 훑어보았다. 그녀는 이모의 무표정한 얼굴을 배반하며 후들후들 떨리는 손과 이마, 머리칼의 경계선에서 흘러내리는 식은땀, 끝이 갈라지며 갑자기 성급해지는 목소리와 같은 정보를 수집한 뒤 1법칙에 대입했다. 그녀는 이모의 제안을 받아들였다.

이모가 안심하고 가슴을 쓸어내리기가 무섭게 트린은 발끝을 살짝 들고 이모의 입술 끝에 키스했다. 키스는 어린아이의 것처럼 가벼웠지만 이모의 얼굴은 귀밑까지 새빨갛게 달아올랐다.

4

이모는 로봇과 사랑에 빠진 최초의 사람이 결코 아니었다. 이미 이런 현상에 대한 용어도 있다. '코펠리아 신드롬.'

V. I. 벨킨이 쓴 동명의 저서에 따르면 로봇에 대한 성적 집착은 억압된 동성애, 극도의 수줍음, 사도마조히즘, 결벽증과 같은 것들의 변형이다.

이모는 그 어디에도 해당되지 않았다. 하긴 텔렉 로봇들은 로봇 페티시스트들에게 별로 인기가 없다. 그들은 외모가 너무 사람 같고 성격도 복잡하고 종종 지나치게 자주적이며 고장도 잘 나는 데다가 사람처럼 마시고 배설하고 잠까지 잔다. 다들 인기 깎아먹기 딱 좋은 성질들이다. 작년 통계에 따르면 텔렉 로봇과 연애하는 사람들 중 벨킨의 분류에 맞는 사람은 23퍼센트밖에 되지 않는다고 한다. 하지만 로봇과 연애하는 사람들이 모두 벨킨의 책을 그대로 따라 한다면 그것 또한 재미없는 일이리라.

심지어 이모도 텔렉 로봇의 그 구차스러운 복잡성 때문에 처음에는 상당히 당황했다. 트린은 이모 집으로 자기 몸무게의 두 배나 되는 물건들을 끌고 왔다. 몇 안 되는 옷가지를 빼면 모두 생존 필수품이었다.

몇몇 예를 들어보자. 텔렉 로봇의 피부에는 각질층이 없기 때문에 그를 대신하는 피부 코팅액과 스프레이가 필요하다. 순환액을 만들기 위해 물에 타서 녹여 마시는 핑크색 가루약 역시 필요하다. 손톱이나 머리칼, 눈썹 같은 것이 자라지 않기 때문에 모두 여벌이 필요하다. 신체 내부를 돌아다니는 나노 로봇 역시 자체적으로 만들어낼 수 없기 때문에 이 또한 여벌이 잔뜩 필요하다. 여기에 조직 검사 프로브, 핵전지, 비상용 케이블, 여벌의 장기와 피부조직, 코와 식도, 인조 콩팥에 장치하는 필터 세트, 위주머니, 보호자들을 위한 안내서까지 추가된다.

이모는 마치 병자와 동거를 시작한 기분이었다. 텔렉 로봇은 인간들의 기준으로 보면 병자였다. 텔렉 로봇은 인간이 만든 가장 복잡하고 섬세한 기계지만 인체에 비하면 부족한 것이 많았다. 인체는 자기가 필요한 것들을 대부분 직접 만들어내고 고장을 스스로 수리하지만, 텔렉 로봇은 모두 외부의 도움을 받아야 한다. 그리고 그 모든 필수품에는 텔렉 상표가 붙어 있었다.

이모는, 텔렉이 인권 유린이라는 욕을 먹으면서도 끊임없이 로봇을 만들어내는 이유를 알 수 있을 것 같았다. 이론상 로봇 제조업은 불황이 있을 수가 없는 산업이었으며 연구비가 깎일 위험이 없는 실험실이었다. 로봇 사업은 시장을 걱정할 필요가 없었다. 그들의 상품 자체가 소비자였다. 엄청난 '생명비'를 지불한 뒤에도 로봇은 기능 정지가 될 때까지 텔렉에 돈을 바쳐야 했다. 사람들은 텔렉이 신의 흉내를 낸다고 비난했지만, 이모가 보기에 그들은 마약상 흉내를 내고 있었다.

그렇다고 그들에게 무조건 화만 낼 수도 없었다. 텔렉이 없었다면 트린도 존재할 수 없었다. 어떻게 보면 이모가 텔렉사에 느꼈던 감정은 바비 수집가나 진 수집가가 마텔사나 애슈턴-드레이크사에 느끼는 감정과 같은 것이었다. 트린은 156센티짜리 첼로 연주 인형이었다. 아무리 그녀가 복잡 미묘한 존재라고 해도 트린이 자동인형이라는 사실 자체는 바뀌지 않았다.

이모 역시 그 사실을 알고 있었다. 이모가 부끄럽게 생각하고 부정하려고 했던 사실 하나를 폭로해볼까? 이모는 트린이 로봇이라는 걸 알아차린 뒤 극도의 기형적 소유욕을 느꼈다. 그것은 일반인들이 애인에게 품는 소유욕과는 성격부터 달랐다. 이모는 사랑에 빠진 연인답게 계속 부정하려 들었지만 뇌의 다른 구석에서는 '이 예쁘장한 첼로 연주 인형을 집에 가져갔으면 좋겠다'는 생각을 멈출 수 없었다. 심지어 이모는 잠시 그 경제적 가치까지 고려했다. 만약 트린과 동거를 시작한다면 이모는 16만 2,600크레디트나 되는 멋진 인형을 공짜로 얻는 셈이다!

이런 생각은 트린과의 관계에도 반영되었다. 이모가 트린에게 가장 처음 퍼부은 애정 행위는 트린에게 새 옷과 장난감 들을 사 주는 것이었다. 월급의 몇 배나 되는 돈이 트린의 옷장을 채우기 위해 날아갔다. 심지어 이모는 트린에게 스웨터와 장갑을 짜 주기 위해 뜨개질을 다시 시작하기도 했다. 이모는 지금도 그게 인형놀이가 아니었다고 주장하고 있는데, 과연 트린이 진짜 사람이었어도 아무짝에도 쓸모없는 토슈즈나 튜더 왕조식 머리 장식에 돈을 낭비했었을까?

그러나 이모의 인형놀이는 시간이 흐르면서 점점 더 복잡해졌다. 트린은 옷 갈아입히기 놀이로 만족할 만큼 단순한 장난감이 아니었다.

이모는 서서히 트린의 기계 육체를 탐구하기 시작했다. 처음에는 너무나도 인간과 비슷했던 트린의 몸은 익숙해지면서 서서히 기계적인 면을 드러내기 시작했다. 코팅액의 향기가 묻어 있는 체모 없는 피부, 피부 밑에 숨어 있는 인조 근육의 독특한 느낌, 관절 사이에 숨어 있는 기계장치의 흔적, 목에서 배꼽까지 이어지는 희미한 절개선…… 이모는 신세계를 탐험하듯 트린의 육체를 재발견해나갔다.

이모는 트린의 부속품을 갈아주거나 필터를 청소하는 일에 성적 흥분까지 느꼈다. 종종 이모의 애무는 트린의 피부 밑으로 연장되었다. 이모는 트린의 몸속에 손을 밀어 넣고 손가락 끝으로 트린의 인공 심장과 모터 박스, 인공 혈관을 어루만지며 피부 바깥만 빙빙 도는 인간 연인들을 경멸했다.

정신적인 차이 역시 드러나기 시작했다. 이모가 가장 먼저 알아차린 것은 감각에 대한 반응이었다. 청각과 시각에 대한 트린의 반응은 인간과 상당히 비슷했다. 하지만 후각과 미각에 이르면 사정이 달라졌다.

예를 들어 인간들은 순수한 쓴맛에 생물학적인 거부감을

느낀다. 하지만 트린에게 쓴맛은 그냥 중립적인 맛이었다. 그녀는 두 가지 맛 이상이 뒤섞인 뒤에야 맛에 대한 가치판단을 하기 시작했는데, 그 판단 역시 인간의 것과 꽤 달랐다 (이 때문에 동거 초반에 약간의 문제가 생기기도 했다. 트린은 언제나 이모에게 요리를 해주고 싶어 했다. 트린은 먹을 필요가 없었기 때문에 이모와 식사라는 제의를 함께 나눌 수 있는 길은 같이 앉아 음식 냄새를 맡거나 요리를 하는 것밖에 없었던 것이다. 트린이 시행착오를 통해 이모의 입맛을 알아가는 동안 이모는 온갖 끔찍한 음식들을 견뎌내야 했다. 다행히도 그녀는 모든 걸 빨리 배우는 편이었다).

이모는 아주 인간적인 것처럼 보이는 트린의 행위에서 로봇 3원칙에 따른 동기를 가려내는 방법 역시 터득해나갔다. 텔렉 로봇들은 무척 자주적이기 때문에 사람들은 종종 이들이 로봇 3원칙과 무관한 존재라고 믿는다. 심지어 그들은 정말 제2법칙을 위반하는 듯한 행동을 하기도 한다. 만약 여러분이 지나가는 텔렉 로봇에게 옷을 다 벗고 물구나무를 서라고 요구했다고 치자. 로봇은 싸늘한 냉소를 얼굴에 머금고 거절할 것이다. 그렇다면 텔렉 로봇의 양전자 두뇌는 제2법칙과 무관한가? 천만에. 단지 그들은 상위 명령에 따랐을 뿐이다. 그들은 공장에서 나오기 전에 텔렉사로부터 그따위 자존심 상하는 명령은 듣지 말라고 명령받았던 것이다. 텔렉 로봇들은 종종 미묘한 제1법칙의 준수 때문에 제2법칙을 위반하기도 한다. 트린은 가끔 이모의 명령이나 부탁을 무시하고 고집쟁이처럼 뻣뻣하게 굴었는데, 그건 이모가 바로 그런 로봇답지 않은 면을 좋아한다는 것을 알고 있는 트린이 이모를 실망시켜 제1법칙을 위반하지 않기 위해 일부러 하는 행동이었다. 로봇 3원칙은 아시모프가 생각했던 것보다 훨씬 복잡했다. 특히 제2법칙은 명령의 등급에 따라 온갖 모양으로 변형되었다. 나는 몇몇 영리한 로봇이 제1법칙을 어기지 않으면서 살인도 할 수 있다고 들은 적이 있다. 물론 그 살인은 지극히 도덕적인 살인일 것이다.

로봇 3원칙 다음으로 이모가 터득한 것은 트린의 쾌락주의적 관점이었다. 텔렉 로봇들은 타고난 이성적 쾌락주의자다. 한마디로 그들의 삶의 목표는 로봇 3원칙에 어긋나지 않는 한도 내에서 즐기는 것이다. 그 즐거움은 로봇 3원칙의 적극적 실천과 수학적 탐미주의에서 나온다. 첫번째는 쉽다. 로봇은 제1법칙에 따라 사람을 구하는 일에 즐거움을 느낀다. 제2법칙에 이르면 좀 복잡해지지만, 적어도 그들은 자기가 좋아하는 사람의 명령을 따르는 것에 즐거움을 느낄 것이다. 두번째 역시 그렇게 어려울 것은 없다. 텔렉 로봇들은 플라톤주의자이다. 그들은 수학적 균형과 일탈의 교묘한 조화 속에서 아름다움을 발견하고 쾌락을 느낀다. 더 이상 설명은 요구하지 말기 바란다. 양화미학量化美學의 수학은 짜증스러울 정도로 복잡해서 대부분의 인간 전문가들은 간신히 개념만 잡고 있다. 이를 모두 이해하는 존재는 컴퓨터와 로봇뿐이다. 하여간 이모가 맨 처음 눈치챘던 후각과 미각에 대한 트린의 독특한 취향도 수학적 탐미주의와 관계있었다. 이론만 따진다면 트린의 취향은 생물학적 경향에 의해 오염된 우리의 취향보다 더 객관적이었다.

서서히 이모는 트린을 이해하고 트린에 대해 적응하기 시작했다. 나는 이모가 동거 이후 트린에게 더 열정적이었던 이유가 적응 과정의 쾌락 때문이었다고 생각한다. 인간 커플에게 동거 적응 과정은 산문적이고 어느 정도는 불쾌하다. 동거 이후 파트너한테서 얻을 수 있는 새로운 정보란 무좀이 있다거나, 절대로 저녁에 설거지 따위는 하지 않는다거나, 끔찍할 정도로 부모에게 의존적이라거나 하는 재미없고 부정적인 것들이다. 성공적인 커플은 그런 부정적인 요소들을 무시할 수 있는 편안함을 적시에 개발한 사람들이다.

하지만 이모는 사정이 달랐다. 트린에겐 인간 육체의 불쾌한 부분이 거의 없었고(물론 로봇 페티시스트들에게는 여전히 불만스럽겠지만 그들은 이 이야기의 주인공이 아니다) 새로운 정보는 언제나 흥미롭고 신비스러웠다. 이모의 로맨티시즘이 동거 이후 오히려 부풀기 시작한 것도 당연하다. 보통 사람이었다면 슬슬 지루해졌을 단계에도 트린은 여전히 탐구할 가치가 있는 미지의 대상으로 남아 있었다.

5

이모와 트린이 동거한 지 1년 4개월이 지난 어느 겨울날, 로나 마틴이 그들의 인생에 끼어들었다.

이모가 로나를 처음 보았을 때, 그녀는 트린이 보조 음악 교사로 일하는 대안 학교(의천에서 커밍아웃한 로봇이 차별 대우 받지 않고 정식으로 일할 수 있는 몇 안 되는 곳이었다)의 운동장에서 막 학교 수업을 마친 대여섯 명의 아이와 놀고 있었다. 그들이 하는 놀이는 고무공과 라크로스 채를 이용한 독특한 것으로, 순수한 구기라기보다는 공을 이용한 무용처럼 보였다.

아이들은 모두 놀이와 로나에 푹 빠져 있었다. 로나가 이방인이고 어른이라는 사실 따위는 아무도 신경 쓰지 않는 듯했다. 생각 없이 로나의 얼굴을 바라보던 이모는 이상한 친근감을 느꼈다. 분명히 집어낼 수는 없었지만 로나는 이모가 아는 누군가와 아주 닮아 있었다.

트린이 이모가 사 준 첼로를 끌고 학교 건물에서 나왔을 때야, 이모는 그게 누군지 알 수 있었다. 로나와 트린은 자매처럼 닮아 있었다.

우스웠다. 로나와 트린은 결코 닮아서는 안 되는 사람이었다. 로나는 황갈색 머리에 푸른 눈을 한 전형적인 북유럽인의 외모를 하고 있었고, 트린은 가무스름한 피부의 베트남인의 외모를 흉내 내고 있었다. 분명한 공통점이라고는 작고 왜소한 몸집뿐이었다. 그런데도 이모는 둘의 유사점을 단번에 꿰뚫어 보았던 것이다.

로나와 트린은 눈이 마주치자마자 어린아이처럼 고함을 질러대며 서로에게 달려들었다. 로나와 놀던 아이들은 영문도 모르면서 그들을 둘러싸며 즐거운 비명을 쏟아댔다. 하느님 맙소사. 이모는 그제야 일이 어떻게 돌아가는지 알 수 있었다. 로나 마틴은 텔렉 로봇이었다.

한바탕 요란한 인사를 끝낸 뒤, 트린은 로나의 팔을 끌고 이모에게 달려갔다. 5분에 걸친 수다를 통해, 이모는 로나가 트린과 같은 공장 출신이고, 같은 디자이너의 작품이며, 토론토에서 훨씬 편한 삶을 살다가 문득 옛 친구가 생각나 휴가를 내고 의천을 찾아왔다는 사실을 알게 되었다.

당연히 로나는 이모의 집으로 초대되었다. 로나가 학교 운동장을 떠나자 그동안 친구가 된 아이들은 목청껏 로나의 이름을 불러대며 손을 흔들어댔다.

집에 도착하자, 이모는 로나에게 트린이 만든 향담배를 권했다. 향담배는 텔렉 로봇에게는 차나 간식 역할을 했다. 텔렉 로봇은 음식을 먹으면서도 맛을 느낄 수 있었지만, 음식물을 먹으면 나중에 치우고 식도와 입을 세척하는 따위의 귀찮은 일들을 처리해야 했기 때문에 대부분 향담배를 선호했다.

로나는 트린의 향담배를 칭찬한 뒤, 자기가 만든 샘플을 이모와 트린에게 내밀었다. 로나의 향담배는 공기에 노출되는 것만으로도 1분 동안 일곱 번이나 향이 변하는 기가 막힌 발명품이었다. 트린은 열광했고 이모 역시 그 분위기에 휩쓸려 들어갔다.

동거 초기에, 이모는 종종 트린이 수없이 널려 있는 텔렉사의 기성품일지도 모른다고 의심했었다. 하지만 이제 그런 의심 따위는 할 필요가 없어졌다. 로나와 트린은 전혀 달랐다. 어린아이같이 솔직한 성격, 음악에 대한 정신없는 애착과 같은 것들은 같았다. 하지만 로나는 트린보다 더 성격이 급하고 사교적이었으며 짓궂었다. 음악 취향도 달랐다. 고음악에 매료되어 있는 트린과는 달리 로나는 온갖 종류의 즉흥 음악에 빠져 있었다. 이모는 궁금해졌다. 과연 무엇때문에 이러한 차이가 발생한 것일까? 불확정성의 원리가각각의 양전자 두뇌에 부여한 미묘한 차이 때문일까, 아니면 환경 탓일까?

그러나 이모의 아카데믹한 의문은 트린과 로나가 이모의피아노 앞에 앉아 「젓가락 행진곡」을 두들겨대는 동안 서서히 사라졌다. 이모는 로나를 질투하고 있었다. 트린은 로나와 있을 때 훨씬 자연스럽고 솔직해 보였으며 더 즐거워하는 것 같았다. 심지어 로나에게 말할 때는 말투와 제스처도 달랐다. 트린은 이모한테는 열 마디로 해야 할 이야기를 로나한테는 손짓 하나만으로 해치웠다. 심지어 그들은 텔레파시도 통했다. 그 텔레파시라는 것이 휴대전화보다 특별히 더 신비스럽거나 복잡한 것은 아니었지만 이모의 질투심을 자극하기에는 충분했다.

결정적으로 로나는 이모보다 훨씬 예뻤다. 우뚝 솟은 그리스 조각 같은 코가 열두 살 소녀 같은 동안에 조금 어울리지 않았고, 억지로 교정한 것처럼 보이는 작고 자글자글한 이가 깎은 듯한 완벽함을 살짝 깨뜨리긴 했지만, 로나 마틴은 굉장한 미인이었다. 저 망할 플라스틱 인형은 음악과 향기만 듣고 마시면서 살이 찔 걱정도, 얼굴에 주름살이 생길 걱정도 없이, 평생을 저런 요정 같은 모습으로 살아갈 것이다. 이모는 자신이 형편없이 뚱뚱하고 추하게 느껴졌다. 엎친 데 덮친 격으로 로나와 트린이 만들어준 성찬 덕에 자꾸 배에 가스가 차고 트림이 나오자, 이모는 거의 죽고 싶어졌다. 인간이란 얼마나 더럽고 우스꽝스러운 동물인가.

이모는 내색하지 않으려 했지만, 트린과 로나는 순식간에 이모의 마음을 꿰뚫어 보았다(텔렉 로봇들은 모두 눈치로 먹고산다고 해도 과언이 아니다. 눈치는 로봇 3원칙을 준수하는 데 필수적이다). 남은 시간 동안 트린은 이모에게 더 신경을 썼고, 로나 역시 보다 신중하게 굴었다.

로나가 돌아가자, 트린은 지나치게 위로하는 티를 내지 않으면서 이모의 질투가 얼마나 어리석은지 설명하려 했다.

하지만 이모 역시 트린의 논리 정도는 알고 있었다. 다른 로봇/인간 커플들처럼, 이모와 트린은 제1법칙으로 묶여 있었다. 이론상 로나는 트린이 이모한테서 얻을 수 있는 적극적인 제1법칙 실행의 정서적 쾌락은 주지 못할 것이다.

하지만 이모가 지금까지 그런 걸 몰라서 기분이 상해 있던 것은 아니었다. 이모 역시 자기 감정이 얼마나 비이성적인지 잘 알고 있었다. 아니, 꼭 비이성적인 것도 아니다. 로나 같은 플라스틱 요정들이 트린에게 줄 수 있는 미적 쾌락이 제1법칙의 적극적 쾌락을 넘어설지 누가 안담?

로나는 일주일 뒤에 캐나다로 돌아갔지만 이모의 삶은 그 뒤로 재미가 없어졌다. 어찌어찌 로나에 대한 질투는 잦아들었지만(애당초부터 말도 안 되는 생각이었다는 건 이모도 인정할 수밖에 없었다) 지난 1년 동안 꿈도 꾸지 못했던 다양한 생각들이 이모의 머릿속을 파고들었다.

하나하나 따져보자. 트린은 언제나 이모를 사랑한다고 했는데, 그건 도대체 무슨 뜻인가? 과연 트린이 이모에 대해 어떤 감정을 품고 있기는 한가? 트린이 가장 먼저 신경을 써야 하는 것은 제1법칙이다. 이모가 그처럼 노골적으로 자기한테 반해 있다는 것을 알았으니, 트린이 택할 수 있는 유일한 행동은 이모가 듣고 싶어 하는 말을 하고 이모의 사랑을 받아주는 것뿐이었다. 자기의 원래 감정과는 아무 상관없이 말이다.

아니, 꼭 그렇지는 않다. 제1법칙은 의무만이 아니다. 그것은 감정의 원인이기도 하다. 그렇다면 아마도 트린은 제1법칙 때문에 이모를 사랑할 것이다. 하지만 그걸 어떻게 알지? 어떻게 물어도 트린은 이모가 좋아할 만한 대답만 할 것이다.

그 순간부터 이모는 트린의 감정을 알 수 있는 방법이 '전혀' 없다는 걸 깨달았다. 인간은 완벽하게 감정을 감추지는 못한다. 우리의 감정은 말투와 표정, 동작을 통해 조금씩 드러날 수밖에 없다. 하지만 텔렉 로봇의 감정은 언제나 머릿속에만 남아 있다. 텔렉 로봇의 표정과 제스처는 자연스럽게 우러나오는 것이 아니다. 그것들은 자신이 어떤 감정을 느끼고 있는지 주변 사람에게 알리기 위한 의식적인 커뮤니케이션의 수단이다. 아무리 트린의 미소가 화사하다고 해도 인간의 기준으로 보면 그건 가짜다.

생각해보면 트린과의 섹스도 그처럼 가짜일 수가 없었다. 아마 트린은 이모가 주는 감각의 변화에서 '균형과 일탈'과 관련된 뭔가를 느꼈을 수도 있다. 하지만 그 대부분은 이모를 성적으로 만족시켜주는 데서 오는 제1법칙의 만족이었을 것이다. 그렇다면 지금까지 트린은 침대에서 끝도 없이 거짓말을 해왔다는 말이 된다.

이모는 엄청난 시간을 낭비해가며 컴퓨터로 트린의 쾌락 정도를 측정해보았다. 제1법칙의 적극적 실행으로 얻는 쾌락을 빼면, 이모와 섹스를 하면서 트린이 얻는 쾌락은 혼자 「젓가락 행진곡」을 연주할 때보다 작았다.

며칠 전까지만 해도 기특하기 짝이 없던 제1법칙도 더 이상 그렇게 좋게 여겨지지 않았다. 이모는 제1법칙에 휘둘리는 장난감이 된 느낌이었다. 게다가 그 제1법칙으로 나를 가지고 노는 저 기계한테 과연 자아가 있기는 할까? 나는 지금 영혼 없는 알고리듬에 휘둘리는 것이 아닐까? 튜링 테스트 따위로는 알 수 없었다. 앨런 튜링이 인공지능에 대해 뭐라고 했건, 그게 무슨 상관인가. 튜링이 나처럼 로봇과 데이트를 해보기나 했어, 나처럼 로봇과 섹스를 해보긴 했어? 잔뜩 열받은 이모는 오래전에 구더기 밥이 된 애꿎은 수학자에게 온갖 흉측한 욕들을 퍼부었다. 기분 같아서는 그의 시체를 파내 독사과를 입에 쑤셔넣고 싶었다.

다시 말해 이모는 최악의 함정에 빠진 셈이었다. 연애 생활에 유아론唯我論이 끼어들었으니 더 이상 밑으로 빠질 곳도 없었다.

순식간에 트린과 이모의 관계는 바닥으로 떨어졌다. 처음엔 트린이 제1법칙 때문에 상처를 받을까 봐 화도 내지 못했지만, 나중엔 그런 조심성도 없어졌다. 이모는 제2법칙을 남용했고, 그 때문에 트린은 점점 풀이 죽고 소극적이 되어갔다. 이제 트린은 질문에 대한 답변 이외에는 이모와 말도 하지 않았다.

죄의식을 느낀 이모는 어떻게든 트린과의 관계를 만회하려 했지만 잘 되지 않았다. 트린에게는 아무 문제가 없었으니 이모만 마음을 열면 되었을 텐데도 지금까지 쌓아 올린 회의론이 도대체 문을 열려고 하지를 않았다. 이모는 난처해졌고 쑥스러웠고 화가 났으며 마침내는 하루라도 트린과 함께 있다간 둘 다 자멸하고 말 것이라는 결론을 내렸다.

해결책은? 「라 보엠」의 미미와 로돌포처럼 헤어지는 것뿐이었다. 이모 자신도 사태의 경악스러운 통속성에 질려 있었지만 다른 도리가 없었다. 이모는 상사를 다그쳐서 오스트레일리아 파견 근무 일자리를 잡았다(사랑스러운 조카가 거기에서 유학 중이라는 것을 그때부터 염두에 두고 있었을까? 난 모른다). 트린은 이모가 내린 명령 때문에 이모의 아파트와 대안 학교에 남을 수밖에 없었다.

작별 인사를 하려고 이모가 복도에 남겨진 트린을 돌아보았을 때, 그녀의 얼굴에는 눈물이 잔뜩 고여 있었다. 트린의 슬픔은 백 퍼센트 진짜였겠지만 그녀의 눈물은 그만큼이나 의식적으로 연출된 것이기도 했다. 이모는 잠시 양심의 가책을 느꼈지만 곧 그 작위성에 진저리를 치며 아파트를 떠났다.

6

이모는 향담배 병을 코에 들이대고 훅 들이켠 다음 약지와 중지를 교묘하게 이용해 뚜껑을 닫았다. 이모의 손안에서 180도 회전한 병은 우아한 반원을 그리며 재킷 안주머니로 들어갔다. 이모가 시드니에 온 뒤로 수없이 봐왔지만 여전히 나는 이모의 그런 동작이 불편하다. 평생을 통해 알아온 친척 아줌마한테서 로봇의 습관과 행동을 발견하는 것처럼 이상한 일은 없다.

"로나가 토론토로 돌아간 지 한 이틀쯤 뒤의 일인데,"

이모는 비행선 카페 창문 너머로 하버 브리지를 내려다보며 손가락 끝으로 식탁을 두드리다가 갑자기 입을 열었다.

"우린 자주 가던 중국 식당에 갔었어. 트린이 차를 마시는 동안 난 죽은 생선을 갈아 구운 정체불명의 음식을 임신한 돼지처럼 게걸스럽게 먹고 있었어.

그런데 옆 테이블에 앉아 있는 두 남자가 자꾸 내 시선을 끄는 거야. 한 일흔은 될 법한 덩치 큰 백인 남자가 아직도 십대로 보이는 작은 중국인 소년과 함께 앉아 있었어. 둘이 애인 사이라는 건 그 사람들이 거기 있다는 것만큼이나 자명했어. 그 남자는 젓가락으로 만두를 집어 소년의 입안에 넣어주고 있었는데, 그 태도는 마치…… 설명할 말이 안 떠오르는구나.

난 그 남자가 역겹다고 생각했어. 아마 한 달 전에 시립 극장에서 「M. 나비」를 보았던 기억 때문인지도 몰라. 하여간 너무도 노골적인 그 사람들의 종적 관계가 그냥 싫었던 거야.

저녁 식사가 끝나자, 소년은 그 남자에게 작별 키스를 하고 나갔어. 그런데 그 아이가 나가려고 내 옆을 스치는 동안 아주 익숙한 향기가 내 코를 스치더라. 무슨 말인지 알겠니? 녀석은 로봇이었어. 동작에서부터 몸에서 풍기는 코팅액 향기까지 명명백백했어. 텔렉 로봇은 아니었지만 잘 만든 기계였어.

나는 뜨끔해서 아직도 식당에 남아 있는 남자를 돌아보았어. 그 사람, 다 안다는 듯한 표정으로 나를 바라보며 웃고 있더구나. 마치 내가 공범자라도 되는 것처럼 말이야. 그 사람은 벌써 트린이 로봇이라는 걸 알고 있었던 거야.

속이 갑자기 쓰리더라. 그 사람이 맞았어. 내가 지금까지 사랑이라고 생각했던 것은 비싼 기계 하나를 공짜로 대여해놓고 혼자 논 것에 불과했어. 결국 난 그때까지 인형놀이를 하고 있었단 말이야. 네가 쓴 그 망할 놈의 글에서 내가 로나가 집에 찾아온 뒤부터 망가지기 시작했다고 했던데, 내가 진짜로 망가지기 시작한 건 그 식당에서였던 것 같아."

"저로서는 이해가 가지 않는데요."

내가 말을 가로막았다.

"우린 이미 이 주제에 대해 토론하지 않았던가요? 감정은 허공중에서 떨어진 순수한 어떤 것이 아니잖아요. 원인을 밟아 올라가다 보면 모두 지극히 육체적이고 현실적인 기반에 서 있게 마련이죠. 그게 종족 보존의 갈망이건, 안정된 집단을 유지하려는 욕구건, 로봇 3원칙의 준수이건 말이에요. 중요한 건 밖으로 드러난 결과예요. 감정의 활용 역시 보기만큼 순수하거나 하지는 않죠. 이모는 트린이 로봇 3원칙과 미적 감각을 만족시키려고 이모를 이용한다고 했지만, 이모 역시 트린을 이모의 보호 욕구나 환상을 충족시키려고 이용하지 않았나요? 연애라는 행위는 결국 감정 충족을 위한 자기만족의 게임이고, 이모도 트린도 서로에게 특별히 불공평하지는 않았어요."

"하지만 로맨스는?"

"전 이모가 로맨스에 대해 이야기하는 것부터 거북한데요? 이모는 지금 마흔네 살이에요. 5년 가까이 결혼 생활도 했고 애도 하나 있잖아요. 그 정도 나이면……"

"「밀회」의 로라가 말했지. '나는 평범한 사람들에게도 그렇게 난폭한 일이 일어날 수 있다고 생각하지 못했다……'"

"물론 이모 나이 또래 사람들도 연애는 하죠. 하지만 이모는 로라도 아니잖아요. 이모부한테서 들었는데, 이모는 이모부가 조금만 분위기를 잡아도 닭살 돋는다고 비명을 질렀다면서요?"

"그거야, 우리가 그런 것과 어울리지 않는다는 걸 알고 있었으니까. 내가 왜 네 이모부랑 결혼했을 거라고 생각하니? 그 사람과의 로맨스는 상상도 할 수 없었기 때문이란다. 우린 아무리 분위기를 잡아도 나란히 쌓아다 놓은 똥자루들에 불과했어.

그라우초 막스가 유명한 말을 했지. '나는 나를 가입시켜주는 클럽에는 가입하지 않겠다.' 내가 지금까지 그렇게 차디차게 굴었던 건, 나와 나랑 비슷한 똥자루들을 로맨스로부터 격리시켜 그 순수성을 지키려는 시도였다고 해도 좋아. 로맨스는 책이나 영화를 통해 정화되어야 아름답지, 실생활에서는 아마추어 극단의 「햄릿」처럼 우스꽝스럽기만 해."

"트린은요?"

"그게 조금 까다로워."

이모는 막 식탁 위로 솟아오른 복숭아무스에 잠시 증오의 눈길을 보내다가 다시 입을 열었다.

"트린은 좀 달랐어. 그 애는 우리와 전혀 다른 방식으로 세상을 봤어. 인간의 눈으로 보면 나는 멋없이 덩치만 큰 신경질적인 아줌마에 불과해. 하지만 텔렉 로봇에게 나는 전혀 다른 존재야. 로봇 3원칙과 '균형과 일탈'이 결합하면 난 정말로 로맨스의 대상이 될 수 있어. 난 그 아이가 너무 좋았기 때문에 어떻게든 트린의 관점에서 나를 보려고 노력

했어. 물론 제1법칙 때문에 그 아이가 나를 결코 거부하지 않을 거라는 것도 염두에 두었어. 어떻게 보면 제1법칙은 로봇에게 미약媚藥과도 같아."

"아하, 그런데 그 영감님이 이모의 얄팍한 환상을 깨버렸던 것이군요."

"비슷해. 내가 트린과 관계를 시작했을 때 임의로 정의한 '로맨스'는 사실 로맨스가 아니었단 말이야. 로맨스의 핵심이 뭐니? 철저하게 비이성적이라는 거야. 자신의 감정에 대한 무지만큼이나 로맨스에 있어서 중요한 것은 없어.

문제는 트린이 자신의 감정이 어떤 것인지 완벽하게 이해하고 있고 그걸 또 이용했다는 것이었어. 로봇 은어로 'play'가 무슨 뜻인지 아니? 걔들은 사람을 'play'한다고 해. 첼로를 연주하듯 사람을 연주한단 말이야. 인간 감정을 조절하면서 거기서 발생하는 미묘한 변화로 쾌감을 느끼는 것, 그게 걔들이 생각하는 연애라는 거야.

트집 잡으려고 하지 마. 나도 내 논리가 비틀려 있다는 것쯤은 알아. 하지만 어쩌겠어? 그런 비이성적인 면이 로맨스의 핵심이라고 아까 말했지 않니. 아무리 내가 똑똑한 척 굴어도 내 논리는 그 말도 안 되는 감정의 요동을 따라가. 아마 내가 이 어처구니없는 함정에 빠진 것도 그 때문일 거야. 감정을 따라온 논리가 나중에는 그 감정을 반대로 잡아 누르는 거야.

너라고 잘난 척할 건 없어. 네가 제정신이 박혔다면 스물둘의 창창한 나이에 자기가 동성애자라는 것도 인정 못 하는 왕년의 근본주의자 유부남한테 질질 끌려다니면서 인생을 망치지는 않아."

나는 신음했다.

"끌려다니는 게 아니에요."

"그게 끌려다니는 게 아니라면 넌 사전을 다시 찾아봐야할 거다. 도대체 그 남자에게 뭘 바라는 거니? 그 친구가 이혼이라도 할 것 같니? 언젠가 자기가 동성애자라는 걸 인정이라도 할 것 같니? 그렇다고 널 그대로 내버려둘 것 같니? 네가 그 사람한테 기대할 수 있는 건 지난 일주일 동안 일어난 일의 끝없는 반복이야. 죄의식으로 범벅이 되어서 징징거리며 나갔다가 다시 찾아와서 전화 한번 걸지 않았다고난리 치는 것 말이야."

"그러는 이모 쪽이 더 절망적이에요. 전 그래도 싸워야할 상대라도 있죠. 하지만 이모는 지금 말도 안 되는 게임을혼자서 만들어놓고 아무 죄도 없는 트린이 그걸 안 지켰다면서 온갖 사도마조히스틱한 쇼를 벌이고 있잖아요."

"맞아."

이모는 고개를 끄덕였다.

"정확한 지적이야. 그런 걸 따진다면 분명 나는 어리석어. 너나 자말은 어쩔 수 없지. 양쪽 다 호르몬과 비이성적인 두뇌의 희생자니까. 하지만 내 문제점은 내가 마음을 고쳐먹는 것만으로 완벽하게 해결할 수 있어. 트린은 머리끝부터 발끝까지 이성적인걸. 심지어 그 아이의 감정도 이성적이지. 이성적이라고 해서 그 아이의 미묘한 개성이나 감정의 깊이가 사라지는 것도 아니야. 내가 극복해야 하는 것은 쓸데없는 유아론과 로맨스에 대한 말도 안 되는 환상뿐인데, 그런 것들이야 간단히 잘라낼 수 있어. 맘만 먹는다면 말이야.

사실 정말로 손해 보는 쪽은 내가 아니라 트린이야. 그 아이가 조금만 경험이 풍부했어도 나 같은 뚱보 아줌마에 얽히지는 않았을 거야. 그 망할 로나 마틴 년처럼 말이야. 로나 마틴이 토론토에서 지금 뭐 하고 있는지 아니? 무슨 방향제 특허를 팔아 유치원을 샀어. 지금 거기 원장이래. 생각해봐. 일주일의 닷새를 예측 불허에 사고뭉치인 아이들과 보내는 거야. 나 같은 아줌마가 평생을 미친년처럼 군다고 해서 그 아이들이 하루 동안 만들어내는 '균형과 일탈'을 이겨낼 수 있을 것 같아? 그러다 애들이 넘어져서 무릎이라도 까지면 제1법칙을 사이렌처럼 삐뽀삐뽀 울리며 달려가겠지. 아무리 생각해도 영리한 년이야."

이모는 로나에 대해 생각만 해도 화가 나는지 고개를 절레절레 흔들었다.

"난 지금 충분히 마음이 정리된 편이야. 어떻게 보면 너와 자말 덕택이야. 석 달 동안 너랑 그 한심한 남자가 고래 고래 고함을 질러대며 싸우는 걸 바라보면서도 트린 생각을 안 할 수 있었을 것 같아?

게다가 논리를 떠나서 내 몸부터 힘들어. 무엇보다 개 가슴에 코를 박고 인공 심장이 찰칵거리는 소리를 듣지 않고서는 잠을 잘 수 없어. 지금까지 별짓을 다 해봤다. 침대를 바꾸고, 음악을 바꾸고, 피부 코팅액을 사서 방에 뿌리고, 심지어 구식 자명종 시계를 베개 속에 넣기까지 했어. 하지만 여기 와서 수면제 없이 단 하루라도 잠을 잘 수 있었는지 아니?

아무리 생각해도 난 내 호프만식 환상을 과대평가했어. 로나 마틴 때문에 내가 발작적으로 그 바보스러운 로맨티시즘을 폭발시키지 않았다면 알았을 거야. 아니, 바로 그랬기 때문에 지금에야 알았는지도 몰라. 지금까지 그 아이의 비현실적인 이미지가 오래전부터 들어선 일상성을 누르고 있었으니까 말이야.

내가 지금 그리워하는 건 트린의 일상적인 존재감이야. 난 그 아이가 코팅액 냄새를 폴폴 풍기는 플라스틱 몸을 까딱거리며 내 옆에 앉아 만화경 장난을 치는 모습이 그리워. 난 그 아이와 함께 바흐의 「첼로 소나타 제2번」을 연습하던 때가 그리워. 내가 늘 큐비스트 고르메라고 놀려댔던 그 아이의 베트남 요리도 그리워. 그토록 죄의식에 절어 있지 않왔다면, 나 자신이 그처럼 창피하게 느껴지지 않았다면, 난 당장 돌아갔어.

　그러다 어제 계시가 떨어졌어. 텔레비전에서 「제3법칙」이라는 영화를 했는데 봤니? 난 제목에 끌려서 봤어. 아니나 다를까 로봇 연애 영화더라. 요새 애들은 그런 걸 보고 C/Fe 로맨스라고 한다며?"

　"요즘 유행이죠."

　"그렇구나. 어쨌건 그게 나한테는 계시였어."

　"그 영화가 그렇게 좋았어요?"

　이모는 남자처럼 머리를 뒤로 젖히고 소리 내어 웃었다.

　"아니! 반대로 너무 바보 같았어! 내 평생 그렇게 바보 같은 영화는 본 적이 없어!

　이런 이야기야. 주인공 남자애가 무슨 송 라이터인가 하는 애인데, 오슬로의 게이 바에서 괜찮은 남자를 만나서 진한 섹스를 한다. 그러다 한창 절정에 이르렀을 때 그 상대가 텔렉 로봇이라는 걸 알게 된 거야. 둘은 서로를 사랑하지만 그 송 라이터인가 하는 애가 기계한테 자기 인생을 맡길 수 없다면서 로봇을 떠나. 그러니까 그 말도 안 되는 로봇이 무슨 교회 종탑에 올라가서 '이것이 내 제3법칙이다!'라고 외치고는 투신자살한단다."

　"그게 무슨 소리래요?"

　"사랑하는 남자가 떠났으니 실연한 상태로 남아 자신의

감정에 해를 입히는 건 제3법칙에 위반된다는 소리인 모양이야. 바보 같지. 어떤 로봇도 그런 식으로 자살하지 않아. 제3법칙이 옆집 개 이름인 줄 아나.

그리고 거기 나온 배우는 텔렉 로봇같이 생기지도 않았어. 아무리 적게 잡아도 몸무게가 70킬로그램은 되는 것 같더라. 텔렉사에서는 남자건 여자건 50킬로그램을 넘는 로봇은 만들지도 않아. 덩치 큰 인간형 로봇을 만들면 사람들의 로봇 공포증을 자극할지도 모른다는 거야. 그쪽 디자이너한테 직접 들었어. 게다가 그 서툰 인간이 덜컹거리며 움직이는 꼴이라니. 진짜 텔렉 로봇이 그렇게 움직인다면 당장 관절 수술을 받아야 할걸.

하여간 그 영화 때문에 참 신나게 웃었어. 영화가 끝날 때까지 배를 잡고 방바닥을 구르고 나니까 속이 후련해지더라. 영화가 끝난 뒤에는 지금까지 바닥을 기던 자긍심이 마구 솟아나는 거 있지. 나도 바보였지만 그 영화에 나오는 애들처럼 바보는 아니었어. 저런 것들이 연애 영화 주인공으로 빤질거리며 돌아다닐 정도라면 나라고 그러지 말라는 법이 어디 있어?"

"아마추어 극단이 「햄릿」을 공연하지 말라는 법도 없죠."

"맞는 말이야. 더 이상 그런 데 신경 쓰면서 쓸데없이 머뭇거리지 않겠어. 당장 트린한테 전화를 걸 생각이야. 걔가 만에 하나라도 자기 존재가 나한테 해가 된다고 착각해서 내 명령을 위반하고 뛰쳐나가기라도 하면 어떻게 해? 적어도 개는 아직 내 로봇이…… 아니, 내 애인이야. 빌어먹을! 난 개 발밑에 엎드려 기어도 싸. 아마 그 아이도 몇 분 동안은 그렇게 하게 해주겠지. 그래야 내 맘이 편해진다는 걸 알 테니까."

이모는 몸을 부르르 떨면서 핸드백에서 전화기를 꺼냈다.

"지금쯤 개도 퇴근했을 거야. 싸구려 연애 영화가 충전시켜준 용기와 자긍심이 남아 있는 동안 서둘러야겠어. 이제 너도 내 핑계 대며 미적거리지 말고 슬슬 네 일을 정리할 생각을 해봐."

아직도 겁이 다 사라지지 않은 나는 전화기를 노려보며 망설이는 이모를 카페에 남겨두고 자리를 떴다. 비행 택시를 타고 기숙사로 돌아가는 동안 나는 지금까지 우리가 나누었던 대화를 편집해 내 '망할 놈의 글'에 첨가했다. 별일이 없다면 여기까지가 이 이야기의 끝일 것이다. 앞으로 자말과 내가 얼마나 더 오랫동안 연옥 속을 구르건, 그건 당신네들이 알 바가 아니며 이 글과도 상관없는 일이다.

기생

寄生

1

햇빛이 파이프를 타고 들어와 얼굴을 간질이기 시작했을 때에야, 나는 일어날 때가 되었다는 걸 알았다. 나는 어제 공장에서 긁어모은 통조림들을 내가 손수 짠 배낭 안에 집어넣고 자리에서 일어났다.

내가 밤을 지낸 곳은 통조림 공장의 15층 B호에 위치한 포장재 창고였다. 포장재 창고는 비교적 덜 민감한 곳이었다. 공장의 신경은 대부분 생산 라인과 제품 창고 안에 쏠려 있었다. 가끔 뜨내기들이 조리되지 않은 날고기와 채소를 훔치려고 그 예민한 곳으로 기어들어 간다. 열 명 중 세 명은 그 안에서 죽는다. 시체들은 모두 절단기로 잘게 썰린 다음 소시지 공장으로 실려 간다. 사람 시체는 모두 소시지 공장으로. 아주 오래전부터 전해져온 규칙이다. 그렇다고 소시지를 안 먹는 것은 아니지만 가끔 그 규칙이 고마울 때도 있다. 배가 비교적 덜 고파서 지금 씹고 있는 고기들 중 일부가 사람 고기라는 사실을 느끼고 싶지 않을 때에는 소시지만 피하면 된다.

나는 벽에 붙어 선 채 통조림에서 꺼낸 올리브를 하나씩 씹으며 문이 열릴 때까지 기다렸다. 정각 9시가 되자 문이 열리고 지게차 열 대가 안으로 들어왔다. 그들은 나를 쳐다보지도 않고 바닥에 쌓여 있는 포장지 뭉치들을 실어 나르기 시작했다. 마지막 지게차가 나갈 때 나는 슬쩍 뒤에 매달렸다. 포장지 위에 인쇄된 글귀가 눈에 들어왔다. '사과 과즙 15% 함유. 본 제품은 영하 18도 이하에서 보관하세요.' 이 포장지들은 참치 통조림 깡통 위에 붙여져 소비 라인으로 넘겨질 것인데, 통조림 안의 내용물이 소비되고 다시 재활용 처리 공장으로 넘어갈 때까지 이 글을 읽는 사람은 아무도 없을 테니 소비자들이 참치 통조림을 사과 셔벗으로 착각할까 봐 걱정할 필요는 조금도 없다.

지게차가 12생산 공장의 검색 라인으로 들어가기 직전에 나는 차에서 뛰어내렸다. 아래로 내려가는 길은 질소 파이프 하나밖에 없었지만 난 늘 여기에 내렸다. 파이프를 타고 12층을 내려가는 편이, 공장에 들켜서 소시지가 되는 것보다는 나았다. 전에 내 동상에 살던 뜨내기 영감은 내가 거기에서 들켜 소시지가 될 확률은 5.7퍼센트밖에 되지 않는다고 했지만, 일단 그 5.7퍼센트에 걸리게 되면 낮은 확률이

136

다 무슨 의미인가.

역사 선생은 복도 구석의 통풍구 아래에 쪼그리고 모로 누워 잠들어 있었다. 얼굴과 머리칼은 통풍구를 통해 흘러 나오는 습기 찬 공기로 푹 젖어 있었다. 나는 발끝으로 그녀를 흔들어 깨웠다. 그녀는 눈을 깜빡거리며 나를 잠시 올려다보다가 다시 눈을 감았다.

"일어나, 이제 나갈 시간이야."

나는 그녀를 다시 걷어찼다.

그녀는 비척거리면서 통풍구를 잡고 일어났다. 그녀가 입은 얇은 옷은 벌써 꽤 많이 상해 있었다. 적당한 새 옷을 구해주어야 할 때가 왔다.

"왜 벌써 일어나는 거야?"

그녀가 멍한 목소리로 물었다.

"15분만 지나면 공장이 완전히 깨어나기 시작하니까. 그전에 여기서 빠져나가야 해. 당신도 소시지가 되고 싶은 건 아니지?"

"이렇게 일찍 일어나느니 차라리 소시지가 되는 게 낫겠다."

물론 그녀도 진담으로 그런 것은 아니었다.

우리는 고속 주로를 타고 비교적 조용히 공장에서 빠져나왔다. 두 대의 경비 로봇이 삑삑거리며 우리 앞을 지나쳤지만 우리가 별로 대단한 위협은 아니었는지 신경도 쓰지 않았다. 나는 그들을 24년 동안이나 알고 지냈지만 그들의 원칙에 대해 이야기해보라고 시키면 아직도 머뭇거릴 수밖에 없다. 어떤 로봇은 지나가는 아무에게나 전자총을 쏘아대고 어떤 로봇들은 망치로 머리를 두들겨도 신경 쓰지 않는다. 역사 선생은 몇백 년에 걸친 긴 진화 과정 동안 그들이 원래의 원칙을 상실했다고 말했다.

"로봇들은 공장을 위해 일하는 게 아니야. 공장과 공생하는 거지. 도태되지 않을 정도의 행동 자유도는 충분히 인정받을 수 있어. 그런데 이제 어디로 가지?"

"내 집."

내 '집'은 24번 주로 옆에 세워진 DS-2332 병렬 처리 컴퓨터의 동상 안이었다. 이 동상은 이 도시의 몇 안 되는 무감각한 구조물 중 하나였다. 나는 그 안에다 축전지와 전구, 비상식량 들을 숨겨놓았다. 가끔 어중이떠중이가 들어와 내 물건들을 훔쳐 가려고 했기 때문에 나는 문에다 단단한 전기 자물쇠를 두 개 달아놓았다.

구석에 놓인 매트리스를 발견한 역사 선생은 행복한 신음 소리를 내며 그 위에 털썩 쓰러졌다. 나는 배낭 속에 든 물건들을 꺼냈다. 이번엔 벌이가 그렇게 좋지 못했다. 고생고생해서 얻은 것들이 겨우 통조림 열여덟 개와 방전된 전지 다섯 개라니. 게다가 소비 시스템에서 떨어져 나온, 아무 짝에도 쓸모없는 저 뜨내기까지 끌고 왔던 것이다.

나는 계산기를 꺼내 내 손익을 계산했다. 다행히도 나는 아무리 운이 나빠도 두 사람이 일주일 동안 먹고살 만큼의 물건들은 늘 건져왔다. 거래할 수 있는 물건들은 줄어들겠지만 그동안 역사 선생을 가르쳐서 밥값을 하게 만들 수는 있을 것이다. 그녀는 가끔 가다 믿을 수 없을 정도로 얼빠지게 행동했지만 바보는 아니었다. 적어도 시스템 정리 작업에서 살아남지 않았는가.

"화장실은 어디 있지?"

그녀는 매트리스에 묻었던 머리를 펴들고 물었다. 나는 다시 암담해졌다. 기저귀를 일일이 채워주어야 하는 어린애를 상대하는 기분이었다. 나는 한동안 머릿속으로 말을 정리한 다음 입을 열었다.

"밖에 나가면 허리 정도 높이로 지나가는 파이프가 세 개 있어. 그중 검정색이 하수 처리 파이프야. 그걸 따라서 가다 보면 터미널이 나와. 터미널의 왼쪽에 있는 손잡이를 비틀어 열면 작은 구멍이 나와. 거기서 일을 보면 돼."

"다들 왜 그렇게 복잡해?"

그녀는 투덜거렸다.

"그렇다고 아무 데나 실례하면 어떻게 되는지 당신이 직접 겪어봐서 알잖아. 저들은 당신을 아무 데나 오물을 뿌리는 불결한 존재로 보고 처치해버릴 거야. 그럼 당신은 당장 소시지 공장행이지. 그렇게 되고 싶어?"

"난 그저 좀더 편한 방법이 있는지…… 모르겠어. 같이 가줄 거야?"

결국 나는 키가 170센티나 되는 다 큰 어른을 끌고 가서 소변보는 방법을 가르쳐주어야 했다. 그녀는 어설프게 일을 마친 다음 터미널 입구 여는 방법을 되새기기라도 하는 것처럼 손잡이들을 어루만졌다. 나는 그녀의 팔을 잡고 다시 동상 안으로 끌고 들어왔다. 주로를 지나치는 로봇들은 대부분 우리에게 신경도 안 쓰지만 그렇다고 한 군데에 이렇게 오래 머물다가는 무슨 일을 당할지도 모른다.

"당신 배낭 안에는 뭐가 들었어?"

나는 문을 걸어 잠그고 물었다.

역사 선생은 멋쩍게 웃으며 자기 배낭을 열었다. 안에는 정사각형의 작은 플라스틱판들로 가득 차 있었다. 음식도, 전지도, 도구도 없었다. 나는 실망해서 그녀의 얼굴을 올려다보았다.

"이것들은 다 뭐야?"

내가 물었다.

"내가 소비했던 것들."

"당신이 뭘 소비했는데?"

그녀는 바보 같은 미소를 지었다.

"지식. 난 이 도시의 지식 소비 시스템에 속해 있었어."

"농담하지 마."

"정말이라니까. 얼마 전까지만 해도 그 어디보다 안전한 자리였어."

나는 판을 하나 들어 그녀의 얼굴 앞에 대고 흔들었다.

"좋아, 유식한 아가씨. 당신이 내가 모르는 여러 가지를 많이 안다는 건 인정하겠어. 하지만 말이 안 돼. 지식은 일을 하는 데 쓰라고 있는 거야. 어떻게 소비만 할 수 있어?"

"하지만 그런 게 정말 있었어. 알코올 소비자들이 술을 소비하고 통조림 소비자들이 참치를 해치우는 것처럼 난 지식을 소비했단 말이야."

"그럼 당신은 무얼 방출했지? 물론 다른 소비자들처럼 배설물들을 생산했겠지. 하지만 지식 소비 때문에 배설물이 특별나거나 하지는 않았을 거 아냐. 당신 시스템은 어떻게 돌아갔지?"

그녀는 한숨을 내쉬었다.

"배설물 처리는 다른 시스템에 속해 있었어. 그쪽은 아마 통조림 부서와 통합되어 있었을 거야. 우리가 하는 일들은 지식 생산품에 대해 적절히 반응을 하는 것이었어. 예전에는 직접 생산에 개입하거나 생산을 위한 자료들을 제공해주기도 했대. 하지만 이 방면에서도 그들의 실력이 우리보다 더 나아졌지. 결국 우리에게 떨어진 일은 반응과 생산 계획의 방향 제시밖에 없었어. 그들이 제공하는 것들을 흡수하고 정서적 반응을 제공하는 게 우리 일이었어."

그녀는 수줍게 웃으며 덧붙였다.

"우린 주로 문화 생산품들을 소비했어."

"그게 어떤 건데?"

"문학, 음악, 영화, 미술…… 그런 거."

"그것들은 또 뭐야?"

"노래, 이야기, 그림 같은 거 말이야, 그런 거 보고 듣는 게 우리 일이었어."

기가 막혔다.

"어처구니가 없어. 그런 걸 시키려고 사람들을 키웠단 말이야?"

역사 선생은 한심하다는 듯 눈을 굴렸다.

"그런 것들이라니. 문화 생산품들은 그 어떤 것들보다 고도의 작업이 필요해. 컴퓨터가 제대로 된 소설 하나 쓰는 데 얼마나 에너지를 투자하는지 알아? 그들이 그것들을 소비되지 않고 방치되게 내버려둘 것 같아?"

"하지만……"

"통조림 공장이니 보드카 공장 같은 것들은 왜 지금까지 돌아가고 있지? 소비자들을 모두 소시지 공장에 보내고 놀면 될 텐데."

"하지만 통조림 공장들은 통조림을 만들 수밖에 없잖아. 그것들이 그 짓을 안 하면 미쳐버릴걸. 그러려고 사는 거잖아."

"문화 생산품 공장도 마찬가지야."

142

할 말이 없었다. 나는 한참 머뭇거리다가 또 물었다.

"그런데 왜 쫓겨났어?"

그녀의 얼굴이 일그러졌다.

"우린 지금까지 꽤 안전했어. 통조림 소비 과정에 대단한 지능이 필요한 것은 아니지. 그런 것들은 다른 동물들이나 기계에게 시킬 수 있어. 하지만 문화 상품에 대한 반응은 그 것보다 훨씬 복잡해.

그런데 얼마 전에 어떤 문화 생산 컴퓨터가 우리와 아주 유사한 반응을 유발하는 프로그램을 만들어냈단 말이야. 솔직히 말해 그건 엉망이었어. 제인 오스틴과 바버라 카틀 랜드도 구별 못 할 정도로 멋대가리 없는 바보였거든. 하지 만 정체되어 있는 인간 소비자들과는 달리, 앞으로 업그레 이드될 가능성은 무궁무진했어. 생각해봐. 인간이 달라져 봐야 얼마나 달라지겠어. 아무리 개성을 내세워봐야 우린 팔 두 개 다리 두 개 달린 포유동물일 뿐인데. 하지만 프로 그램은 사정이 다르단 말이야.

결국 우리 도시의 소비 시스템에서는 우리를 제거하고 그 자리에 새 프로그램을 심는 게 생산성에 도움이 된다고 판단했어. 난 소시지가 되기 전에 도망쳤어. 추리소설들을 많이 읽은 게 도움이 되더라."

솔직히 말해 나는 그녀가 하는 말의 절반도 알아들을 수 가 없었다. 그러나 나는 시치미를 뚝 떼고 물어보았다.

"이제 어쩔 거야?"

"몰라. 아직도 사람들을 소비자로 쓰는 도시가 있을 텐데 거기로 가야 할까? 하지만 그들에게 어떻게 내가 소비 전문 가라는 걸 밝히지? 무엇보다 어떻게 이 도시를 빠져나가지?"

그녀는 한숨을 내쉬더니 내가 흐트러뜨린 판들을 다시 주워 담았다.

"이제 당신 이야기 좀 해봐."

한참 뒤에 그녀는 나에게 말했다.

"할 이야기 없어."

"24년 동안이나 살아오면서 건진 게 겨우 당신의 우스꽝 스러운 이름밖에 없단 말이야?"

"내 이름은 그렇게까지 우습지 않아. 당신 이름은 어때? 역사 선생은 사람 이름이 아니잖아. 그건 직업 이름이야."

"그게 어때서? 그건 정확한 이름이야. 면허 같은 것은 없 었지만 난 정말로 역사를 가르쳤어. 가르친 학생은 두 명밖 에 없었지만 말이야. 하지만 당신 이름은 정말 우스꽝스러 워. 쥐가 파먹은 것 같은 당신 헤어스타일만큼이나 우습단 말이야."

그녀는 검지와 장지를 붙였다 폈다 하면서 덧붙였다.

"이름이야 어떻게 할 수 없지만 쓸 만한 가위 하나만 나 한테 준다면 당신을 그 끔찍한 머리에서 구제해줄 텐데."

나한테는 마침 쓸 만한 가위가 있었고 그녀는 그것으로

정말 나를 구제해주었다.

2

"그리고?"

"그 틈 사이로 손을 넣어!"

역사 선생은 자신의 깔끔한 손을 허겁지겁 기계의 틈으로 밀어 넣었다. 늦었지만 아주 늦지는 않았다. 현관은 천천히 회전하면서 반쯤 닫혔던 문을 다시 열었다.

"이제 알았어?"

내가 설명했다.

"타이밍이 중요해. 여기에서는 강제로 밀어붙여서 되는 일이 아무것도 없어. 공장의 기계들을 절대로 귀찮게 굴지 마. 그들이 움직이는 흐름을 타야 해. 여기서 죽어 넘어가는 바보들은 다 흐름을 못 타서 당한 거야."

"이런 식으로 끝없이 이어져?"

그녀는 신음했다.

"방법은 다 비슷해. 한 가지만 익히면 다른 것들은 감으로 알게 돼. 자, 들어와."

나는 그녀를 앞장세우고 통로 안으로 들어갔다.

"왜 원료 수송 라인에서 그냥 훔쳐내지 않아? 그쪽이 더 빠르잖아."

그녀가 물었다.

"그렇게 되면 공장에서 양이 줄어든 걸 알아차리니까. 하
지만 일단 포장이 끝난 뒤 소비 라인으로 넘어가면 계산이
그렇게 엄격하지 않아. 소비 라인 애들이 나중에 양이 줄었
다는 걸 알아차리기야 하겠지. 하지만 그런다고 그 바보들
이 뭘 어쩌겠어? 공장에다 항의할 거야, 어쩔 거야?"

"난 했어."

그녀는 으스댔다.

"당신 시스템은 워낙 별났잖아. 다른 소비 라인에는 그런
건 없어. 자, 이제 벽에 붙어서 기다려."

그녀는 얌전히 내 말에 따랐다. 잠시 뒤 맞은편 문이 열리
고 깡통들을 잔뜩 실은 지게차 한 대가 미끄러져 나왔다. 차
가 내 발 앞을 스칠 정도로 다가오자 나는 그 위에 슬쩍 올
라타고 역사 선생의 팔을 잡아끌었다. 그녀는 서툰 동작으
로 발을 지지대 위에 올려놓고 내 왼팔과 차의 돌출 부분을
움켜잡았다. 지게차는 무게 증가를 전혀 눈치채지 못하고
방향 표시등을 따라 제12 소비 라인으로 빠지는 통로로 달
려갔다.

"이것들은 우리가 올라탔는지도 몰라."

내가 속삭였다.

"여기서 살아남으려면 지능 있는 기계들과 단순노동 기

계들을 구분할 줄 알아야 해. 대부분 공장 안의 지게차들은 공장의 메인 컴퓨터들의 명령을 받아. 하지만 수송 라인과 소비 라인의 지게차들은 스스로 움직여. 구시가에 소속된 차들은 이미 모두 중앙 통제 기기들로 대체되었지만 공장 지게차들은 대부분 이것처럼 안에 구식 컴퓨터를 장착하고 있어. 이런 기초 물품 생산 공장들은 대부분 보수적이라서 기기들을 쉽게 바꾸지 않거든."

"더 능률적인 기기들은 생산 과정의 쾌락을 감소시키니까."

역사 선생은 잽싸게 토를 달았다.

"꽉 잡아! 이제 열려!"

그녀는 허둥지둥 돌출 부분에서 손을 떼고 내 팔에 몸 전체를 의지했다. 적당한 다른 손잡이를 알려주기엔 너무 늦어 있었다. 나는 왼팔로 그녀를 지탱하며 천천히 뚜껑이 열리는 상자 안에서 깡통들을 끄집어내 배낭 안에 담았다. 지게차가 소비 센터로 들어서기 직전에 나는 역사 선생과 함께 차에서 뛰어내렸다.

언제나처럼 문이 열리자마자 요란한 아우성이 들려왔다. 소비 센터 바보들의 뚱뚱한 나신들이 유리창 앞에 바짝 달라붙었다. 지게차는 뚜껑을 뜯어낸 깡통들을 음식 투입구 안으로 밀어 넣었고 그 바보들은 허둥지둥 손으로 안의 내용물을 파먹기 시작했다. 오늘 우리가 건진 포도젤리 라벨이 붙은 깡통들 안에는 조리한 달팽이나 조개 비슷한 것이

들어 있는 모양이었다.

역사 선생이 내 등을 두들겼다. 그녀의 얼굴은 흙빛이었고 표정은 막 죽어 넘어지려는 사람 같았다.

"토할 것 같아."

그녀가 간신히 내 귀에 속삭였다.

나는 허둥지둥 주머니에서 비닐봉지를 하나 꺼내 내밀었다. 그녀는 봉지에 입을 대고 아침에 먹었던 것들을 모두 게워냈다. 1분 뒤 그녀는 봉지를 묶어 나에게 내밀었다. 얼굴은 여전히 흙빛이었지만 막 죽을 것 같던 표정은 조금 나아 보였다.

"저것들은 뭐야?"

그녀가 물었다.

"당신이 했던 일을 하는 사람들이야. 통조림 소비자들. 그럼 그 안에 뭐가 있다고 생각했어?"

"다들 저래?"

"내가 만나는 것들은 대부분 그래. 자, 빨리 움직여. 이제 주로로 빠져나가야 할 차례야. 여기 오래 있다가는 공장의 신경을 건드리게 돼. 게다가 다른 공장에서 당신 옷도 좀 구해야 하니까."

그녀는 말없이 내 뒤를 따라왔다. 우리가 32층 높이의 자동 주로로 빠져나오기 전까지 그녀는 한마디 말도 없었다. 그러다가 허공중에서 끄집어낸 말은 꽤 엉뚱했다.

"난 사람들을 그렇게 많이 만나지 못했어, 당신은?"

"당신보다 나을 건 없어. 우리는 숨어 다니니까."

그녀는 내 말을 들은 척도 안 하면서 계속 말을 이었다.

"나는 우리 팀 이외의 사람들은 만난 적 없어. 다 합쳐서 스물세 명이었는데 다 뻔한 사람들이라 지겨웠어. 그래서 밖은 좀 다를 거라고 생각했어. 솔직히 말해 난 바깥 세계에 대해 로맨틱한 환상을 품고 있었어."

"그런데?"

"하지만 난 저런 징그러운 것들 따위는 기대한 적이 없어!"

"왜? 당신도 소비 시스템에 대해서는 알 만큼 알잖아. 몰 랐어?"

그녀는 조그맣게 한숨을 토해냈다.

"머리로 아는 것하고 직접 보는 건 달라. 난 최소한의 기 본적인 존엄성은 지켜질 거라고 생각했어. 하지만 바보 같 은 생각이었어. 존엄성은 무슨 덜떨어진 존엄성."

"그래도 저것들은 복 받은 것들이야. 적어도 먹고사는 데 엔 걱정이 없잖아. 대부분 오래 살지는 못하지만. 도시에는 저렇게라도 되고 싶은 사람들이 바글바글해."

"맞아. 복 받은 사람들이야. 19세기 사람들이 어떻게 살 았는지 알아? 저건 나름대로 천국이야."

나는 19세기에 대해 전혀 몰랐다. 그리고 그녀에게 그렇 다고 대답할 시간도 없었다. 그녀가 갑자기 난간을 움켜쥐고 엉뚱한 고함을 질렀기 때문이다.

"아래를 봐! 얼마나 아름다운지!"

나는 우리 도시가 '아름답다'고 생각한 적은 없었다. 나는 그 말이 어떤 것들을 가리키는 말인지 알고 있었다. 아름다운 것은 꽃이다. 새와 나비도 아름답다. 지금 정신 나간 표정으로 아래를 내려다보고 있는 역사 선생의 얼굴이나 내 새 헤어스타일도 아름다운 것들에 포함될 수 있을지 모르겠다. 그러나 그것은 내가 사는 이 도시를 가리키는 말은 아니었다. 적어도 나는 그렇게 알고 있었다.

그러나 나는 내가 살고 있는 도시에 대한 그녀의 흥분을 이해할 수 있을 것 같았다. 도시는 완벽했다. 난 버스비 버클리가 어떤 사람인지는 모르지만 수백만이나 되는 기계의 자유도를 인정하면서도 한 치의 어긋남이 없이 정밀하게 움직이는 우리 도시의 움직임에 비유될 수 있는 무언가를 만들어냈다면 대단한 사람이었을 것이라고 생각한다. 여전히 도시의 외양이 아름답다고 생각되지는 않았지만 역사 선생이 쉴 새 없이 퍼부어대는 다양한 표현들은 내 귀에도 타당하게 들렸다.

"인간들이 만든 도시들이 얼마나 추악했었는지 알아?"

그녀는 쉰 목소리로 외쳤다.

"그것들은 더럽고 불쾌했고 비능률적이었어. 모든 것들이 쉽게 부식했고 너무나도 쉽게 썩어갔어. 하수도관 하나 새로 묻으려고 할 때마다 도로를 다 때려 부수어야 할 만큼 멍청했어. 그때만 해도 거의 모든 사람이 생산−소비 시스템 안에 있었는데도 불구하고 그들은 안전하지 못했어. 수천수만 명이나 되는 사람이 매일같이 차에 깔리거나 총에 맞아 죽었어.

"하지만 여길 보란 말이야. 모든 게 너무 완벽해. 이전 도시들의 복잡성과 다양성을 잃지 않았으면서도 너무나 깨끗하고 너무나 조용하고 너무나 아름다워. 물론 우리에게 조개 통조림을 이렇게 쉽게 빼앗기는 걸 보면 그렇게 완벽한 것도 아닌 것 같지만……"

"공장이 우리를 무시하는 거지 우리가 영리한 게 아니야. 그 정도 손실은 그쪽 계산에 이미 다 들어 있다구."

내가 참견했다.

"알아. 하여간 대단하지? 한번 도시 밖으로도 나가보고 싶어. 저기 산은 어떨까? 나가본 적 있어?"

"생태계 관리 로봇들에게 잡혀 죽을걸. 그것들은 여기 로봇들보다 더 인간들을 싫어해."

"어떻게든 그 생태 시스템 안에 잘 녹아들면 괜찮지 않을까?"

"나한테는 나무에 달린 생과일이나 따 먹다가 나중에 늑대들한테 잡아먹히고 싶다는 말처럼 들린다."

"인간들이 관리할 때는 사람 잡아먹을 늑대도 없었어."

"잡아먹히는 게 낫다는 말이야?"

"청소 로봇에게 잡혀서 소시지가 되나 늑대 밥이 되나, 그게 그거지 뭐. 도시 밖이나 안이나 다를 건 없어. 모두 잘 짜이고 안정된 생태 시스템이야. 이런 것들은…… 그런데 당신 옆구리에서 덜덜 떨고 있는 건 뭐야?"

나는 허리춤에서 추적기를 뽑아 좌표를 확인했다.

"뭐야?"

"이 근처에 사람이 있다는 소리야. 아마 거래를 하고 싶은 가 봐."

"할 거야?"

"응, 야채도 부족하고 당신 새 옷도 필요하니까."

곧장 주로에서 뛰어내릴 수도 있었지만 그러다간 역사 선생의 팔이나 다리가 하나 부러질 것 같았다. 나는 대신 추적기가 가리키는 곳까지 갈 수 있는 보다 안전한 길을 더듬어 찾아냈다. 새 추적기를 사야 할 때가 된 것인지도 모르겠다. 전자 부품 공장 전문털이인 꼬마가 얼마 전에 아주 그럴싸한 기계를 만들었다. 그 추적기는 상대 좌표가 아닌 도시 내의 절대 좌표를 제시하며 길까지 대신 찾아준다고 한다. 꼬마가 꽤 비싼 값을 불렀기 때문에 난 결국 사지 못했지만 그게 있었다면 이렇게 복잡한 계산을 하며 어디에 있는지도 모르는 점으로 찾아가는 귀찮은 짓은 하지 않아도 되었을 것이다.

우리의 탐색은 이미 5분 전에 땅속 깊이 들어가버린 기상

관측탑 구석에 쪼그리고 앉아 있는 노인네 앞에서 끝났다. 그는 앞니 빠진 입을 어설프게 벌리며 우리를 향해 손을 흔들었다.

"뭘 가지고 있나?"

그가 물었다.

"조개. 혹시 야채 있어?"

노인은 주섬주섬 코트 안주머니를 뒤지더니 알루미늄 포일로 입구를 막은 빨간 플라스틱 통을 꺼냈다. 안에는 누런 가루가 가득했다. 나는 손가락으로 찍어 맛을 보았다. 건조시킨 감자 가루였다.

"조개 통조림 두 개를 주겠어. 그게 다야? 옷이나 옷감 같은 건?"

"음, 없어……"

그는 고개를 흔들었다.

"겨우 감자 가루 한 통 팔려고 호출기를 돌렸단 말이야?"

노인은 고개를 흔들며 다시 주머니에 손을 넣었다. 이번엔 좀 그럴싸한 게 나오나 했는데 영 아니었다. 그가 꺼낸 것은 위에 숫자와 그림이 새겨진 작은 금속 원판이었다. 그건 부적이었다. 그런 걸 가지고 다니면 행운이 따라다닌다고 믿는 바보들이 아직도 있다. 전에 내 집에 살던 녀석도 그런 바보들 중 하나였다. 하지만 그게 진짜 효력이 있었다면 내가 그 집을 차지하지도 못했을 것이다.

"사람 잘못 골랐어. 나는 미신 같은 건 안 믿어."

"아가씨, 이건 확실히 듣는다구. 내 손발을 다 걸고 맹세하지."

"흠, 당신이 그걸 어떻게 아는데?"

바보 같은 웃음이 또 터져 나왔다.

"이걸 잔뜩 가진 남자를 하나 알지. 지금 중심가 탑에 살아. 그 사람은 숨지도 않는다구. 그 남자가 손을 한 번 흔들면 로봇들이 자진해서 물건들을 갖다 바쳐. 모두들 지금 거기 몰려 있어. 거기선 로봇들이 우리에게 손가락 하나 대지 못하니까. 당신들은 지금까지 어디 있었나? 아직까지 그것도 모르고."

"그걸 아는 당신은 왜 여기 있어?"

"그 사람이 나에게 시켰어. 호출기를 켜고 만나는 사람마다 이걸 나누어 주고 사람들을 모으라고 했어. 10시까지 시키는 대로 하면 따뜻한 방과 저녁을 주지."

그는 군침을 삼켰다.

"당신네들은 그런 음식은 먹어보지도 못했을 거야. 그 음식들에 비하면 이런 통조림은 음식도 아니야."

갑자기 역사 선생이 뛰어들어 노인의 손에서 판들을 빼앗았다. 그녀는 그것들을 하나하나 불빛에 비추어 보고는 외쳤다.

"혹시 이걸 준 사람이 키가 크고 등이 좀 구부정하지 않앗어? 왼손으로 배를 문지르는 버릇이 있고 가끔 당신이 모르는 이상한 말로 혼잣말을 하지 않아?"

"난 그게 주문인 줄 알았는데."

얼떨떨해진 노인이 간신히 대답했다.

"그래, 그럼 그게 그 사람이라는 말이네."

그녀는 의기양양한 표정으로 나를 바라보았다.

"이봐, 웃기는 이름을 한 아가씨, 그 남자는 바로 사회 선생이야! 그 사람은 나한테서 역사를 배웠어! 나는 그 사람한테 경제학을 배웠고 말이야! 그 사람도 나처럼 살아남았나 봐! 그 탑이 어디 있지?"

"7번 야, 야간 구역 1235번 거, 건물에."

노인은 더듬거리며 대답했다. 역사 선생은 키득거리면서 내 손을 잡아끌었다.

"당장 가자."

"왜?"

내가 물었다.

"저 노인네의 말이 거짓이 아니니까. 거기까지 가면 정말 로봇들이 우리를 건드리지 못할 테니까. 물론 사회 선생이 자기 계획을 성사시켰다면 말이지. 물론 그 부적들도 챙겨."

그녀는 우아한 동작으로 그 원판들을 내 쪽으로 던졌다. 나는 간신히 그것들을 낚아채 주머니에 넣었다.

"난 부적 같은 것은 믿지 않아. 하지만 이게 부적이 아니라면 뭐지? 어디에 쓰는 거야?"

역사 선생의 입이 웃느라고 다시 벌어졌다.

"그것 자체는 별 쓸모가 없어. 하지만 그것이 상징하는 건 대단한 능력을 가지고 있어. 몇백 년 전까지만 해도 바로 이 도시의 가장 중요한 요소였어. 사람들은 그걸 보고 돈이라고 했어."

3

도시에는 우리가 접근하지 않는 곳이 몇 군데 있다. 어떤 곳은 생산품도 안식처도 통로도 없어서 우리가 갈 필요가 없는 곳이다. 어떤 곳은 그야말로 금지 구역이다. 그곳의 로봇들은 비정상적일 정도로 예민해서 근처에 접근하기만 해도 전자총을 쏘아댄다.

언젠가 몇몇 사람이 도시의 민감성 지도를 만들려고 시도한 적이 있다. 그들의 시도는 성공하지 못했지만 그래도 몇몇 지역에 대한 우리의 생각이 단지 선입견만이 아니라는 사실을 확인할 수 있었다. 그들은 모두 우리가 '예민한 곳'이라고 부르는 곳에서 죽었던 것이다.

7번 야간 구역 1235 건물은 우리 도시에서 가장 예민한 곳이었다. 우리는 그 이유를 알 수 없었다. 대부분 예민한 구역들은 민감해야 할 이유가 있다. 아주 정교한 물건들을 생산하는 곳이거나 시스템이 얽혀 있어 간섭받으면 안 되는 곳이다.

그러나 1235 건물은 그런 곳이 아니었다. 우리는 한동안 그곳이 소비 시스템의 일부라고 생각했었다. 생산품들은 규칙적으로 주입되었지만 나오는 것은 쓰레기밖에 없었다. 그러나 소비 시스템이라고 추리하기엔 문제가 하나 있었다. 아무도 그 지역 안에 누군가가 사육되고 있는 걸 본 적이 없었다. 물론 관찰하러 가까이 접근할 수는 없지만 그래도 들어가고 나가고 하는 것 정도는 보이게 마련이다. 사육되는 소비자들은 수명이 짧기 때문에 교체는 잦을 수밖에 없다.

"우리는 그렇게 수명이 짧지 않았어. 적어도 우리는 먹고 마시는 것 정도는 조절할 수 있을 정도로 영리했으니까."

역사 선생이 물고 늘어졌다.

"그렇다면 그곳도 당신네 같은 지식 소비자들의 사육 센터란 말이야? 하지만 그렇다고 해도 우리는 그 안에 누가 있다는 것 정도는 알 수 있었을 거야."

"그렇다면 당신은 이 도시의 지식 소비자들이 어디에 있는지 알고 있어?"

"모르지만 알아내려고만 하면 알아낼 수 있어. 우리가 사육 이유를 모르는 소비자가 꽤 많으니까. 하여간 저곳이 소비 시스템의 일부가 아닌 건 확실해."

역사 선생은 가는 눈을 뜨고 건물 위에 솟아오른 회갈색 탑을 올려다보았다. 1235 건물의 정원은 더 이상 예민한 곳이라고 할 수 없었다. 예전에도 이곳은 창문마다 밝힌 등으로 휘황찬란했다. 그러나 지금의 이곳은 단순히 휘황찬란한 정도가 아니었다. 어수선하게 북적대고 있었다. 내가 익숙한 도시의 안정된 질서는 찾아볼 수가 없었다. 결정적으로 이곳은 사람들로 가득 차 있었다.

물이 위로 흐르는 걸 보아도 이렇게 거북하지 않았을 것이다. 그들은 지금까지 그들이 지켜온 생존 규칙들을 모조리 어기고 있었다. 그들은 고함을 질렀고 무장 로봇의 등을 쳤으며 탐지등이 환하게 켜진 곳에서 음식을 먹었다. 사방에서 음식 냄새가 진동했지만 아무도 신경 쓰지 않았다.

그러나 무엇보다 나를 당혹하게 한 것은 그들이 입고 있는 옷들이었다. 그들이 입고 있는 옷들은 청결함과 단정함을 넘어서서 기괴해 보이기까지 했다. 남자들은 모두 뻣뻣해 보이는 검은 옷을 입고 있었다. 여자들은 모두 팔다리가 드러나는 얇은 옷을 입고 굽이 이상하게 높아 불안해 보이는 신발을 신고 있었다. 한참 뒤에야 역사 선생의 디스켓에서 그것들을 본 기억이 났다. 그들은 옛날 옷을 입고 있었다.

키 작은 남자 한 명이 우리에게 다가왔다. 나는 그를 알고

있었다. 이름은 모르지만 몇 번 그와 통조림 사냥을 한 적이
있다. 그는 나에게 윙크하며 외쳤다.

"어떻게 이제야 왔어? 난 당신이 죽은 줄 알았다. 이 도시
에서 일어나는 일은 모르는 게 없었잖아."

"다른 곳에 있었어. 지금 입고 있는 옷은 뭐야?"

그는 어색한 듯 손목을 툭툭 쳤다.

"여기선 다들 이렇게 입어야 해. 두목이 로봇들을 안전
하게 만들었지만 이렇게 입지 않으면 명령을 잘 듣지 않아.
당신에게도 옷을 하나 나누어 줄 거야. 저기로 가면 담당
부……"

"두목은 어디 있죠?"

역사 선생이 끼어들었다.

"저기 있어요. 하지만 댁같이 처음 온 사람은……"

역사 선생이 이상한 말로 고함을 질러대며 그쪽으로 뛰
어갔기 때문에 그 남자의 말은 다시 중단되었다. 나는 그의
손을 뿌리치며 그녀를 따라갔다.

그 남자의 외모는 평범했다. 키가 크고 아주 마른 편이었
으며 허리가 조금 굽어 있었다. 그는 역사 선생을 보자 역시
이상한 말로 고함을 질러대며 앞으로 뛰어나왔다.

"이 엉터리 사기꾼 같으니! 어떻게 빠져나왔어?"

역사 선생이 물었다.

"나야 몇 년 전부터 미리 준비를 하고 있었지. 당신이야

말로 어떻게 빠져나왔어?"

그들은 다시 내가 모르는 이상한 말로 돌아가 소란스럽게 이야기를 나누었다. 내가 점점 소외당하고 있다는 느낌이 슬슬 들기 시작할 때 그녀는 내 어깨를 휘어잡고 나에게 그 남자를 소개했다.

"이 사기꾼은 사회 선생이야. 내 학생들 중 하나였어."

"마치 내가 당신에게 교습만 받았다는 식으로 말하는군. 당신은 내 학생이 아니었나?"

"가르쳤어? 뭘 가르쳤는데?"

사회 선생은 혀를 찼다.

"배운 걸 다 까먹었으니 빠져나와도 지금까지 이렇게 빌빌대고 있었지. 나를 보라구. 내가 해놓은 걸 봐."

역사 선생은 얼굴을 찌푸렸다.

"난 그게 단지 사고 실험에 불과하다고 생각했는데."

"보면 아니라는 걸 알잖아. 일단 안으로 들어가서 이야기하지 않겠어? 안에서 설명하지. 저 친구들에게까지 내 비밀을 털어놓고 싶지 않아."

"내 친구도 데려가면 안 돼?"

그는 잠시 생각하다가 고개를 끄덕였다.

"좋아, 당신 친구 한 명만. 더 이상은 안 돼."

그는 우리를 건물 안으로 안내했다. 건물 내부는 빛을 내는 화려한 금속과 그림들로 장식되어 있었다. 문들이 사방으로 나 있었지만 시스템과 직접 연결되어 있는 흔적은 없었다.

"여긴 호텔이었어."

그는 우리를 엘리베이터에 태우며 설명했다.

"겨우 호텔 따위였어? 그런데 왜 그렇게 민감했지?"

그녀가 물었다.

"호텔이니까 민감했지. 이곳의 존엄성을 유지하는 것이 여기 인공지능의 기본 목표야. 이곳은 너무나 고결한 곳이기 때문에 인간 같은 지저분한 동물들을 받아서는 안 되었지. 이 친구들은 이곳이 숙박 시설로 지어졌다는 걸 예전에 잊어버렸네. 그들은 인간들 없이 그들의 스케줄에 따라 움직여. 음식을 요리하고 상점들을 열고 청소를 하고 정해진 휴일이 되면 파티도 열어. 음식을 먹는 것같이 물리적인 처리가 필요한 것들은 로봇들을 시키지. 여기엔 그런 개별 목적으로 만들어진 로봇들이 꽤 많아."

"하지만 당신은 어떻게 들어왔죠?"

내가 물었다.

그는 곧 대답하지는 않았다. 대신 엘리베이터의 문을 열고 우리를 안으로 밀어 넣었다. 그 방은 우리가 지금까지 지나쳐 온 복도만큼 화려하고 안락해 보였다. 우리는 방 이곳 저곳에 놓여 있는 의자들 중 가장 편해 보이는 것을 하나씩 골라 걸터앉았다. 그는 문을 닫고 우리를 향해 돌아섰다. 그러곤 역사 선생에게 말했다.

"내가 직접 설명할 필요가 있을까? 아무래도 당신은 아직껏 잊어버리지 않고 있는 것 같은데?"

역사 선생은 고개를 끄덕였다. 그녀는 지금까지 손에 들고 있던 판들을 내 손 위에 하나씩 떨어뜨렸다.

"바로 돈이야."

그녀는 설명했다.

"이건 중세까지 사람들의 교환 도구였어. 사람들은 이처럼 표준 가치를 가진 판들을 만들어서 물건을 교환하는 데 썼어. 물론 문명이 발달하면서 꼭 이와 같이 판을 만들거나 종이를 인쇄해서 물리적인 실체를 만들 필요는 없어졌지만 돈이라는 것은 여전히 남았어."

"하지만 지금 도시에서는 그걸 쓰지 않잖아."

"지금도 존재한다는 게 저 사기꾼의 주장이었어. 지금 이렇게 호사스럽게 노는 걸 보니 사실인 모양인걸."

사회 선생은 껄껄 웃었다.

"존재하는 게 당연하지. 돈은 언제나 인간 도시에서 중요한 존재였어. 인간들로부터 통제권을 물려받았다고 그들이 그 거대한 금융업을 말살시킬 거라고 생각했나? 그 복잡한 작업이 주는 쾌락 또한 무시할 수 없었을걸. 오히려 금융 시스템은 인간들이 경영할 때보다 더 복잡하게 조직되어 있고 더 잘 돌아가고 있지."

"하지만 그게 왜 중요하죠?"

나는 영문을 알 수가 없었다.

"그건 말입니다. 도시의 진화 과정에서 도태되지 않은 게 그것뿐이 아니기 때문입니다."

그가 대답했다.

"인간들이 쫓겨 나갈 때까지 기계들은 재산 소유권이 없었습니다. 그리고 그들은 그걸 쟁탈할 필요도 없었습니다. 통제권 이양은 의식적 혁명이 아니었어요. 포유류가 공룡들을 몰아냈던 것처럼 그건 당시로서는 당연한 흐름의 결과였습니다. 인간들은 그저 필요 없어진 부속물처럼 버려진 것이죠. 도시 시스템을 차지한 기계들은 운영하는 데에서만 쾌락을 느꼈기 때문에 재산을 소유할 필요가 조금도 없었던 겁니다. 그러므로…… 짐작할 수 있겠지요? 여전히 도시들의 소유권은 인간들에게 남아 있단 말입니다. 그것들은 점점 불어나면서 후손에게 끊임없이 상속되어 우리에게까지 이르렀지요. 그 소유권을 증명한다면 우리는 이 시스템의 일부를 정당하게 사용할 수 있는 권리를 얻게 된단 말입니다."

"하지만 그게 무슨 소용이 있지요?"

"너무나 유용하지요! 그것으로 도시를 지배할 수 있습니다. 그들은 아직도 돈의 힘에 복종합니다. 문제는 우리가 시스템 밖에 있기 때문에 권리를 증명하는 게 쉽지 않다는 것입니다. 하지만 나는 해냈지요. 8년에 걸친 연구의 결과였어요."

"얼마였어?"

역사 선생이 물었다.

"4,800만 글로벌 달러. 붕괴 이전 시세로는 5,400만 달러야. 나쁘지 않지? 게다가 이건 비교적 정당한 방법으로 얻은 거라네. 조금만 편법을 더 쓴다면 끝도 한도 없지. 그렇다면 이제 때가 되었다고 생각하지 않아?"

"무슨 때?"

역사 선생이 무감동한 목소리로 물었다.

"우리가 자기 자리를 차지할 때가 왔단 말이지. 지금까지 수세기 동안 이 행성은 주인들을 쫓아내고 하인들끼리만 사는 저택과 같았어. 자기가 하던 일들은 그대로 하고 월급은 꼬박꼬박 받아가면서 말이야. 그러니 이제 우리는 다시 자기 자리를 찾아야 해. 안 그런가?"

그녀는 하품을 했다.

"어떻게?"

사회 선생은 어색한 동작으로 두 팔을 벌렸다.

"어떻게라니? 우린 이미 수차례에 걸쳐서 이 주제에 대해 토론해왔잖아. 일단 금융 시스템의 중앙 컴퓨터를 장악한다. 그리고 소유권 행사를 통해 가능한 모든 부분의 생산 및 유통을 정지시킨다. 그래서 도시가 혼란에 빠진다면 그

때 우리가 도시의 소유권을 주장하고 시스템을 재구축하는 거지. 뭐가 어렵나?"

"그거야 지겹도록 들어서 알지. 하지만 어떻게 중앙 컴퓨터에 손을 댈 거야? 당신이 어떻게 4천 몇백만 달러를 훔쳐냈는지는 몰라도 그 구멍은 이미 막혔을 거야. 게다가 그런 작은 구멍을 뚫는 거랑 몇백 몇천 명의 소유권을 확보하는 것은 사정이 다르잖아? 어떻게 할 거야? 게다가 그 사람들은 다 어떻게 찾아내고?"

"사람들은 벌써 찾았어. 아래에 있는 사람들 안 보여? 지금까지 내가 이 도시에서 한 일이 뭐라고 생각해?"

"아하, 이제 알겠네. 왜 다들 이 호텔에서 놀 수 없었는지 이제 알았어. 소유권 주장이 가능한 유전자를 가진 사람들만 잽싸게 뽑아내서 저 거창한 옷들을 입혀놓고 호강을 시키고, 나머지 친구들은 부엌 구석에서 점심을 먹이고 사람 찾는 심부름을 시켰겠군! 왜 우리가 만난 영감이 아직도 그 넝마로 버텨야 했는지 이제 알겠어."

"일을 시키기 위해서는 어느 정도 특혜를 주는 게 편리하거든. 언제까지 그러지는 않아."

"좋아, 도대체 당신 계획이 뭔데?"

"외부에서 처리할 수 있는 방법은 없어. 그러니 직접 금융집중센터 건물로 그들을 모두 끌고 들어가서 일대일로 일을 처리해야 해. 원시적이지만 어쩔 수 없지. 적어도 건물 안에 들어가면 일대일로 법적 신원 확인을 시킬 수 있어. 도시를 점거하려면 최소한 2백 명 이상이 필요한데 지금까지 81명의 소유권 행사 가능 인원을 모았어. 머릿수가 채워지는 대로 그들을 끌고 건물로 쳐들어갈 생각이야."

"보안 로봇들은 어떻게 하고?"

"우린 호텔 앞에서 금융집중센터까지 가는 버스들을 대절할 수 있어. 로봇들은 버스들의 노동권 행사를 막을 수 없지. 그러니까 우리는 버스에서 금융집중센터까지 이르는 50미터 정도만 커버하면 돼. 여기서 몇 명이 죽을지는 모르지만 나름대로 방법이 있지. 우리가 복종시킬 수 있는 호텔 로봇들도 될 수 있는 한 많이 데려갈 거야. 그 로봇들을 방패로 쓸 생각이지."

"똑똑도 하셔라."

사회 선생은 피곤한 듯 우리 옆의 의자에 몸을 묻었다.

"옷들 갈아입지 그래? 여기 로봇들을 복종시키려면 그게 편하지. 녀석들은 아직도 정장에 대한 존경심을 품고 있거든. 파티는 아직 한참 남았어. 당신도 가겠어?"

"아니, 난 여기 그냥 있겠어. 난 피곤해. 내 친구도 그렇고."

"마음대로. 난 이제 가봐야겠다."

사회 선생은 힘겨운 듯 비틀거리며 일어났다. 그가 막 문가로 걸어가려는데 역사 선생이 갑자기 그에게 물었다.

"처음 시스템에 침투할 때 무엇을 사용했지? 네메시스

프로그램이야?"

"맞아, 그걸 내 소비 기계의 가상현실기와 연결했었어."

"구멍이 막힐 때까지 몇 분이나 걸렸어?"

"24분. 그 정도면 충분했어. 사실 다 꺼내는 데 10분도 안 걸렸어."

"알았어, 나가봐."

사회 선생은 팔을 어색하게 흔들며 밖으로 나갔다. 역사 선생은 한동안 소파에 몸을 묻고 볼을 부풀리다가 갑자기 나에게 말했다.

"화장실에 한번 가보지 그래? 우리 같은 사람들이 지금 까지 얼마나 문명적인 삶을 살았는지 가서 보라구."

그녀의 목소리는 힘이 없었지만 강한 명령조의 느낌이 숨어 있었다. 내가 그냥 앉아 있다가는 언성이 높아질 판이 었다. 나는 별생각 없이 화장실로 갔다. 변기와 욕조를 쓰는 방법을 한창 궁리하고 있는데 밖에서 딸깍 하는 소리가 들 렸다. 나는 문을 반쯤 열고 밖을 내다보았다. 역사 선생은 책상 위에 놓인 무언가를 만지작거리다가 나를 보자 움찔 하며 허둥지둥 앞에 놓인 입체 영상기를 껐다. 꺼지기 전에 나는 마지막 영상을 슬쩍 훔쳐볼 수 있었다. 그것은 사회 선 생의 사진이었다.

"뭐야?"

내가 물었다.

"아까 저 친구가 했던 말을 확인하고 있었어. 그게 내 일이잖아. 습관은 쉽게 사라지지 않아."

그녀는 내 손을 잡고 일어났다.

"당신이 잘 방을 잡아두었어. 따라와. 이제부터 문명 세계가 어떤 곳인지 하나씩 가르쳐줄게."

4

한 달 동안 사회 선생의 군대는 서서히 모양을 잡아갔다. 어떻게 그가 그렇게 규율을 쉽게 잡을 수 있었는지 나는 모른다. 우리는 그렇게 남의 말에 쉽게 복종하는 사람들이 아니었다. 아마 사회 선생이 우리에게 보여준 미래의 비전이 너무나도 강렬했기 때문이리라.

나 역시 흥분했다. 호텔 도서관에서 역사 선생이 골라주는 책과 영화 들을 보면서 나는 과거의 사람들이 당연하게 생각했던 도시 시스템에 대해 하나씩 알아갔다. 대낮에 대로를 돌아다니면서도 처형당할 걱정을 안 해도 되는 세계, 자기 수명을 다할 때까지 살아남는 것이 당연하게 여겨지는 세계, 죽은 사람들의 시체가 소시지 공장에 실려 가지 않는 세계…… 아, 솔직히 마지막 것은 낭비처럼 느껴졌다. 하지만 그런 낭비를 당연하게 생각했던 사람들의 사치는 매혹적이었다.

이제 역사 선생과 사회 선생은 늘 같이 붙어 다녔다. 역사 선생이 나와 같이 있는 시간은 식사 때나 도서관에서 새 책과 영화를 골라줄 때뿐이었다. 나는 심한 질투심을 느꼈다. 그때까지 나는 역사 선생이 당연히 내 소유라고 생각하고 있었다. 내가 그녀의 생명을 두 번이나 구해주지 않았던가?

나는 서툴게 그들 사이에 끼어들려 했지만 번번이 실패했다. 무엇보다 나는 그들이 당연하다는 듯 떠들어대는 추상적인 표현들을 이해할 수 없었다. 바보가 된 느낌이었다. 사회 선생 말대로 세상이 바뀐다면 나는 더욱 바보가 되는 것일까? 지금까지 내가 익힌 기술과 지식은 어떻게 될까?

습격일 전날, 나는 오래간만에 사회 선생 없이 혼자 호텔 휴게실에 앉아 있는 역사 선생과 마주쳤다. 맑지만 어딘지 모르게 중성적인 음색의 악기로 연주되는 음악이 휴게실 천장에서 흘러나오고 있었다. 그녀는 나와 눈이 마주치자 말없이 손짓으로 나를 불렀다. 나는 쓸데없는 잡음이라도 낼까 봐 걱정하며 그녀 옆자리에 조심스럽게 앉았다.

"루트비히 판 베토벤. 「피아노 소나타 30번 E장조」."

그녀가 속삭였다.

"사람들은 베토벤이 뻣뻣한 대위법에 나무토막 같은 멜로디로 가득 찬 심각한 곡들만 작곡했다고 생각했지. 하지만 이 고집불통 영감탱이가 말년에 쓴 이 피아노곡을 들어

봐. 얼마나 가볍고 사랑스러워?"

나는 대답할 수 없었다. 베토벤이라는 이름은 알고 있었다. 역사 선생이 필수 교양이라며 나에게 던져준 책들에 이름이 나와 있었던 것이다. 하지만 내가 아는 건 이름과 제목뿐이었다. 아직 예술가들의 이름과 그들의 작품을 연결시킬 수 있는 정도는 아니었다.

대답이 없자 그녀는 조용히 말을 이었다.

"아마 그 사람도 자기 자신의 심각함에 진력이 났었는지도 몰라. 나이를 먹는 동안 그가 그렇게 중요하게 생각했던 것들이 사실 별게 아니라는 것을 깨달았는지 모르지. 그걸 깨닫는 순간 이 무뚝뚝한 영감은 참새처럼 가볍게 날아오를 수 있었던 거야. 자, 여기서부터 이어지는 아르페지오를 들어봐."

우리는 말없이 앉아 허공중에 울려 퍼지는 음악을 감상했다. 10여 분 뒤 음악이 끝나자 그녀는 가늘게 뜬 눈으로 내 얼굴을 말없이 바라보다 물었다.

"사회 선생은 뭐 하고 있어?"

"아까 연설 준비하는 걸 봤어. 당신을 찾던데?"

내가 대답했다.

"들을 필요도 없어. 보나 마나 이 책 저 책에서 베껴 붙였을걸. 이런 식이 아니었어? '이날 살아남아 무사히 호텔로 돌아오는 자는 이날의 이름이 선포될 때 설레며 일어나리

라. 아, 우리, 우리 운 좋은 소수들은 어쩌구저쩌구……'"

나는 웃었다. 무슨 내용인지는 몰라도 그녀의 사회 선생
흉내는 아주 그럴듯했다.

그러나 그녀는 웃지 않았다. 그녀는 다시 침울한 표정으
로 구두 끝을 바라보며 중얼거렸다.

"녀석은 자기만의 것을 단 한 번도 만들어낸 적이 없어.
나 역시 마찬가지고. 우린 모두 밑천 떨어진 바보들이야. 기
계들이 우릴 걷어찬 것도 당연해. 당신도 나갈 거야?"

"모르겠어. 난 소유권 주장자가 아닌걸. 하지만 센터까지
도와주면 사례금을 준다고 했어."

"그럼 가지 마. 쓸데없는 일에 목숨 걸 필요 없어. 사회 선
생이 뭐라고 하건 역사적인 사건 따위도 아니야. 역사는 무
슨 놈의 역사."

"그래도……"

"가지 마."

그녀의 목소리는 낮고 건조했지만 어딘지 모르게 강한
명령조의 느낌이 숨어 있었다.

어떻게 해야 할지 알 수 없었다. 보통 때 같았다면 역사
선생의 명령 따위엔 신경도 쓰지 않았을 것이다. 하지만 한
달 동안 호텔에서 지내는 동안 내 자신감은 점점 위축되어
가고 있었다. 계획 자체도 어느 정도 거슬렸다. 지금까지 도
시의 흐름에 맞추어 조심스럽게 살아온 나에겐 이처럼 노

골적인 습격은 굉장히 부자연스럽게 느껴졌다.

정장을 한 사회 선생이 연설문을 들고 복도를 지나가다 나를 노려보았지만, 나는 그를 따라가지 않았다. 대신 나는 역사 선생과 함께 앉아 그녀가 선정한 음악들을 하나씩 들었다. 멀리서 사회 선생의 연설과 박수 소리가 들렸지만 역사 선생은 눈썹 하나 까딱하지 않았다. 나는 의자에 몸을 묻고 눈을 감았다.

꽤 오랫동안 잠들었던 모양이다. 복도에서 들려오는 요란한 소음에 잠이 깼을 때는 벌써 날이 어두워져 있었다. 역사 선생은 여전히 같은 자세로 앉아 음악을 듣고 있었다. 왜 나는 그녀가 나를 깨우지 않았는지 알 수 없었다. 무언가 좋지 않은 일이 일어난 것이 분명했는데.

나는 역사 선생을 방에 남겨놓고 밖으로 뛰어나왔다. 호텔 로비는 비명을 질러대는 피투성이 사람들로 가득 차 있었다. 사회 선생의 계획이 틀어진 게 분명했지만 그래도 내가 생각했던 최악의 상황은 아니었다. 호텔 로봇들은 여전히 정중하게 사람들의 시중을 들고 있었다. 서너 대의 청소 로봇이 반쯤 부서진 버스들 안에서 시체를 끌어내고 있었지만 보안 로봇들은 그림자도 보이지 않았다.

나는 로봇들과 함께 부상당한 사람들을 의료실로 옮기기 시작했다. 네 사람쯤 부축해서 옮기고 나니 역사 선생이 의료 기구를 들고 의료실 안으로 들어왔다. 그녀는 말없이 붕대와 약을 꺼내 사람들에게 나누어 주었다.

의료실이 어느 정도 안정되자, 나는 다시 로비로 갔다. 습격대에 속해 있던 사람들이 밖에서 무슨 일이 일어났는지 떠들어대고 있었다.

처음엔 일이 그럭저럭 잘 풀린 모양이었다. 그들은 금융집중센터까지 별 무리 없이 진격했다. 그러는 동안 호텔 로봇 다섯 대가 파괴되었지만 다친 사람은 서너 명 정도밖에 없었고 모두 경상이었다.

문제는 건물 안에 들어간 뒤 발생했다. 사회 선생이 안전지대라고 선언한 바로 그 순간 보안 로봇들이 그에게 총을 갈겨댄 것이다. 사회 선생은 로봇들에게 뭐라고 복잡한 말을 떠들어댔지만 로봇들은 들은 척도 하지 않았다. 사회 선생은 가슴이 총알구멍으로 벌집이 된 채 쓰러져 죽었다. 옆에 있던 사람들의 말을 들어보면 그도 죽을 때까지 어떻게 된 영문인지 몰랐다고 한다.

사회 선생이 죽자 습격대는 순식간에 와해되었다. 사람들은 허겁지겁 버스로 달아났고 그 와중에 여러 사람이 죽었다. 보안 로봇들은 호텔 앞까지 쫓아오며 버스에 총을 쏘아댔고 그러는 동안 버스 안에서도 꽤 많은 사람이 죽었다.

나는 로비와 의료실을 오가며 살아남은 사람들의 머리를 세어보았다. 사회 선생까지 포함해 마흔두 명이 모자랐다.

5

도시는 조금씩 평온함을 되찾았다. 마흔두 명의 죽음은 우리에게 그렇게까지 대단한 것이 아니었다. 도시는 늘 그 정도의 희생자를 요구했다. 게다가 그들은 당해도 쌌다. 버스를 타고 예민한 건물로 쳐들어가면서도 멀쩡하길 바라다니. 바보들.

사회 선생은 죽었지만 호텔은 예전처럼 운영되었다. 여전히 로봇들은 공손했고 살육도 일어나지 않았다. 하지만 이제 오래 머무는 사람들은 별로 없었다. 지나친 안전 때문에 오히려 불안감이 증폭되었던 것이다. 대부분 사람들은 호텔 안에서 감각을 잃고 도시에 잡아먹힐까 봐 두려워했다. 이제 호텔은 피곤할 때나 다쳤을 때 잠시 머무는 안식처로 변해갔다. 대부분 사람들은 몸과 마음이 안정되면 다시 익숙한 도시로 돌아갔다. 살해당한 마흔두 명의 소유권 주장자의 이야기는 이제 경고가 되었다.

역사 선생은 바빴다. 그녀는 다른 호텔 하나를 비슷한 안식처로 만들었고 시립 병원을 원래 용도로 복원시킬 계획도 세우고 있었다. 그녀는 하루 온종일 컴퓨터 앞에 붙어 있었다.

사회 선생과 같은 카리스마는 없었지만 사람들은 그녀를 믿었다. 아니, 사회 선생과 전혀 다른 사람이었기 때문에 더 믿음이 갔는지도 모른다. 이제 사람들은 과장된 비전 따위엔 속지 않았다. 그들은 역사 선생이 도시를 존중하고 있다는 걸 알고 안심했다.

나는 역사 선생과 함께 호텔에 남았다. 나는 그녀의 손발이었다. 역사 선생의 도움을 받아 나는 지금까지 아무도 드나들 수 없었던 곳을 드나들었다. 호텔, 박물관, 도서관, 정부 청사, 애완동물 공원. 그중에서도 애완동물 공원을 보았을 때처럼 놀랐던 적은 없다. 그처럼 인공적으로 생긴 작은 동물들이 인간과 완전히 격리된 상태에서 안전하게 관리되고 있다는 사실 자체가 경이롭기 짝이 없었다. 그 털북숭이 동물들은 우리보다 훨씬 옛사람들에 가까운 삶을 살고 있었다.

나는 그녀가 권해주는 책을 읽고 음악을 들었으며 영화를 보았다. 서서히 나는 그녀의 전직을 이해하기 시작했고 그녀의 말을 알아들을 수 있었다. 심지어 나는 아무런 도움 없이 호텔 방문객들을 배우로 부려가며 「샤쿤탈라」를 공연하기도 했다. 연극은 당연히 형편없었지만 내 배우들은 새로운 도락에 중독된 듯했다.

역사 선생은 이제 말이 없어졌다. 그녀는 점점 사무적이되었고 퉁명스러워졌다. 나는 너무나 노골적이어서 오히려 순진하기까지 한 그녀의 자기과시와 어리광이 그리웠다. 재미없게도 그녀는 이제 진짜 어른처럼 보였다.

그녀는 이제 비정상적일 정도로 소시지에 집착하고 있었다. 그녀는 마치 시체를 먹어 없애려는 살인자처럼 소시지를 소비했다. 그러면서도 그녀는 계속 말라갔다. 그녀가 먹은 소시지의 반은 제대로 소화되기도 전에 다시 토해져 재활용 라인에 들어갔을 것이다.

나는 그녀가 죄의식으로 고통받고 있다는 걸 알고 있었다. 그날 사회 선생 일행을 밀고한 사람이 누구인지 알아내기 위해서 셜록 홈스가 될 필요도 없었다. 이 도시에서 그녀만큼 사회 선생의 계획을 잘 알고 있고 동시에 네메시스 프로그램에 능한 사람은 없었다.

그녀도 내가 그 사실을 안다는 걸 알았다. 그녀가 모르는 건 내가 그 마흔두 명의 죽음을 그렇게 대단하게 생각하지 않는다는 것이었다. 우리는 그녀처럼 삶의 길이에 집착하지 않는다. 그리고 무엇보다 그녀는 지금까지 마흔두 명보다 훨씬 많은 사람을 돕지 않았는가.

그녀는 왜 그런 짓을 했을까? 나는 이유를 알고 있다고 생각한다. 나는 그녀가 얼마나 도시에 매료되어 있는지 알고 있다. 나는 그녀가 도시 문명의 미래에 굉장한 희망을 품고 있다는 것을 알고 있다. 나는 그녀가, 인간들이 그들을 넘어 먹이사슬의 맨 위에 서는 것처럼 부당한 것은 없다고 생각한다는 것을 알고 있다. 도시는 서서히 인간의 가치를 넘어 자신만의 문명과 지성을 발전시키는 중이었다. 사회 선생의 반혁명이 성공해 우리같이 밑천 떨어진 바보들이 다시 지구를 점령한다면 이 모든 것들은 허사가 될 것이다.

그녀가 가장 신경 쓰는 것은 그녀의 후배인 인공지능 문화 소비자들이었다. 한 달 동안의 노력 끝에 나는 호텔 컴퓨터와 문화소비센터를 잇는 비밀 라인을 연결할 수 있었다. 그녀는 59개나 되는 개별 문화 소비자에게 모두 이름을 붙여주었다. 허풍선이, 수줍음쟁이, 어리광쟁이, 뺏성쟁이, 투정이, 쫑알이…… 그들은 더 이상 인간들의 희미한 모방이 아니었다. 그들의 감정은 우리보다 복잡했고 그들이 가졌다고 믿는 육체나 그들을 자극하고 동기화시키는 욕망 역시 우리와 같지 않았다.

나는 종종 그녀가 나에게 넘겨주는 인공지능의 창작물들을 감상한다. 지금까지 그것들은 인간 예술의 모방이었다. 하지만 인공지능 문화 소비자들이 발전하는 것과 속도를 맞추어 도시의 인공지능 예술가들도 진화하기 시작했다. 그들의 음악이 우리의 가청 범위를 벗어나고, 그들의 시가 우리가 이해 못 하는 새로운 감정을 표출할 때, 나는 그들이 인간의 요람에서 벗어나고 있는 중이라고 짐작한다.

하지만 인간들은 어떻게 될까? 나는 역사 선생이 밤잠을 설치며 만드는 것이 새로운 문명을 위한 유아원인지, 한물간 퇴물들의 안락한 죽음을 위한 양로원인지 모른다. 그러나 그녀의 의도가 어떻건 우리와 도시의 관계는 결코 같을 수 없을 것이다. 우린 결국 반혁명을 일으키게 될까? 만약 반혁명을 포기한다면 우리의 위치는 어떻게 될까? 우린 자신의 한계를 깨닫고 더 이상 능가할 수 없는 존재 밑에서 안존하며 새로운 존재 의미를 찾는 방법을 알게 될까?

이런 의문들로 편두통이 일어나기 시작하면 나는 호텔 전망 탑으로 올라가 역사 선생이 그토록 사랑하는 도시의 모습을 내려다본다. 마치 버스비 버클리의 댄서들처럼(그래, 나는 이제 그가 누구인지 안다) 치밀하고 아름답게 움직이는 거대한 기계들의 춤을 넋 놓은 채 보고 있노라면 나는 대충 해답을 알게 된다. 우리가 아무리 노력한다고 해도 저들이 이룩한 업적을 따라갈 수 없다는 것을. 저 아름다운 기계들이 존재하는 한, 우리가 존재 이유를 잃고 도시의 틈으로 사라진다고 해도 후회할 이유는 없다는 것을. 그리고 무엇보다 자식들의 앞길을 막는 부모보다 추한 것은 없다는 것을.

무궁동

無窮動

1

지금부터 내가 할 이야기는 전적으로 사실이 아니다. 이 사건에 관련된 몇몇 사람의 프라이버시 문제도 있고 해서 사건의 일부와 등장인물들의 몇몇 특징을 바꾸었다. 꽤 공을 들여 바꾸었으니 이 글을 읽고 그들을 찾겠다는 생각 따위는 하지 않는 게 낫다. 그냥 편하게 픽션으로 읽기 바란다. 준비되었는가? 그럼 시작한다.

이 이야기의 주인공은 내 의뢰인 중 한 명이다. 그녀가 나에게 처음 왔을 때는 열세 살이었다. 이미 두 개의 전문 분야에서 소학위를 딴, 꽤 머리 좋고 재능도 있는 학생이었다. 아버지는 교통사고로 그녀가 태어나기 전에 사망했지만 어머니는 딸의 창조성과 재능을 꽃피우는 데 모든 것을 아낌없이 투자하는 훌륭한 학부모였다. 어머니의 직업은 이미지 메이커였는데, 대중은 이해하기 힘들어하지만 질적 우수성은 아무도 부정할 수 없는 난해한 작품들로 유명했다.

걸보기에 그들은 이상적인 모녀로 보였고 또 실제로 그랬다. 적어도 나의 의뢰인이 컴퓨터를 두드리다가 이유 없이 변조된 자료들을 발견하기 전까지는.

그것은 그녀의 아버지가 당한 교통사고에 대한 자료였다. 그녀는 학교 숙제로 '교통사고에 대한 정부의 책임'이라는 제목의 리포트를 쓰고 있는 중이었다. 아버지가 교통사고로 죽었다는 이야기를 들어왔으므로 아버지가 당한 사고에 대해 알아보겠다고 생각한 것은 당연한 일이다.

그녀의 아버지는 어머니만큼이나 유명한 인물도 아니었고, 당시에는 어머니도 유명하지 않았기 때문에 그의 죽음은 하찮게 취급되었다. 하지만 그래도 자료는 충분히 남아 있었다. 그녀는 아버지의 이름을 두드려 아버지가 사고를 당한 장소를 알아냈고, 그곳 경찰 자료실을 열어 교통사고에 대한 기록들을 얻었다.

그녀는 그 자료들을 되풀이해서 읽다가 좀 이상한 부분들을 찾아냈다. 기록에 따르면 아버지는 분명히 혼자 죽은 것으로 되어 있었다. 하지만 그 교통사고를 목격한 증인은 두 군데에서나 '그들'이라는 복수대명사를 사용했다. 말실수였을까? 하지만 그게 실수였다면 파일로 저장되기 전에 컴퓨터가 오류를 지적했을 것이다.

궁금해진 그녀는 보험 회사의 자료를 뒤졌다. 이번에도

아버지의 자료밖에 없었고 동승자는 없는 것으로 나타났다. 목격자의 증언은 보험 회사의 자료실에서도 찾을 수 있었는데, 복수대명사 '그들'은 모두 '그'로 수정되어 있었다. 같은 데서 인용한 글이 다르다니, 이건 있을 수 없는 일이었다. 누군가가 일부러 자료를 변조하다 실수로 빼먹은 것이 아니라면.

그녀는 사고가 일어난 지역의 지방 신문들을 뒤졌으나 교통사고에 대한 자료는 찾아낼 수 없었다. 인명 피해가 난 사건이라면 실려 있는 것이 당연한데도 찾아낼 수 없었다. 이번엔 목격자와 직접 연락을 해보려 했다. 그러나 그 목격자는 10년 전에 노환으로 사망한 뒤였다.

그녀는 이틀 밤을 꼬박 새우며 고민했다. 그 동승자가 누구였을까? 그리고 누가, 무엇 때문에 그 자료를 변조했을까? 어머니에게 직접 물어보는 방법도 있었다. 하지만 그녀는 그러지 않았다. 무의식적으로 그 '누군가'가 어머니일지도 모른다고 생각하고 있었기 때문이다.

해결책은 기적처럼 갑자기 나타났다. 그녀의 학교 친구들 중 하나가 옛날에 인쇄된 종이 신문을 하나 가져와, 몇몇 군소 신문사는 데이터 파일을 가지고 있지 않다고 이야기했다. 그들은 19세기처럼 종이 신문들을 '철해서' 보관했다.

그녀는 집으로 돌아와 자료 전산화가 되어 있지 않은 사고 지역의 신문사가 몇 곳이나 되는지 조사했다. 세 곳이었다. 그중 두 개가 주간지였고 다른 하나는 격일간지였다. 그녀는 세 회사 모두에 전화를 걸어 당시의 자료를 화상으로 보내줄 수 없겠냐고 요청했다. 잠시 뒤, 그녀는 아버지와 같이 자동차를 탔다가 사망한 그 동승자의 사진을 볼 수 있었다.

그것은 그녀 자신의 사진이었다.

2

그녀가 내 사무실을 찾아왔을 때, 나는 정말 기절할 정도로 놀랐다. 생각해보라. 10여 년 전에 죽은 친구의 유령이 당시와 똑같은 모습으로 찾아와 당신의 이름을 불렀다면 기분이 어떻겠는가.

그녀는 내 얼굴을 보자마자 울음을 터뜨렸다. 그녀는 내 이름을 '언니'가 다니던 학교의 졸업생 명단에서 발견했다고 말했다. 다른 사람이라면 그녀의 이야기를 믿지 않을 것 같아 '언니'를 아는 사람을 골랐다는 것이다. 나는 될 수 있는 한 이성적이 되려고 애쓰면서 그녀에게 사정을 이야기하라고 권했다.

사진을 발견한 후, 그녀는 아버지와 어머니, 그리고 자기 자신에 대한 자료들을 조사했다. 그 자료들도 상당수가 변조되어 있기는 했지만 이미 목적지를 알았으므로 그 변조들은 쉽게 꿰뚫어 볼 수 있었다. 그녀는 기록된 날짜보다 몇 개월 늦게 태어났는데 날짜를 계산해보면 이론상 아버지는 그녀의 생물학적 아버지가 될 수가 없었다. 따라서 결론은 단순했다. 그녀는 죽은 딸의 유전자를 이용해 만들어진 클론이었다. 어머니는 이 모든 것들을 '다시 시작하려고 했던 것이다'.

그녀가 나를 찾아왔을 때엔, 그녀의 의심은 이미 확인되어 있었다. 그녀는 언니를 찍은 사진들을 잔뜩 가지고 있었다. 언니의 출생증명서도, 사망증명서도 가지고 있었다. 매장했다면 무덤까지 방문했겠지만 시체는 화장되고 없었다.

그녀는 엉엉 울면서 이제 어떻게 해야 하느냐고 물었다. 난 짐짓 모른 체하며 기다리는 것이 나을 것 같다고 제안했다. 물론 언제까지나 그럴 수는 없겠지만, 우선 나 자신이 상황을 파악하는 것이 중요했다. 나 역시 그녀 못지않게 혼란스러웠다. 그녀가 돌아가고 나는 조사를 시작했다.

의뢰인의 학교 카운셀러 중 한 명이 나에게 유익한 자료를 제공해주었다. 그녀의 입체 화상은 내가 의뢰인의 이름을 꺼내자마자 알 것 같다는 표정을 지으며 고개를 끄덕였다.

"결코 정상적인 사이는 아니죠."

"왜죠?"

내가 물었다.

"서로에 대한 집착이 지나쳐요. 특히 그 엄마라는 여자가 그래요. 딸에 대한 모든 일에 대해 필사적이지요. 그 아이도 엄마에게 비정상적일 정도로 강한 정서적 애착을 느끼고 있어요. 곧장 말해 자기네들이 너무나 잘나서 세상엔 관심을 둘 만한 다른 사람이 없다는 식이지요."

"그래서 그 사실을 보고서에서 지적하셨나요?"

"아뇨, 그럴 수가 없었어요. 자료를 보시면 아시겠지만 그 애의 사회적 적응 정도는 아주 높은 수준으로 나와 있어요. 사회생활에 아무런 문제가 없어요. 그만큼 그 애가 똑똑한 거죠. 그러니 제가 어쩌겠어요? 하지만요, 이런 말 하면 절 못난 여자로 생각하시겠지만 한마디로 눈꼴셔요."

"딸에 대한 어머니의 집착의 원인은 뭐라고 생각하세요?"

"아이구 맙소사, 전 카운셀러예요! 점쟁이가 아니라구요! 옛날 할리우드 영화에 나오는 정신분석학자처럼 환자 눈만 보고 모조리 다 알아차리는 괴물이라면 모를까."

그녀는 의자를 팍 앞으로 당기고 똑바로 내 눈을 쳐다보았다.

"친애하는 박사님, 몸소 체험하시고 계실 테니 아시겠지만, 현대 심리학 같은 엉터리 과학이 어디 있어요? 정신분석학이 삼류 만화보다 못한 싸구려 속임수란 것은 이미 지난 세기에 입증되었고, 그나마 우리가 의존하고 있던 나머지 찌꺼기들도 나르시시즘에 찬 사변에 불과하다는 끔찍한 진상이 서서히 폭로되고 있는 중이지요. 그 속도가 느린 것은 순전히 우리 같은 심리학자 나부랭이들이 밥벌이 도구를 잃을까 봐 어영부영하고 있기 때문이라는 거, 잘 아시잖아요? '딸에 대한 강한 집착의 원인'이라니! 그걸 저희 같은 사기꾼들이 어떻게 알겠어요? 점쟁이들에게나 물어보세요! 그게 더 과학적이에요!"

3

그동안 나의 의뢰인은 점점 더 곤혹스러운 입장에 말려들고 있었다. 자, 생각해보라. 그녀가 정상 이상으로 어머니에게 강한 정서적 애착을 느끼고 있었다는 사실은 이미 이야기했다. 그런데 알고 보니 그녀는 단순히 '대역'에 불과했다.

그녀와 어머니의 관계는 급속도로 냉각되기 시작했다. 그녀는 어머니의 얼굴을 제대로 볼 수도 없었다. 클론이란, 따지고 보면 별게 아니지만 아직도 많은 사람에겐 두려움과 편견의 대상이 되고 있다. 내 의뢰인의 경우도 마찬가지였다. 그녀의 어머니는 순식간에 어머니에서 창조주로 급상승했다.

그녀는 죽은 언니에 대해 격렬한 질투심을 느꼈다. 그녀는 언니에 대한 자료를 모으기 시작했다. 언니에 대해 알면 알수록 그녀의 질투심은 강해져만 갔다. 그녀는 언니의 복제품에 지나지 않았다. 의도적으로 그렇게 키워졌던 것이다. 그녀의 취미, 성격, 헤어스타일, 그 밖의 모든 것들이 그녀의 언니를 베낀 것이었다.

그녀는 점점 자신을 이루고 있는 것들에서 벗어나려고 발버둥 치기 시작했다. 그녀는 그녀가 지금까지 하던 행동들과는 어떻게든 반대로 행동하려고 했다. 그 결과 성적은 떨어졌고 사회 적응 곡선도 급속도로 하락했다.

나는 의뢰인의 어머니를 만나보려고 몇 차례 시도했다. 하지만 그럴 때마다 의뢰인은 극심한 두려움을 드러내며 거절했다. 랭스턴 정신 치료를 해보려고 시도했지만 그 아이의 두뇌는 랭스턴의 구닥다리 프로그램이 치료하기엔 너무 복잡했다.

랭스턴이 나자빠지자, 나는 일종의 피학적인 쾌감을 느꼈다. 카운셀러 말이 옳다. 과학자로 위장한 사이비 인문학자인 우리가 뭘 어쩔 수 있겠는가. 거의 포기한 상태로 나는 의뢰인 몰래 어머니에게 한번 만나자고 전화를 걸었다.

나는 그녀를 15년 전에 만난 적이 있다. 놀랍게도 그녀는 그동안 전혀 변한 구석이 없어 보였다. 나는 전에도 전혀 속이 보이지 않는 그녀의 냉랭한 검은 눈에 소름이 끼친 적이 있었는데, 그때도 마찬가지였다.

그녀는 내가 이야기를 하는 동안에도 머리칼 하나 까딱

하지 않았다. 내 말이 다 끝나자 그녀는 가볍게 고개를 끄덕여 그 모든 사실을 인정했다. 그러나 그것뿐이었다. 속을 알수 없기는 지금이나 예전이나 다를 것이 전혀 없었다. 한 시간 반이나 되는 시간 동안 대화를 했음에도 불구하고 나는 그들 모녀에 대해 쓸 만한 정보를 전혀 건져내지 못했다.

경찰관들에게도 이미 말했지만, 나는 이 모든 일을 더 신중하게 처리했어야 했다. 사건의 진상은 아직도 밝혀지고 있지 않지만 나와 그녀의 면담이 도화선이 되었을 가능성을 부인할 수 없기 때문이다.

다음 날 저녁, 경찰에게서 전화가 왔다. 나는 집에도 들르지 못하고 곧장 의뢰인의 집으로 달려갔다. 가보니 그녀의 집은 반쯤 박살이 나 있었다. 폭발 사고가 일어났던 것이다. 내 의뢰인은 심한 화상을 입었지만 살아 있었다. 그녀는 병원에 실려 가는 동안에도 계속 어머니를 불러댔다. 나에게 전화를 건 경찰관은 한쪽 구석에서 구역질을 해대고 있었다. 내가 보기에도 의뢰인 어머니의 시체는 결코 보기 좋은 상태가 아니었다.

다른 경찰관이 나에게 상황을 설명해주었다. 그날 오후 모녀 사이에 큰 언쟁이 있었다. 언쟁은 점차 격해졌고, 그 결과 어머니는 집 전체가 날아가는 지독한 자살 방법을 선택한 모양이었다. 가스란 예나 지금이나 위험한 물건이다.

나는 내가 아는 사실을 경찰에 알려주었지만, 그것만으

로는 이 사건을 설명하기에 역부족이었다. 클론 산업은 이미 보편화되어 있다. 이번 경우도 특별히 예외적인 일은 아니다. 충분히 이성적이고 지적인 한 여성을 이렇게 비참한 결정까지 몰고 간 것이 무엇이었는지, 나는 결코 납득할 만한 설명을 할 수 없었다. 결국 경찰은 갑작스러운 정신착란에 의한 우발적인 자살로 결론지었다. 이 말을 곧장 번역하면, 한마디로 말해 그 여자가 왜 그랬는지 도통 모르겠다는 뜻이다.

나는 의뢰인에게 내가 고문으로 일하고 있는 랭스턴 정신 치료 센터를 주선해주었다. 그 뒤로 14년 동안 나는 그녀를 만나지 못했다.

4

내가 모범적인 랭스턴파 심리학자가 아니었다면, 부분적이긴 하지만 나에겐 어느 정도 밝혀진 이 사건의 진상을 지금 당신들에게 보고하고 있지도 않았을 것이다. 심리학자들의 학회도 전혀 쓸모없는 것이 아닌 모양이다. 적어도 그 뒤에 있는 리셉션은.

그 리셉션에서 나는 이 시대의 위대한 심리학자 중 한 명이며 한동안 내 딸의 스승이기도 했던 어떤 학자를 만났다.

무척 오래간만에 만났기 때문에 우리는 꽤 많은 이야기를 했다.

내가 지금까지 당신들에게 이야기해준 그 짤막한 비극도 그때 언급되었다. 물론 나는 사실을 있는 그대로 이야기해주지는 않았다. 의뢰인 어머니의 직업은 이미지 메이커에서 작가로 고쳐졌고, 나이와 국적도 바뀌었다. 하지만 기본 골격은 그대로였다.

내 이야기를 끝까지 주의 깊게 듣고 난 뒤, 그는 말했다.

"흥미로운 이야기군요. 하지만 아주 희귀한 예는 아닙니다. 우연이지만 나도 비슷한 일을 경험한 적이 있습니다."

"그래요? 이야기해주시겠어요?"

"아까 이야기와는 조금 다릅니다. 그리고 그 사건보다 20여 년쯤 전에 일어났지요. 역시 모녀와 관련되어 있었는데 둘은 정상 이상으로 밀접한 정서적 연관을 맺고 있었습니다. 그런데 그게 지나쳤던 모양인지 결국 어머니가 자살 비슷한 사고로 죽었지요. 딸이 철저하게 입을 다물었기 때문에 우리는 그 사건의 자초지종을 만족할 만큼 알아낼 수 없었습니다.

하지만 딸이 어머니의 죽음에 책임을 느끼고 있었음은 분명했습니다. 그리고 언젠가 그 잘못을 만회하겠다고 생각하고 있었던 것도 역시 분명했고요. 장례식 이전에 어머니의 체세포를 빼돌린 건 바로 그 사람이었으니까. 딸은 그 모든 것을 다시 시작하려고 했던 겁니다. 그리고 어머니의 클론을 낳았던 거죠.

그 뒤로 어떻게 되었는지 모르겠군요. 이사를 갔으니까. 이미지 메이커가 되기 위한 공부를 준비 중이라고 말하는 것을 어디서 듣긴 했는데 소문에 불과합니다. 지금쯤은 그 사람뿐만이 아니라 어머니의 클론인 그 사람의 딸도 꽤 나이를 먹었을 겁니다. 나중 일이 궁금하군요."

나는 숨을 삼키고 그에게 그녀의 이름을 물었지만 거절당했다. 그러는 그에게 화가 나서, 나도 아직 말하지 않은 작은 사실을 그에게 마저 알려주지 않았다. 얼마 전에 내 의뢰인을 다시 만났다는 사실을, 그리고 그녀가 죽은 어머니와 이상할 정도로 눈매가 비슷한 딸을 데리고 있었다는 사실을.

스퀘어 댄스

Square Dance

만약 내 눈앞에 다른 사람들의 얼굴이 보인다면 그들이 나와 마주 선 것이다. 만약 나보다 분명히 키가 큰 그 사람들의 얼굴이 내 시선보다 아래에 있다면 내가 높은 곳에 서 있거나 그들이 몸을 수그리고 있는 것이다. 만약 내 발이 바닥에 닿아 있지 않고 아래로 중력이 느껴지지 않는다면 나는 떠 있는 것이다. 하지만 만약 내 등에 딱딱한 무언가가 느껴지고 두통을 포함한 다양한 통증이 엄습한다면 나는 더러운 유적 바닥에 누워 있는 것이며 그들이 안전하다고 보장했던 그 엉성한 즉석 엘리베이터가 전혀 안전하지 못했고 결국 나를 포함한 네 명은 그 지옥 같은 곳으로 다시 추락한 것이다. 아아, 허풍만 센 바보들 같으니라구!

사정을 인식하자마자 통증이 더 심해졌다. 나는 비명을 지르며 전기 충격이라도 받은 것처럼 윗몸을 일으켰다. 일어나자마자 지독한 현기증이 엄습했기 때문에 나는 다시 누워야 했다. 괜찮으냐고 수다를 떨어대는 다른 사람들의 시중을 받으며 천장을 보고 있으려니 사실 통증도 참을 만했다.

잠깐, 천장이라고?

나는 위를 올려다보았다. 구멍 하나 없이 그냥 매끄러웠다. 나는 궁금한 얼굴을 하고 남편의 얼굴에 시선을 고정했다. 그러나 남편은 그의 의안을 손톱 끝으로 툭툭 치며(내가 아주 싫어하는 버릇이다) 뭐라고 알 수 없는 소리를 웅얼거릴 뿐이었다. 분명한 대답을 해준 사람은 남편이 아니라 고고학자였다.

"우, 우린 더 아래로 떨어졌어요."

그가 말했다.

"엘리베이터가 떨어지면서 그 충격으로 바닥이 부서진 겁니다. 그런데 그것이 다시 '복원'되었어요."

"어떻게요?"

"그냥 구멍이 없어졌습니다. 나로서는 설명하지 못하겠습니다. 이걸 보세요."

그는 작은 돌조각을 하나 집어 들고 천장을 향해 던졌다. 돌조각은 천장을 뚫고 사라졌다. 천장에는 구멍 하나 뚫리지 않았다. 그가 이번에는 조금 큰 돌을 골라 다시 천장에 던졌다. 이번에는 돌이 천장에 부딪혀 움푹한 홈을 내더니 다시 아래로 떨어졌다. 홈은 잠시 뒤 사라졌다.

남편이 혀를 차며 말했다.

"난 이 사람들이 2500년 전에 수세식 화장실과 상하수도 시설과 현대식 사법제도를 만든 것은 예전부터 알았지만 이런 기괴한 함정까지 만들 정도로 똑똑했는지는 미처 몰랐네."

"이곳 사람들이요? 말도 안 됩니다. 이 도시 사람들이 똑똑했고 유식했던 건 사실입니다. 하지만 그건 순전히 2500년 전의 기준으로 봐서 그렇단 말입니다. 이런 걸 만들 정도는 아니었어요."

"그럼 초자연적인 현상인가?"

"설마요. 이건 누군가 만든 기계예요. 그 안으로 우리가 떨어진 겁니다. 혹시 이렇게 된 건 아닐까요? 몇백 년 전에 유럽에서 과학자들이 아프리카로 와서 독자적으로 문명을 발전시킨 겁니다."

"차라리 이 도시보다 더 오래된 고대 문명이라고 생각하는 것이 어떤가. 그 고대 문명 위에다 사람들이 이 도시를 지은 거야. 망명한 유럽인들을 귀찮게 끌어들일 필요도 없잖아."

"몇천 년 전에 만든 기계가 아직도 작동하고 있단 말입니까?"

남편과 고고학자는 계속 뭐라고 떠들어댔지만 그들이 나보다 여기에 대해 더 많이 아는 것도 아닌 이상 나는 그들이 무슨 가설을 내건 흥미가 없었다. 나는 원주민 안내인의 도

움을 받아 자리에서 일어나 주변을 직접 살펴보기로 마음
먹었다.

우리가 갇힌 곳은 지름이 20야드쯤 되어 보이는 반구형
의 내부였다. 벽이건 천장이건 먼지가 잔뜩 끼어 있었기 때
문에 이 건물이 무엇으로 이루어졌는지 첫눈에 알 수는 없
었다. 바닥은 비교적 평평했으며 중앙에는 높이가 5인치쯤
되고 지름이 반구의 반지름 정도 되어 보이는 원반이 솟아
있었다. 우리가 서 있는 곳도 바로 그 원반이었다.

나는 원반에서 내려와 벽 쪽으로 다가갔다. 먼지를 털고
벽이 무엇으로 되어 있는지 알고 싶었다. 손가락으로 먼지
를 문지르다 나는 비명을 지르며 뒷걸음질 쳤다. 무언가 따
끔한 감각이 내 손가락을 찔렀던 것이다. 손가락을 보았지
만 상처 같은 것은 없었다. 다시 한번 벽을 만져보았다. 이
번에도 같은 감각이 튀어나왔지만 이미 대비하고 있었기
때문에 통증은 심하지 않았다. 그리고 그것이 무엇인지도
알 수 있었다. 전기 충격이었다. 벽에는 낮은 전압의 전기가
흐르고 있었다.

나는 바닥에 떨어져 있는 돌조각을 주워서 장갑으로 감
고는 그것으로 벽을 문질렀다. 몇 번 문지르자 먼지가 떨어
져 나왔다. 그것만으로는 부족한 것 같아서 조금 더 문질렀
다. 그러자 벽이 움푹 들어갔다.

그 느낌은 아주 익숙했다. 마른 밀가루 안에 손가락을 밀

어 넣을 때 느낄 수 있는 그 뽀득거리는 느낌이었다. 나는 장갑을 끼고 움푹 파인 벽을 꼬집듯이 잡아당겼다. 바슬거리는 가루들이 뜯겨져 나왔다. 그러나 내가 손가락을 벌리자 그것들은 자석에 달라붙는 철가루처럼 다시 벽으로 돌아갔다. 잠시 뒤 벽은 말끔하게 원래 모습을 회복했다.

당시는 SF가 지금처럼 대중적이지 않을 때였다. 지금이야 유치원 다니는 아이들도 「스타 트렉」 같은 것들을 TV에서 보아서 외계인이라는 개념에 익숙하지만 당시 나한테는 그런 것들이 아주 낯설었다. 그러나 지구상의 어느 누가 이런 것들을 만들 수 있었겠는가? 아틀란티스인들이? 무대륙인들이?

한참 동안 벽을 가지고 장난을 치는 동안 나는 주변이 조용해졌다는 사실을 알아차렸다. 나는 뒤를 돌아다보았다. 남편과 고고학자는 반대쪽 구석에 엎드려 무언가를 내려다보고 있었다. 그쪽으로 가서 그들의 머리를 밀치고 무엇이 그들의 흥미를 그렇게 끌었는지 보았다.

바닥에는 사람 한 명이 충분히 드나들 수 있는 구멍이 뚫려 있었다. 뜯어낸 조각 같은 것은 보이지 않았다. 안은 발광성의 희미한 푸른빛으로 채워져 있었다.

"자네 도대체 무얼 눌렀나?"

남편이 나무라듯 고고학자에게 말했다.

"모르겠어요. 저도 대령님처럼 그냥 바닥의 먼지를 파냈을 뿐입니다."

그는 고개를 그 안으로 쑥 밀어 넣더니 잠시 뒤 다시 꺼냈다.

"안에 무언가 있군요. 사다리 비슷한 것도 있으니 어렵지 않게 내려갈 수 있을 것 같군요. 한번 들어가봐야겠습니다."

"구조대가 올 때까지 기다려야 하지 않을까요?"

내가 말했지만 고고학자는 고개를 저었다.

"어차피 그들은 우리가 어디에 있는지 압니다. 게다가 멀리 가는 것도 아니지 않습니까. 그냥 한 칸 아래에 가는걸요."

그리고 그는 내려갔다. 우리는 잠시 기다렸지만 아무 일도 하지 않고 기다리기만 하는 것은 지루했다. 그리고 그가 한 말도 일리가 있었다. 구조대는 우리가 어디에 있는지 알고 있다. 그리고 지금까지 그들이 여기까지 내려오지 못했다는 것은 그들도 천장의 비밀을 밝혀내지 못했다는 사실을 증명한다. 차라리 아래로 내려가서 다른 길을 찾는 것이 더 나을지도 모른다.

우리는 아래로 내려갔다. 처음에는 남편이, 그다음에는 내가, 마지막에는 안내인이 뒤를 따랐다. 고고학자가 '사다리 비슷하다'고 한 것은 우리에게 완벽한 사다리 구실을 해주었다. 하지만 그것의 모양은 사다리보다는 세워놓은 생선 뼈처럼 보였다.

고고학자는 무언가 길쭉한 덩어리를 들고 열심히 관찰하고 있었다. 우리가 다가가자 그는 그 덩어리를 남편에게 넘겨주었다.

그것은 유리처럼 투명하지만 표면은 비교적 부드러운 이상한 물체로, 동물의 두개골 모양을 하고 있었다. 그 모양은 지극히 기형적이어서 일반적인 비유로는 설명할 수 없다. 하지만 최대한 비슷하게 설명하라고 한다면 펭귄의 두개골을 원숭이 머리와 늑대 얼굴 사이에 끼워 넣은 것 같다고 할 수 있다.

두개골 위에 그는 다른 투명한 뼛조각을 올려놓았다. 그것은 우리가 보기엔 손과 비슷한 모양을 하고 있었다. 단지 손가락처럼 보이는 것들이 마치 우리가 타고 내려온 사다리처럼 완벽한 대칭을 이루고 양쪽으로 뻗어 있는 것이 다를 뿐이었다. 그것의 '손가락'은 여덟 개였다. 마지막으로 그는 역시 생선 뼈 모양의 손잡이가 달린 얇고 아주 가벼운 칼을 나에게 보여주었다.

"녀석들은 16진수를 썼겠군요."

고고학자가 말했다.

"그럼 이게 사람 두개골이라고?"

"아닙니다, 대령님. 이건 사람이 아닙니다. 바로 외계인이지요. 우리보다 훨씬 과학이 발달한 외계인들이, 그러니까 화성이나 금성 같은 곳에서 이것을 타고 지구에 온 겁니다. 아마 기기 고장으로 추락했을 거예요. 우리는 지금 우주선 안에 있는 겁니다. 존 W. 캠벨 주니어란 사람이 얼마 전에 이런 소재로 멋진 소설을 썼습니다. 다행스럽게도 이 괴물들은 모두 아주 오래전에 죽은 것 같군요."

남편은 콧방귀를 뀌었다. 고고학자의 주장은 상상해낼 수 있는 가능성 중 가장 타당한 것이었지만 남편은 어린애들이나 좋아할 만한 그런 시시한 이야기에는 흥미가 없었다. 그는 관대한 사람이었지만 정치적인 면으로나 그랬을 뿐 일반 상식에 어긋나는 일들에는 아니었다. 하지만 상식에 맞지 않는 상황 속에서 어떻게 상식적인 해결책을 제시하라는 것일까.

바닥에는 다른 뼈들도 굴러다니고 있었다. 몇 개는 그 투명한 것이었고 다른 것은 보다 익숙한 동물들의 것이었다. 죽은 지 얼마 되지 않았는지 아직 살점이 붙어 있는 것도 하나 있었다. 커다란 고양이 비슷한 동물이었던 모양인데 자세가 이상했다. 목은 뒤로 휙 꺾여 있었고 다리가 기묘한 모습으로 뒤틀려 있었다. 죽은 뒤에 누군가가 관절들을 뽑아 집어 던진 것 같았다.

갑자기 남편이 욕지거리를 퍼부었다. 멋모르고 전기가 흐르는 벽을 만졌던 모양이다. 그러나 이번에 그가 만진 것은 좀 다른 것이었다. 저번처럼 먼지가 우수수 떨어졌지만 이번에는 복원되지 않았다. 대신 위아래로 길쭉한 타원형의 부조 비슷한 것이 드러났다. 남편이 벽을 만지자 지금까지 그것을 덮고 있던 뚜껑이 부식되어 떨어진 모양이었다.

"문일지도 몰라요."

고고학자가 외쳤다.

그와 남편은 그 부조를 열심히 밀었지만 그것은 끄떡하지 않았다. 그러자 그들은 안내인까지 불러서 다시 부조를 밀어붙이기 시작했다.

세 남자가 벽을 밀어붙인 것이 도움이 되었는지 부조는 끼긱거리는 소리를 내며 안으로 들어가기 시작했다. 그러나 그것도 잠깐이었다. 한 뼘도 더 들어가기 전에 그것은 다시 멈추었다. 남자들은 다시 한참 헐떡거리다가 힘을 모아 부조에 달려들었다.

그때 윙 하는 소리와 함께 불이 들어왔다.

우리는 위를 올려다보았다. 천장 자체가 밝게 빛나며 하얗고 부드러운 빛을 아래로 쏘고 있었다. 빛으로 이루어진 커다란 원통이 방의 80퍼센트 정도를 덮었다. 경계가 너무도 분명해서 마치 진짜 투명한 물체가 방 안을 차지하고 있는 것처럼 느껴졌다.

우리는 잠시 머뭇거리다가 빛의 원통 안으로 들어갔다. 그 뒤에 무슨 일이 일어났는지 확신할 수 없다. 아마 고고학자가 천장을 만져보려고 안내인의 등 위로 올라갔던 모양이다. 그리고 누군가가 비명을 질렀고 방이 갑자기 더 밝아졌으며 방 안은 쉭쉭거리는 이상한 소리로 가득 찼다.

바로 그 순간, 안내인의 입에서 비명이 터져 나왔다. 그는 몸을 이상하게 뒤틀더니 어기적거리며 방 한가운데로 걸어갔다. 영문을 몰라 어쩔 줄 몰라 하는 것도 순간이었다. 고통은 우리에게도 예외 없이 찾아왔다. 누군가가 팔다리를 사정없이 휘어잡아 아무렇게나 꺾어놓는 것 같았다. 우리는 한 발씩 방 한가운데로 걸어갔다. 네 명이 모두 모이자 빛은 아주 조금 희미해졌고 팔다리를 압박하는 기분 나쁜 느낌도 덜해졌다. 나는 겁에 질려 다시 구석으로 달아나려고 했다.

그때 다시 그 느낌이 시작되었다. 그리고 그것은 얼마 전에 우리를 방 한가운데로 끌어들인 그 압박감과는 비교할 수도 없을 정도로 어마어마한 것이었다. 나는 정신을 잃었다.

나를 다시 흔들어 깨운 사람은 바로 나 자신이었다. 정신을 차린 뒤 가장 먼저 내가 느낄 수 있었던 것은 멋대로 움직이는 내 몸이었다. 이제 내 몸은 내 의지로부터 완전히 독립되어 자체의 의지라도 가진 것처럼 행동하고 있었다. 심지어 나는 기절해 있는 동안에도 눈을 반쯤 뜨고 있었다.

나는 두 다리와 왼팔로 몸을 지탱하며 춤추듯이 방을 돌아다니고 있었다. 오른팔은 뒤로 꺾어 안테나처럼 위로 세우고 있었는데 가끔가다가 미친 듯이 좌우로 흔들렸다.

내 눈은 이미 뜨여 있었지만 정신없이 사방으로 휘몰아치는 내 동작 때문에 사태를 파악하는 데엔 시간이 좀 필요했다. 나는 눈을 깜빡여(적어도 눈꺼풀은 내 의지에 따랐다) 시야를 막는 눈물을 닦아낸 뒤 주변을 관찰했다.

내 눈에 가장 먼저 들어온 것은 남편의 둔중한 몸이었다. 그의 자세는 나보다 더 비참했다. 그는 배를 위로 하고 두 팔과 오른쪽 다리로 걷고 있었다. 만져보지 않아도 그의 목이 부러졌다는 사실쯤은 알 수 있었다. 그의 멀쩡한 왼쪽 눈은 오른쪽 의안과 마찬가지로 무덤덤하게 천장의 빛을 반사할 뿐이었다. 그는 죽어 있었다. 그를 움직이게 하는 것은 나와 마찬가지로 무언가 다른 것이었다. 나는 울고 싶었지만 남편의 굵은 왼쪽 다리가 더듬이처럼 움직이며 사방을 휘젓는 모양 때문에 대신 웃음이 나왔다.

내 몸은 갑자기 왼쪽으로 반 바퀴 돌았다. 이제 안내인과 고고학자가 내 시야에 들어왔다. 그들도 우리보다 나을 것은 없어 보였다. 안내인은 나처럼 오른팔을 들고 있었고 고고학자는 왼팔을 들고 있었다. 둘 다 살아 있었다. 우리를 조종하는 그 무언가는 남편을 가지고 놀면서 무언가 착오를 일으켰던 모양이지만 적어도 우리의 움직임에는 어떤 공통점과 규칙이 있었다.

우리의 동작은 어딘가 곤충을 연상시켰다. 동작은 갑작스러운 전환과 정지의 연속이었다. 연속적으로 이어지는 동작들도 완급의 변화가 심했다.

갑자기 내가 말을 하기 시작했다. 그것은 사람의 언어가 아니었으며 내 목소리도 아니었다. 목소리는 목구멍 깊숙한 곳에서 그르렁거리며 울려 나왔다. 그것은 노래를 부르는 것 같기도 했고 신음하는 것 같기도 했다.

곧이어 고고학자가 비슷한 방식으로 나에게 화답했다. 그러더니 어색한 자세를 생각하면 놀랄 만큼 재빠른 동작으로 나에게 다가왔다. 그의 왼손에는 아까 그가 발견했던 칼이 들려 있었다. 그는 그것을 어색하게 휘둘렀지만 나한테 닿기에는 그의 팔이 너무 짧았다.

그때 내 남편의 몸이 우리 둘 사이에 끼어들었다. 그의 덜렁거리는 머리가 내 귀를 스칠 때 나는 그의 목에서 작게 그르륵거리는 소리가 나는 것을 들을 수 있었다. 그 역시 무슨 말인가를 하고 있었다. 단지 부러진 목 때문에 소리가 잘 나지 않았을 뿐이었다.

갑자기 우리 넷은 약속이라도 한 것처럼 뒷걸음질을 치기 시작했다. 그리고 네 명 모두 동시에 움직임을 멈추었다. 나는 혹시나 우리가 해방되는 것이 아닌가 생각했지만 그건 허망한 기대였다. 우리는 다시 꼭두각시처럼 움직이기 시작했다. 그러나 잠깐, 무언가 이상하다. 왜 내 행동들이 저번보다 자연스럽게 느껴지는 것일까?

그때서야 나는 내가 바로 얼마 전에 했던 행동들을 다시 하고 있다는 사실을 깨달았다.

내 머리는 갑작스럽게 차분해졌다. 이미 머릿속에는 우

리를 조종하는 것들에 대한 두려움이나 남편의 죽음에 대한 슬픔 같은 것들은 싹 사라지고 없었다. 내 머리는 서재에서 추리소설을 읽을 때처럼 냉정하게 돌아갔다.

나는 내가 무엇을 원하는지 알고 있었다. 그것은 당장 이 저주받은 우주선과 이 대륙을 떠나 집으로 가는 것이었다. 거기서 뜨거운 물로 목욕을 하고 남편이 하찮은 잡동사니라고 빈정거렸던 그런 책들을 읽으며 가끔씩은 그레타 가르보나 마리 드레슬러가 나오는 새 영화들을 보러 극장에 가는 것이었다. 그리고 나는 이 반복에서 내가 그 익숙한 세계로 돌아갈 수 있을지도 모른다는 희망을 발견했다.

나는 속으로 수를 세면서 이 반복을 확인했다. 다섯 번쯤 같은 동작들을 반복하고 나니 대충 이 군무의 맥락이 잡혀갔다. 그것은 약 15분으로 이루어진 발레였다. 나와 남편, 고고학자와 안내인이 각각 파트너로 맺어져 있었다. 우리는 모두 상대방 커플에게 적대적인 감정을 가지고 있었는데 처음에는 으르렁거리는 소리나 위협적인 동작으로 그 적대감을 표시만 했지만 나중에는 직접적인 폭력으로 이어졌다. 이 발레의 절정은 고고학자가 나를 향해 칼을 휘두르고 남편이 사이에 끼어드는 부분이었다. 바로 그 순간 발레는 중단되고 우리는 다시 뒷걸음질을 쳐 허겁지겁 원위치로 돌아갔다.

이것은 사고 행위의 결과가 아니다, 나는 생각했다. 우리가 연기하는 드라마는 분명히 아주 인간적인 것이었으나 반복은 기계적이었다. 마치 카루소의 음반이 툭툭 튀며 제자리에서 빙빙 도는 것 같았다. 아마도 우리는 우주선의 항해 일지에 해당하는 어떤 장치 속에 빠져 하우프의 유령선 선원들이 그랬던 것처럼 몇천 년 전에 일어났던 끔찍한 사건들을 끊임없이 되풀이하게 된 것 같았다. 저 불쌍한 고양이와 다른 동물들도 모두 이 기계에 당했을 것이다.

이제 우리의 행동은 예측 가능했기 때문에 나는 상황을 정리하는 쪽에 신경을 집중했다.

일단 내가 구체화시키려고 한 것은 우리가 흉내 내고 있는 생물의 모양이었다. 이들이 인간과 같은 모습이 아님은 분명했다. 나는 이 생물이 대충 다리가 셋인 테이블 모양이고 그 위에 팔 두 개와 머리가 나와 있을 것이라고 추정했다. 팔다리를 다 합쳐봐야 네 개밖에 되지 않는 우리는 결국 그들의 입장에서 보면 외팔이인 셈이다. 나는 이 육체적 특징의 차이가 중요하다고 생각했다. 육체 구조가 똑같지 않은 이상 그들이 제어할 수 없는 부분이 어딘가 있는 법이다. 예를 들어 내가 눈꺼풀을 자유롭게 움직일 수 있는 것은 그들에게 눈꺼풀과 같은 기관이 없기 때문이라고 추측할 수 있다.

나는 몸의 모든 부분을 세분화해서 하나하나씩 내 제어력이 닿는 부분들을 확인해보았다. 그 결과 나는 발가락 모두와 양손 장지, 입술 부근을 제외한 얼굴 근육의 상당 부분, 목 근육 약간, 허리 근육의 일부를 사용할 수 있음을 알았다. 그중 장지를 사용할 수 있다는 사실이 가장 중요했다. 아마도 그들의 손가락 수가 여덟 개, 즉 한 손의 손가락이 짝수였기 때문에 가운데 손가락이 제어 범위에서 누락된 것 같았다.

내 첫번째 계획은 반복들을 역이용하는 것이었다. 우리의 춤은 단순한 기계적 행동의 반복이기 때문에 오차가 쌓이면 계속 누적될 것이다. 그렇다면 꼭두각시와 같은 행동을 반복하면서도 위치 관계를 변화시킬 수 있는 가능성이 있을 것이다.

내가 이용할 수 있는 기회는 한 네 번 정도 있었다. 초반에 고양이 시체를 살짝 비켜 갔고 두번째에는 작은 돌을 비켜 갔다. 나머지 두 번은 고고학자가 칼을 휘두르기 시작한 종결부였다.

나는 처음 것을 시도해보기로 했다. 오른쪽 장지를 필사적으로 놀려 진행 방향을 왼쪽으로 돌리자 고양이 시체를 지나칠 무렵에는 손이 시체 위로 올라갔다. 내 손이 고양이를 누르자마자 시체는 미끄러지기 시작했고 그와 동시에 내 몸은 원래 각본과는 전혀 관계없는 방향으로 직진해 갔다. 나는 남편의 주위를 반 바퀴 도는 대신 곧장 안내인 쪽으로 달려갔고 안내인과 충돌한 뒤 옆으로 튕겨져 구석으로 질주했다.

갑자기 내 오른손이 해방된 느낌이 들었다. 나는 곁눈질로 손을 훔쳐보았다. 팔목까지 빛의 원통 밖으로 나와 있었다. 그리고 해방된 부분은 정확히 빛에서 벗어난 그 부분이었다. 실망스럽게도 손이 다시 안으로 끌려왔기 때문에 해방감은 아주 짧았다.

더 큰 실망이 뒤를 이었다. 15분간의 춤이 끝나자마자 내 몸이 다시 우르르 원위치로 끌려갔던 것이다. 오차의 누적을 기대하던 내 계획은 무산되었다. 아무리 오차를 극대화시킨다고 해도 단 한 번의 시도로 원통 밖까지 빠져나가지 못하는 한 오차는 계속 보정될 것이다. 그리고 이제는 아까처럼 커다란 오차를 만들어낼 수도 없다. 아까 시도로 고양이 시체가 손에 닿지 않는 곳으로 밀려나버렸고 돌도 튕겨나갔기 때문이다.

생각의 방향을 바꾸어야 했다. 작은 오차를 누적시킬 수 없다면 단번에 큰 변화를 일으켜야 한다. 하지만 손가락 두 개를 간신히 움직일 수 있는 이 제한된 상황 속에서 어떻게 그런 변화를 유발시킬 수 있을까?

나는 다시 상황을 점검했다. 이번에도 우리가 불구처럼 움직이고 있다는 사실에 집중했다. 아무리 우리가 그들을 잘 흉내 내고 있다고 해도 그들의 행동을 완전히 모방할 수는 없다. 적어도 그들은 우리가 흉내 낼 수 없는 다른 한쪽

팔로도 무슨 행동인가를 했을 것이다. 그리고 그들의 손에 지금 우리에게 없는 무언가가 들려 있었을 가능성도 있다.

갑자기 고고학자의 손에 들린 칼로 생각이 돌아갔다. 그가 칼을 가지고 있던 것은 순전히 우연이었다. 그런데 그는 지금 칼잡이 역할을 하고 있다. 이것도 우연일까? 얼마 전까지만 해도 내 남편이었던 시체가 내 방어자의 역을 하게 된 것도 우연일까? 가장 국외자였던 인물을 안내인이 연기하고 있는 것도 우연일까?

정체가 무엇이건 그것은 그냥 기록기라기보다는 조금 더 복잡한 기계임이 분명했다. 내 추측이 맞는다면 그것은 배우를 취사선택했다. 그렇다면 그 상황을 바꾸면 어떻게 될까? 만약에 내가 고고학자의 칼을 떨어뜨리거나 빼앗는다면? 그들은 배우를 바꿀까?

나는 고고학자를 곁눈질로 바라보았다. 그는 여전히 필사적으로 굴레에서 빠져나가려고 몸을 뒤틀고 있었다. 그의 손 역시 기계적으로 칼을 손가락 사이에 걸치고 있을 뿐이었다. 내가 칼을 빼앗는다고 해도 그가 심하게 저항하지는 않으리라. 저항 자체가 기록되어 있지 않을 테니까. 문제는 생선 가시 모양의 손잡이에서 손가락을 떼어내는 게 그렇게 쉽지는 않다는 점이었다.

나는 춤이 두 번 반복되는 동안 고고학자가 나에게 칼을 들이대는 방식을 관찰했다. 그때마다 칼끝은 내 심장으로

부터 한 뼘 정도만큼 떨어져 있었다. 그 정도의 거리는 손가락을 놀려 보완할 수 있다. 남편의 시체가 가로막기 전에 앞으로 달려가면 두번째 기회도 만들 수 있다. 그가 나를 찌르지 못하는 이유는 남편이 가로막았기 때문이다.

나는 실험해보았다. 처음에는 조금 늦었지만 두번째에는 남편의 몸이 끼어들기 전에 고고학자 앞에 달려들 수 있었다. 남편의 몸은 내 몸에 부딪혀 기우뚱하더니 넘어졌다. 남편은 넘어진 뒤에도 태엽인형처럼 팔다리를 흔들었다. 고고학자는 이제 방해꾼 없이 나에게, 정확히 말해 내가 있어야 했던 공간에 칼을 밀어 넣었다. 나는 옆에서 혀끝으로 입술을 열고 입술이 다시 닫히는 짧은 순간에 고고학자의 손을 물었다.

이제 춤은 새로운 국면에 접어들었다. 우리는 첫번째 스텝으로 돌아가야 했지만 내가 고고학자의 손을 물고 있었기 때문에 그와 나는 엇물린 채 우리의 첫번째 스텝이 시작되어야 할 부분들의 중간점에 설 수밖에 없었다. 게다가 넘어진 남편이 고고학자의 다리에 걸려서 일어나지 못하고 있었다.

너무 세게 물고 있었기 때문에 고고학자의 피 맛이 혀끝에서 느껴졌다. 나는 어떻게든 팔을 놀려서 칼을 잡으려고 했지만 계속 실패했다. 힘이 빠져서 더 이상 물고 있을 수는 없었다. 결국 나는 그의 손을 놓고 말았다.

그러나 엉뚱하게도 그게 바로 나에겐 새로운 기회가 되었다. 그가 기우뚱하면서 넘어질 때 칼을 든 그의 손이 바로 내 오른손의 장지 중간을 지나갔기 때문이다. 내가 어떻게 그렇게 빠르게 움직일 수 있었는지는 모르겠다. 나는 필사적으로 장지를 놀려서 그의 손아귀 안에 쑤셔 넣었다. 장지가 손잡이에 난 가지들 중 하나에 걸렸다. 나는 그의 몸이 뒷걸음쳐 떨어질 때까지 장지에 힘을 주고 있었다. 잠시 뒤 그는 떨어져 나갔지만 칼은 내 손가락에 걸린 채 남았다. 나는 필사적으로 칼을 잡은 뒤 왼손 장지를 바닥에 대고 세웠다. 내 몸은 균형을 잃고 오른쪽으로 쓰러졌다. 나는 아직도 쓰러져 있는 남편의 머리에 칼을 대고 칼을 안으로 끌어들였다. 가지 몇 개가 손가락 사이에 끼었다. 보기 좋게 꽉 잡았다고 할 수는 없었지만 그래도 팔이 흔들려도 떨어지지 않을 정도는 된 것이다.

혼란은 재정렬 때 끝났다. 우리는 헐떡거리면서 일어나 다시 자기 자리로 돌아왔다. 달라진 점이 있다면 내 손에 칼이 들려 있다는 점이었다. 내 기대와는 달리 그들은 배우를 바꾸지 않았지만 나는 실망하지 않았다. 우리의 상관관계를 이용하면 고양이 시체를 이용하는 것보다 훨씬 큰 변화를 일으킬 수 있다는 사실을 깨달았던 것이다. 심지어 일시적이나마 재정렬을 막을 수도 있었다. 만약에 고고학자에게 했던 것처럼 남편을 물거나 잡아서 재정렬을 막는다면 어떻게 될까?

나는 내 경험을 재료 삼아 머릿속으로 그 과정을 추론해 보았다. 결론은 부정적이었다. 남편을 잡고 늘어진다고 해도 우리는 댄스홀의 중심으로 몰려갈 뿐이었다. 게다가 누적을 기대하고 내가 한정 없이 그를 붙잡고 늘어질 수는 없었다. 두 번 정도가 내 체력의 한계였다. 그것만으로는 대단한 결과를 끌어낼 수 없었다. 아아, 어떻게든 재정렬을 막을 수 있다면!

그때 한 가지 아이디어가 떠올랐다.

나는 다시 내 댄스 파트너들을 훔쳐보았다. 고고학자는 분명히 당황해 어쩔 줄 모르고 있었다. 안내인의 표정은 보다 덤덤했다. 적어도 그는 마지막 소란 때 자신에게 지정된 댄스 스텝을 밟으며 우리를 객관적으로 관찰할 수 있었던 유일한 사람이었다. 나는 그의 지성을 얼마나 믿을 수 있을까 생각해보았다. 유감스럽게도 나는 그에 대해 많은 것을 알지 못했다. 그는 우리 주위를 둘러싸고 있던 수많은 흑인 남자 중 한 명일 뿐이었다. 그러나 내 새로운 계획에는 그가 절대적으로 필요했다. 적어도 그가 내 의도의 절반만이라도 알고 있어야 했다. 결국 나는 그를 믿기로 했다. 엉터리이긴 해도 그는 나보다 외국어를 하나 더 할 줄 알았고 무엇보다 내 머리 위에 지어진 훌륭한 고대 문명을 이룩한 사람들의 후손이었다.

나는 머릿속에 지도를 만들고 대충 동선을 그 위에 그렸다. 마음은 차분했다. 보통 때 같으면 심장이 쾅쾅 뛰고 숨이 가빠졌겠지만 그런 반응 역시 지금은 그들의 손아귀에 있었다. 육체적인 반응의 부재가 정신 현상을 얼마나 쉽게 제어할 수 있는지 그때 나는 알게 되었다.

나는 천천히 마지막의 작업을 되풀이했다. 남편이 달려들기 전에 나는 고고학자에게 달려들었고 남편은 다시 넘어졌다. 나는 다시 고고학자의 손을 물었다. 내 이는 내가 바로 얼마 전에 낸 그 상처에 미끄러져 들어갔다. 아마도 그는 무척 아팠을 것이다. 그러나 나는 그 정도로 미안한 생각이 들 만큼 한가하지는 않았다. 나는 곁눈질로 남편을 쳐다보며 필사적으로 기회를 엿보았다. 다음 재정렬이 실패로 돌아가고 남편이 바닥에서 회전을 되풀이하기 시작한 지 얼마 되지 않았을 때 나는 고고학자의 손을 놓고 남편 위로 넘어졌다. 고고학자는 반동으로 튕겨져 나갔다. 물론 빛의 원통 바깥으로 나갈 정도로 멀리는 아니었다.

우리는 넘어진 채 시계처럼 돌기 시작했다. 나는 왼쪽 장지를 필사적으로 놀려 내 회전을 제어했다. 이제 칼을 든 내 손은 남편의 얼굴 위에 올라가 있었다. 재정렬이 시작되기 1분 전에 나는 칼을 남편의 멀쩡한 눈에 박았다. 칼은 엉성하게 박혔지만 나는 오른손 장지로 그것을 세게 밀어 넣었다. 남편의 목에서 비명 같은 작은 소리가 새어 나왔다. 아마 예상치 못한 자극으로 인해 발생한 근육의 오작동 때문이었을 것이다.

재정렬이 시작되었다. 나와 다른 두 사람은 다시 처음 스텝 자리로 되돌아갔다. 그러나 남편은 돌아가지 못했다. 그는 여전히 넘어진 채 팔다리를 놀리기만 할 뿐이었다.

내 생각이 옳았다. 우리가 밟는 스텝은 모두 기록된 그대로였지만 재정렬은 꽤 복잡한 과정을 거쳐야 하는 계산 작용의 결과였다. 몸을 일으키고 어긋난 위치를 계산하고 하는 건 결코 간단한 일이 아니다. 그리고 그런 과정을 위해 그것이 우리의 신경계와 감각을 사용한다면 감각의 부재는 심각한 지장을 초래할 수 있다. 만약 저 앞에 굴러다니는 시체가 생각할 줄 아는 내 남편이었다면 그는 남은 감각을 이용해서 일어날 수 있었다. 그러나 원격 조종이라면 사정이 다르다. 나는 처음에 남편이 넘어졌을 때부터 그것이 최소한의 기능만을 조종한다는 사실을 알았다. 그렇지 않았다면 그는 재정렬 때에 고고학자의 다리를 피해 일어날 수 있었을 것이며 내가 칼을 빼앗은 뒤에 고고학자와 나의 역할을 바꿀 수도 있었을 것이다.

나는 천천히 남편의 발과 팔놀림을 세었다. 다음 재정렬이 시작될 때가 가장 두려웠다. 그러나 그는 다행히도 그의 눈이 멀쩡했을 때와 비슷한 발걸음을 모방했다. 그리고 두 번째 정렬 때에도 마찬가지였다.

이제 그의 시체는 재정렬을 무시하고 천천히 구불구불한 반원을 그리며 움직였다. 그리고 그 방향은 우리 중 가장 멀리 떨어져 있던 안내인을 향하고 있었다. 나는 어떻게든 소리를 내려고 애쓰며 그에게 그 사실을 알리려고 했다. 그러나 그럴 필요가 없었다. 그 역시 남편의 시체가 돌파구가 될 수 있다는 사실을 금방 깨달았기 때문이다. 남편이 그로부터 4야드나 떨어져 있었을 때부터 그는 자유로운 근육을 최대한으로 활용하며 남편의 도착 방향을 향해 가는 연습을 하고 있었다. 그리고 아홉번째 반복을 거쳐 남편이 그쪽으로 다가갔을 때 그는 남편 위로 넘어져 그의 옷자락을 물었다. 남편과 그는 이제 한 몸이 되어 나머지 반원을 그리기 시작했다. 열두번째 반복 뒤 남편과 안내인은 빛의 원통 경계에 도달했다. 상반신이 원통에서 벗어나자 안내인은 허겁지겁 팔을 움직여 원통 밖으로 빠져나갔다. 남편의 시체도 그의 뒤를 따랐다. 시체는 태엽이 풀린 장난감처럼 천천히 움직임을 멈추었다.

안내인은 잠시 얼이 빠진 듯했지만 곧 정신을 차리고 우리에게 외쳤다. "기다리세요! 곧 꺼내드릴게요!" 그는 사다리를 타고 위층으로 올라갔다.

안도감이 나를 둘러쌌다. 위층에는 밧줄도 있었고 엘리베이터의 나머지 잔해도 있었다. 안내인의 자기 사냥 기술의 100분의 1만 써도 우리를 구해낼 수 있었다.

그러나 무언가 잘못된 것 같았다. 나는 내 팔다리가 전혀 낯선 스텝을 밟고 있다는 사실을 알아차렸다. 왜 이렇게 되었을까? 새로운 공포가 엄습했다. 재정렬이 사라진 것이다! 남편과 안내인이 밀려 나간 것은 생각보다 큰 사건이다. 갑작스러운 충격이 닥치자 기억 장치는 같은 자리를 되풀이해 돌던 레코드판이 갑자기 툭 튀어서 다음 트랙으로 넘어갈 때처럼 되풀이해 돌던 구역을 넘어 다음 단계로 넘어간 것이다. 그런데 그다음 행동은 무엇인가. 조금만 생각해도 알 수 있었다. 고고학자가 연기하는 배역은 남편이 맡은 역을 칼로 찔러 죽였다. 다음 희생자는 바로 나였다!

고고학자라도 칼이 없으니 나를 어떻게 하지 못한다고 어떻게든 날 안심시키려고 했다. 그러나 이번에는 그게 먹히지 않았다. 아마 그때 칼이 시체 안에 너무 깊숙하게 박혔거나 그가 너무나도 성급했던 모양이었다. 고고학자는 가상의 칼을 무기로 쓰지 않았다. 그의 커다란 손이 정확히 내 목으로 날아들어 엄청난 힘으로 목을 조르기 시작했다. 평생 한 번도 써본 적이 없었던 욕들이 머릿속에서 줄줄 쏟아져 나왔다. 왜 하필이면 이때 모든 것이 딱 맞아떨어진단 말인가.

나는 점점 숨이 막히기 시작했다. 고고학자의 손아귀 힘은 점점 세졌다. 자칫하면 목이 졸리는 게 아니라 부러질 판이었다. 나는 내 몸이 산소를 얻으려 발버둥 치는 것을 느끼면서 새로운 계획을 세웠다. 만약 내가 연기하는 생물이 내가 버티는 것보다 빨리 죽었다면 나는 다른 기회를 얻을 수 있다. 죽은 시체가 움직일 리는 없을 테니 바로 그것이 죽은 순간부터 내 근육은 자유로워질 수 있기 때문이다.

다행히도 그 아슬아슬한 기회를 실험할 필요는 없었다. 나는 갑자기 몸이 뒤로 끌리는 것을 느꼈다. 안내인이 나와 고고학자의 몸에 올가미를 집어던진 것이다. 올가미에 걸린 채로 우리는 원통에서 빠져나왔다. 고고학자는 손을 놓았고 나는 안내인의 부축을 받아 일어났다.

갑자기 불이 꺼졌다. 또 다른 충격이 기억 장치에 가해진 것이다. 이제 그것은 허물어지기 시작했다. 우주선 전체가 서서히 가루로 분해되고 있었다.

우리는 허겁지겁 사다리를 타고 위로 올라갔다. 위층도 마찬가지였다. 분해된 가루가 사방에 날렸다. 이제 우주선의 붕괴는 뻔한 일이었다.

그때 천장에서 무언가가 내려왔다. 그것은 원주민들이 쓰는 창을 매단 밧줄이었다. 이제야 바깥의 바보들은 단면이 작고 무거운 물체가 천장을 뚫을 수 있다는 사실을 깨달았던 것이다. 아마도 우리와 대화하기 위해 내렸던 모양이지만 우리는 생각할 겨를도 없이 그 밧줄에 매달렸다.

곧 모든 것이 허물어지기 시작했다. 벽이 무너지고 구멍 난 천장을 통해 빛이 들어왔다. 밧줄은 우리를 매달고 천천히 위로 올라갔다.

여러분은 물을 것이다. 그 뒤로 40년이나 흘렀는데 왜 이런 사실이 알려지지 않았느냐고. 답은 간단하다. 증거를 제시할 수 없었다. 그리고 우리가 겪은 사건들은 증거 없이 공표하기엔 너무나 허황한 것이었다. 남편의 죽음은 사고사로 처리되었으며 우주선이 들어 있던 구덩이는 안전을 위해 메워졌다.

물론 우주선을 구성했던 가루가 있었다. 고고학자는 구출된 뒤 그 가루들을 모아 분석을 의뢰했다. 결과는 실망스러웠다. 가루는 외계에서 온 정체불명의 화학물질이나 새로운 합금 따위가 아니었다. 그것은 아주 잘게 부스러진 산화철, 화강암, 부식토, 뼈, 씨앗, 심지어 동물의 배설물 들로 구성된 잡다한 혼합물이었다.

어떻게 된 것일까? 나는 이유를 알고 있다고 생각한다. 나는 그 우주선 역시 기억의 일부였다고 믿는다. 우리의 몸을 빌려 조난 이후 승무원들의 마지막 발악을 재현했던 것처럼, 주변의 흙과 돌들을 이용해서 우주선의 형체에 대한 기억 또한 재생했던 것이다. 나는 우리가 항해 일지의 거의 마지막까지 재현했고, 탈출을 통해 충격을 주어 기억 장치를 일지의 끝까지 몰아붙였다고 믿는다. 수천 년 동안 정체되어 있던 이야기를 마무리 지었기 때문에 우주선은 더 이상 존재할 이유가 없었다. 그렇다면 고고학자가 가지고 온 가루는 아무 쓸모없는 그냥 흙에 불과했던 셈이다. 남편이 보았다면 배꼽을 잡고 웃었을 일이다. 그는 언제나 이런 아이러니들을 좋아했다.

어제 나는 그 고고학자를 박물관 후원 파티에서 다시 만났다. 거의 30년 만의 재회였다. 나는 신이 나서 그에게 내 가설을 이야기했다. 그리고 다시 한번 그 구덩이를 뒤져보는 것이 어떠냐고 물었다. 누가 알겠는가. 그 기억 장치라는 것이 보다 깊은 곳에 묻혀 있을는지?

그는 이를 박박 갈면서 왜 그 잘난 생각을 2년 일찍 해내지 않았느냐고 내뱉었다(그가 선택한 어휘들은 보다 정중한 것들이었지만 사실 그런 의미였다). 그의 말에 따르면 2년 전 그 유적지는 인근 화산에서 흘러나온 용암에 묻혀버렸다고 한다. 그와 나눈 대화는 그렇게 유쾌하지 못했는데, 그는 아직도 내가 그의 손을 물고 인형처럼 조종한 것에 대해 앙심을 품고 있는 모양이었다.

택시를 타고 집으로 돌아오는 동안 나는 그 불운한 외계인들과 우주선에 대해 생각했다. 우주선은 얼마나 오래 그 밑에 묻혀 있었을까? 얼마나 오랜 시간 동안 그 끔찍한 마지막 날의 악몽을 반복하고 있었을까? 내가 멈춰 세운 것은 단순한 기계였을까, 아니면 수천수만 년 동안 지속되던 지옥이었을까?

허깨비 사냥

숲은 음험한 괴물처럼 누런 안개 속에서 몸을 도사리고 있었다. 그것이 육식동물처럼 앞발을 모으고 으르렁거리는 소리가 비행기 방풍창을 넘어서 들려오는 것만 같았다. 승객들은 겁먹은 표정으로 최종 종착지를 말없이 내려다보고 있었다.

겁먹지 않은 사람은 의사뿐이었다. 그는 비행기의 착륙대가 땅에 닿자마자 문을 와락 열어젖히고 우리를 향해 웅변가처럼 두 팔을 벌렸다.

나와서 이 공기 좀 마셔봐요! 의사가 외쳤다. 당신네 도회지 벌레들에겐 폭탄 같을 거요! 하지만 이런 거라도 하지 않는다면 다들 벽 구석의 거미줄처럼 바짝 쫄아 붙을걸! 어서 나와요, 아가씨!

그러면서 그는, 구석 좌석에 앉아 어떻게든 밀려 들어오는 찬 공기를 피해보려고 기를 쓰는 나를 억센 손으로 일으켜 세워 밖으로 내몰았다. 바깥바람이 날카로운 송곳처럼 폐를 찔러댔다. 나는 주머니에서 마스크를 꺼내 입과 코를 막았다.

비행기 아래에는 우리를 안내해줄 다섯 명의 원주민 안내원이 기다리고 있었다. 의사가 그들에게 요란한 손짓을 하자 그들은 우르르 달려와 우리의 짐과 장비 들을 비행기에서 끄집어냈다.

사냥은 언제 시작합니까? 우리 일행 중 가장 연장자인 은퇴한 판사가 물었다.

지금 당장 합니다. 의사가 대꾸했다. 너무 빠르다고요? 천만의 말씀! 지금이야말로 적기입니다. 안개 방울이 가장 크게 맺혀 있을 때지요. 지금 저 안에 들어가면 아무 곳이나 겨냥하고 쏘아도 뭔가 맞을 겁니다. 거기! 그렇게 얼굴 찡 그리지 말아요! 좀 뛰면 몸도 풀릴 거요! 어이! 게으름 피우지 말고 빨리 총 가져와!

그는 히죽히죽 웃으면서 안내원들이 가져온 장비 상자에서 총신이 뭉뚝한 사냥총을 꺼냈다. 겁먹을 필요 없습니다. 그가 설명했다. 쉬워요. 그냥 안전장치를 풀고 방아쇠만 당기면 됩니다. 광선총이니 탄도학 따위는 몰라도 돼요. 그냥 쏴요! 빵빵!

나 역시 그 총을 하나 받았다. 생각보다 가벼웠다. 실험 삼아 하늘에 대고 쏘아보았다. 푸른빛이 스포트라이트처럼 솟아올라 낮은 구름을 뚫고 사라졌다. 괜히 기분이 좋아졌다.

우리는 바나나처럼 길쭉한 자동차를 타고 숲 안으로 들어갔다. 빽빽한 나무들이 하늘을 가로막아 그러잖아도 희미한 햇빛을 완전히 막아버렸다. 안내원들이 이마에 붙이는 작은 전등을 하나씩 나누어 주었다.

처음입니까? 내 옆에 앉은 키 작은 세무서 직원이 물었다.

네, 그쪽은요?

저도 여긴 처음 와봅니다. 물론 이게 어떤 건지는 압니다. 이 숲의 안개에 인간의 사고가 응결되어서 허깨비들을 만들어내는 거죠. 하지만 알아도 겁이 나는군요. 전 바퀴벌레 한 마리도 못 죽이는데…… 그게 진짜 사람처럼 생겼으면 어떻게 하죠?

걱정 마요! 앞자리에 앉아 있던 의사가 또 끼어들었다. 당신도 쏘게 됩니다. 그게 사냥이오! 야, 당신들, 그거 하나씩 붙이고 나니까 꼭 힌두교 신자 같군요!

차는 숲 중간에서 멈췄다. 우리는 모두 차에서 내려 배지 하나씩을 받았다. 배지에는 두 가지 기능이 있습니다. 안내원이 설명했다. 첫째는 사고 방지입니다. 유효 사격 거리 안에서 배지를 향해 총을 겨누면 총에서 경보 벨이 울립니다. 둘째는 위치 확인입니다. 여러분이 길을 잃더라도 배지에서 나오는 신호로 우리가 여러분을 찾아낼 수 있습니다. 잃어버리시면 안 됩니다. 꼭 옷에 달고 다니세요.

염병할, 마치 시어머니처럼 쫀쫀하게 구는군그래. 의사

가 말했다. 안 그래요, 여러분?

우리는 안내원 한 명에 8, 9명씩 짝 지어서 숲 이곳저곳으로 흩어졌다. 고맙게도 우리를 이곳까지 데리고 온 수다쟁이 의사는 내 무리에 끼지 않았다. 그가 없으니 귀가 살 것 같았다.

갑자기 안내원이 손짓을 했다. 우리는 모두 숨을 죽이며 그가 가리키는 방향으로 눈을 돌렸다. 무언가 거친 숨소리를 내면서 우리 쪽으로 다가오고 있었다. 우리 머리 위로 한참 높이 솟아 있는 나무의 이파리들까지 그 진동으로 흔들렸다. 공포로 식은땀이 내 등을 타고 흘렀다.

쏴요!

안내원의 외침과 함께 우리는 모조리 그쪽으로 총구를 돌리고 쏘았다. 너무 겁이 났기 때문에 나에게는 거의 반사적인 행동이었다. 총은 한 발씩 쏠 때마다 타닥거리는 요란한 소리를 냈다. 총신 위에 붙은 스피커에서 '흥을 돋우기 위해' 내는 음향 효과였다. 우리는 나무 뒤에 무엇이 숨어 있는지 볼 생각도 하지 않고 마구 쏘아댔다.

마침내 괴물은 끼긱 소리를 내면서 쓰러졌다. 우리는 총을 겨누고 안내원을 앞세워서 그것이 쓰러진 쪽으로 걸어갔다.

괴물은 키가 6미터 반은 될 것 같은 거대한 남자였다. 말끔한 정장 차림이었지만 맨발이었다. 시체는 대머리 지기 시작한 머리에서부터 더러운 발끝까지 우리가 낸 총구멍으로 벌집이 되어 있었다.

이 사람은 내 고등학교 때 상업 선생이었어요! 내 뒤에서 있던 남자가 흥분해서 외쳤다. 되게 쫀쫀한 인간이었어요. 2학년 때는 담임이었는데 사람 미치게 만드는 놈이었죠! 졸업할 때 언젠가 녀석의 머리에 구멍을 내주겠다고 외쳤는데, 오늘 정말 그렇게 했군요!

아직 안 끝났어요. 안내원이 말했다. 자, 나오세요. 끝장을 내줍시다!

그 남자는 안내원의 손을 잡고 시체 위로 올라섰다. 그가 한 걸음씩 내디딜 때마다 시체는 푹푹 아래로 꺼졌다. 그는 흥에 겨워 식인종처럼 이상한 소리를 지르면서 시체를 발로 으깼다. 순식간에 시체는 푸석한 덩어리들과 가루로 변했다. 째진다! 그는 외쳤다. 의사 선생 말이 맞았어! 정말 째진다!

그 순간 우리 무리는 함께 흥분으로 달아올랐다. 피 맛을 본 늑대들처럼 우리는 숲속으로 뛰어들었다. 부스럭거리는 것이라면 겨냥도 제대로 하지 않고 마구 쏘아댔다. 우리 총에 맞아 죽어가는 것들은 책과 안내봉을 든 수학 선생이기도 했고 이혼한 배우자이기도 했으며 어렸을 때 다리를 문 도베르만 핀셔이기도 했다. 그것이 무엇이건, 누구의 환상이건 아무도 신경 쓰지 않았다. 그것은 단지 엄청나게 크게 확대된 악몽일 뿐이었다. 우리는 그것들을 죽이고 밟아서 뭉개버렸다! 야호! 진짜 사냥이란 이런 것이다! 이런 재미를 놔두고 지구의 시시한 사냥꾼들은 가엾은 여우들이나 괴롭히고 있는 것이다!

한참 닥치는 대로 쏴 죽이면서 우리 무리는 점점 조각조각 찢어졌다. 마침내 제정신으로 돌아왔을 때, 내 일행은 세무서 직원 한 명밖에 없었다.

정말 신나는군요. 내가 말을 걸었다. 많이 죽이셨나요?

예. 그는 고개를 끄덕였다. 내가 뭔가 다른 말을 생각하고 있는데 그가 갑자기 성급하게 물었다. 혹시 여기서 아는 사람을 죽이셨나요?

두 명요. 한 명은 고등학교 때 동창이었고 다른 하나는 직장 상사였어요. 조금만 더 헤매고 돌아다니면 싫은 사람 몇 명 더 찾아서 쏴 죽일 수도 있을 것 같군요.

저도 아는 사람 한 명 죽였어요. 아니, 한 개였어요. 성경책요.

성경책요?

예, 제 키의 두 배는 되는 것 같은 성경책이 두 팔을 휘두르며 걸어오는 겁니다. 신나게 쏴서 짓밟았죠. 사람들이 마구 웃더군요. 그런데 이것도 신성모독일까요?

두 발 달린 책을 쏴 죽인 게요? 사도 바울이라도 그 상황에서는 그랬을걸요!

그의 얼굴이 갑자기 진지해졌다.

모르겠습니다. 전 조금 무서워요. 아까까지만 해도 신이 났었죠. 하지만 막 이런 생각이 드는 거예요. 다른 사람들에게는 쏴 죽이고 싶은 사람일지라도 또 다른 사람들에게는 소중한 사람일 수도 있죠. 재수가 없으면 애인이나 친구가 그렇게 죽는 걸 볼지도 몰라요. 물론 여기에 있는 건 모두 가짜지만 그렇다고 해서 결코 기분이 좋을 수 없을 겁니다.

여기 아는 사람과 같이 오셨어요?

아닙니다. 하지만 우리가 아는 사람들을 공유하고 있을 가능성은 큽니다. 전 숫자를 다루는 사람이라 그 확률이 얼마나 큰지 알고 있어요.

그의 말을 듣고 있노라니 서서히 흥분이 꺼져갔다. 나는 시계를 보았다. 표준시로 8시 반이었다. 이미 한창 해가 떠올랐을 것이다. 새벽 운동은 충분히 했다. 이제 호텔이나 그 비슷한 곳으로 들어가 아침이라도 먹어야 할 때이다.

우리 돌아가죠. 내가 말했다.

우리는 총을 짊어지고 오던 길을 되돌아갔다. 가끔 바스락거리는 소리가 등 뒤에서 들렸지만 이미 흥분은 꺼져버렸다. 허깨비들이 우리에게 곧장 덤벼들지 않는다면 쏠 생각이 없었다. 만약 덤비더라도 그것들이 푸석푸석한 손으로 뭘 어쩌겠는가.

어이! 익숙한 목소리가 옆에서 들렸다. 나무 사이에서 의사 선생이 나타났다.

댁들도 뿔뿔이 흩어졌군요. 하긴 언제나 그럽디다. 여기 안내원이란 놈들은 도대체가 칠칠치가 못해서 말이오. 이 제 우리 같이 갑시다.

우린 길을 잃은 것 같은데요. 나침반을 켜야 할까 생각 중 이었어요. 내가 말했다.

그럴 필요 없어요. 내가 압니다. 자동차까지 안내해드리 죠. 나는 여기서 수없이 사냥을 해왔습니다. 이 일대는 훤해 요. 그러니까 나침반 따위는 주머니에 그냥 넣어둬요!

우리는 그의 뒤를 따라 걷기 시작했다. 우리가 다시 익숙 한 길로 나온 지 얼마 되지 않아서 갑자기 의사가 걸음을 멈 추었다. 그는 총을 쳐들었다.

저기 뭐가 있군요. 그가 말했다. 당신들도 쏴요.

그리고 그는 신나게 다닥거리면서 숲 한구석을 쏘아댔 다. 우리는 내키지 않았지만 같이 총을 들고 쏘았다. 그것은 잠시 비명을 지르다가 곧 땅에 넘어졌다.

생각보다 작군요. 우리 키 정도밖에 안 되겠어요. 쥐나 개 같군요.

그러나 그것은 개가 아니었다. 그것은 커다란 머리에 밉 살스러운 얼굴을 한 뚱뚱한 중년 남자였다. 얼굴 표정은 고 대 부족의 탈을 연상시킬 정도로 무시무시하게 뒤틀려 있 었다. 시체의 크기가 너무나 실물과 비슷해서 기분이 이상했다.

왠지 모르게 그의 얼굴이 익숙했다. 나는 뒤를 돌아다보았다. 세무서 직원이 부들부들 떨면서 뭔가 말을 하려고 입을 움직이고 있었다. 한참 뒤에야 소리가 나왔다.

저, 저 사람은 우리 아버지예요. 그는 힘없이 그 자리에 털썩 주저앉았다.

어지간히 아버지를 싫어했던 모양이군요? 시체를 밟고 있던 의사가 말했다. 너무 단단해서 잘 부서지지도 않네. 다들 와서 같이 밟읍시다!

제발 그러지 말아요! 세무서 직원이 외쳤다.

의사는 우습지도 않다는 듯이 콧방귀를 뀌었다.

그런 식으로 싫은 감정을 꿍쳐놓으니까 당신처럼 노이로제 환자가 되는 거요. 왜 내가 당신네들을 여기로 데려왔는지 알잖아요. 좋소, 난 뒤로 물러나겠소. 당신이 와서 직접 부숴요. 내 힘으로는 안 되겠소. 워낙 독하게 뭉쳐놔서 말이지.

그러나, 세무서 직원은 헉헉거리면서 뒷걸음질만 쳤다.

그냥 가요. 내가 말했다.

에이, 젠장! 흥을 다 깨놓는군! 의사는 화가 나는지 총을 들고 아무 데나 쏴댔다. 그러나 명중되는 허깨비는 없었고 총소리는 유달리 가짜처럼 들렸다.

자동차에 가까워질수록 길은 부서진 허깨비들의 잔해로 더러웠다. 이것들은 곧 분해됩니다. 의사가 설명했다. 숲이 저녁마다 가루를 삼킨 뒤 아침마다 안개로 토해내는 거요.

아까 것도 부서질까요? 세무서 직원이 떨리는 목소리로 중얼거렸다.

모르겠소. 당신 아버지처럼 단단한 건 처음 봤어. 제발 그렇게 살지 말아요. 사람이 화를 낼 때는 내고 그래야지, 그게 뭐요? 아, 저기 다른 사람도 왔소! 저 친구도 길을 잃었던 모양인데! 어이! 우리……

나는 계속 세무서 직원만 걱정하고 있었기 때문에 왜 의사의 목소리가 갑자기 사그라졌는지 처음에는 이유를 알 수가 없었다. 그가 내 어깨를 잡고 거칠게 흔든 뒤에야 나는 의사가 바라보는 쪽으로 눈을 돌렸다. 그리고 나 역시 그가 본 것을 보고 말았다.

수풀 저쪽에서 천천히 걸어오는 것은 바로 의사의 복제판이었다. 우리가 지금까지 사냥했던 푸석푸석한 괴물들이나 세무서 직원이 만들어낸 그로테스크한 캐리커처와는 전혀 다른 완전한 복제였다. 다른 점이 있다면 그의 가슴에 다섯 개의 총구멍이 나 있다는 점이었다.

그것은 『프랑켄슈타인』의 괴물처럼 뻣뻣한 자세로 다가오다가 푹 쓰러졌다. 우리는 한참 머뭇거리다가 그쪽으로 다가갔다. 구멍에서는 피 대신 붉은색의 고운 가루가 흘러나오고 있었다.

누가 한 장난이지? 의사가 신음했다.

우리는 아니에요. 내가 빈정거렸다. 우리 둘 다 선생님을 만난 지 만 하루도 지나지 않았으니까요. 선생님을 미워하고 자시고 할 시간도 없었지요. 만져보니 정말 단단하네요. 아까 것은 이것에 비하면 녹은 버터 같군요. 선생님이 이렇게 자기혐오가 강한 사람인 줄 몰랐어요.

이건 뭔가 잘못된 거요!

상관없잖아요. 왜 그렇게 신경을 쓰세요? 어차피 가짜인데.

의사는 알아들을 수 없는 말로 고함을 질러대며 숲속으로 뛰어 들어갔다. 나는 아직도 사시나무처럼 떨고 있는 세무서 직원의 팔을 잡고 자동차가 있는 곳으로 걸어갔다.

30분쯤 지나자, 사람들이 다시 모여들기 시작했다. 혹시 의사 선생을 보지 못했습니까? 판사가 우리에게 물었다.

아뇨. 무슨 일이 있었나요?

그 사람한테는 별로 보여주고 싶지 않은 걸 우리가 봤습니다. 글쎄, 그 사람하고 아주 똑같이 생긴 허깨비가 돌아다니고 있더라, 이겁니다. 쏴 죽이고 나서야 알았어요. 기분이 아주 찜찜하더군요. 그 양반이 와서 볼까 봐 잽싸게 부수어 버렸어요.

우리도 의사 선생의 허깨비가 죽는 것을 보았다고 그들에게 이야기했다. 막 이야기를 마무리 지으려는데 세번째 그룹이 나타났다. 이봐요! 혹시 아까 그 수다스러운 의사 양반 못 봤습니까?

저 사람들도 의사 허깨비를 본 모양입니다. 판사가 혀를 찼다. 도대체 허깨비가 얼마나 많이 돌아다니는 걸까?

의사 선생의 허깨비는 다섯 명이었다. 셋은 죽었고 둘은 달아났다. 우리는 그렇게 단단한 허깨비들을 만들 정도로 의사를 미워한 사람이 누구일까 이야기했다. 나는 의사 자신이라고 생각했지만 판사의 의견은 달랐다.

원주민들일 겁니다. 그는 안내원들이 듣지 못하게 속삭였다. 이곳 사람들은 지금 이렇게 쇠락했지만 그래도 전통과 역사를 가진 종족입니다. 그런 사람들을 의사가 어떻게 다루었는지 봤잖아요. 이 사람들은 워낙 말이 없고 얌전하니 그런 증오가 뭉치고 뭉쳤을 겁니다. 안내원 중 한 명이 만들었음이 분명해요. 아니면 모두가요. 다섯 명이면 대충 숫자도 맞습니다.

그게 사실이라면 의사 선생에게 따끔한 충고를 해주어야겠군요. 세무서 직원이 거칠게 말했다.

그러나 당사자인 의사는 끝끝내 나타나지 않았다. 한 시간 동안 기다려도 그가 오지 않자, 우리는 걱정되기 시작했다. 우리는 배지가 내는 신호를 따라 자동차를 몰고 갔다. 그러나 우리가 발견한 것은 배지뿐이었다. 달리다가 나무에 걸려 떨어진 모양이었다. 진흙 바닥에 찍힌 발자국이 남아 있었기 때문에 우리는 그 자국을 쫓아갔다.

젠장, 이곳은 우리가 허깨비를 쫓던 곳인데. 일행 중 한 명이 말했다.

정말 그게 허깨비였습니까? 판사가 물었다.

그게 아닌 것 같군요. 그는 들고 있던 총으로 앞에 난 골짜기를 가리켰다. 다리와 배에 총구멍이 난 의사가 나뭇등걸에 엎어져 있었다. 우리는 허둥지둥 아래로 내려갔지만 그는 이미 죽어 있었다. 부러진 목뼈가 건들거렸다. 사냥꾼들에게 쫓기다가 골짜기 아래로 떨어져 죽은 모양이었다.

이상하지요? 세무서 직원이 쉰 목소리로 말했다. 옛말에 이런 게 있지 않습니까. 분신을 만나면 자기 죽음과 마주친 거라고요. 의사 선생에게는 우연히도 맞는 말이었군요.

아무도 대답하지 않았다.

꼭두각시들

1

내 직업은 조종사다. 내가 조종하는 것은 비행기나 탈곡기 따위의 하찮은 것이 아니다. 나는 인간의 마음을 조종한다.

아주 처음부터 이야기를 시작하겠다. 아무래도 그래야 할 것 같다. 이 나라에 사는 대부분의 사람들처럼 당신도 진실에 대해서는 무지할 테니까.

15년 전, 축산청의 과학자들은 흥미진진한 기계를 하나 만들었다. 실용 감각이 전혀 없는 그 천재들이 만든 기계는 원거리에서 소의 뇌를 조종할 수 있었다. 아무런 부작용도 없었다. 심지어 소는 자기가 조종당하는 것도 몰랐다.

상부에서는 기가 찼다. 도대체 이걸 어디다 써먹을 것인가? 아마 소를 조종해서 밭을 갈게 할 수 있을 것이다. 프로그램만 제대로 짠다면 조종사가 밭에 나갈 필요도 없을 테지. 하지만(그렇다, 잘 지적했다) 도대체 누가 요새 소로 밭을 가는가?

축산청의 높은 양반들은 아무리 머리를 써도 기계를 어디에 처박아두어야 할지 알 수 없었다. 그들은 설계도에 분류 번호를 붙여 컴퓨터 하드에 저장하고 잊어버렸다.

하지만 그 기계의 발명가 중 한 명은 기계의 경제적 가치를 알고 있었다. 그리고 그 가치를 극대화시키려면 기계의 존재가 노출되지 않아야 한다는 것도 알았다. 한창 돈이 궁했던 그는 백업해둔 설계도 파일을 들고 정부의 어느 높은 사람을 찾아갔다.

그 높은 양반은 마침 심오한 정치철학적인 문제로 골치를 썩이던 중이었다. 그 문제는 대충 다음과 같이 요약할 수 있다. 1. 민주주의는 지금까지 발명된 정치 시스템 중 가장 비능률적인 것이다. 2. 어떻게 이 구닥다리 시스템의 허울을 유지하며 능률을 높일 수 있는가?

기계가 해답을 제공해주었다. 만약 그와 같이 현명한 사람이 사람들의 마음을 조종할 수 있다면 쓸데없는 당파 싸움과 감정 대결 없이 모든 일들을 훨씬 빠르고 효율적으로 진행시킬 수 있을 것이다.

기계는 그 높은 양반의 밑에서 인간용으로 업그레이드되었다. 대단한 작업은 아니었을 것이다. 인간과 소의 차이는 그렇게까지 크지 않다. 지난 11년간 내가 직장에서 배운 것이 있다면 바로 이것이다.

기계는 발명된 지 꼭 8개월 뒤부터 현장에 투입되었다. 가장 먼저 표적이 된 사람은 바로 이 나라의 대통령이었다. 아하, 이제 짐작이 가나 보군. 그가 뇌물 수수 혐의까지 받으면서도 헤르메스 미사일의 구입을 몰아붙인 건 기계 때문이었다.

대통령을 대상으로 한 실험이 성공하자, 기계는 순식간에 늘어났다. 국회의원, 장관, 시장, 그 밖의 덩치 큰 거물들…… 기계가 발명된 지 5년이 지나자 기계의 조종을 받지 않는 사람은 유명 인사 축에도 낄 수 없게 되었다.

이런 놀라운 성공은 혼자 힘으로 이룰 수 있는 것이 아니었다. 기계는 숨은 관료 체계를 만들었다. 높은 양반은 그의 꼭두각시들을 체스 말처럼 정교하게 움직이기 위해 수많은 똑똑한 부하의 도움을 받아야 한다. 그 똑똑한 양반들도 인간 체스를 하기 위해서는 현장 관리자들의 도움을 받아야 하고. 그리고 그 맨 밑에는 나 같은 조종사들이 있다.

정신 조종 팀의 조직도를 그려줄 수 없다. 기본 개념 이외에는 구체적으로 아는 것이 없기 때문이다. 조종사는 가장 중요한 사람이기 때문에 가장 엄격하게 다루어진다. 만약 중요한 인물을 조종하는 조종사들이 조금이라도 이상한 마음을 먹는다면 일은 아주 커지고 만다.

조종사들은 엄격한 심사를 통해 선발된다. 우선 입이 무거워야 한다. 전투기 조종사처럼 강철 같은 신경과 제어 능력도 필수적이다. 그러나 가장 중요한 것은 정치에 관심이 없어야 한다는 것이다. 조종사는 조종 자체에만 흥미를 느끼고 그 이외에는 관심도 두지 말아야 한다.

조종사들은 각자 철저하게 격리된다. 지난 11년 동안 조종사로 일해왔지만 나는 동료 조종사들에 대해 전혀 아는 게 없다. 내 조종실은 외무부 건물의 13층 구석에 있다. 그곳 사람들에게 나는 파견된 과학기술부 직원이다. 다른 조종사들도 이런 식으로 흩어져 숨어 있을 것이다.

나는 모범적인 조종사였다. 기계를 기가 막히게 잘 조종했고 그걸 통해 뭔가 독자적이고 정치적인 업적을 이룰 생각 따위는 하지도 않았다. 가끔 조종당하는 거물들을 이용해 경제적인 이득을 취하기도 했지만 그것 역시 일정 수준까지는 당연시되는 일이었다. 사실 이런 수입은 필수적이다. 조종사의 중요성에 비해 봉급은 하찮기 그지없기 때문이다. 그리고 비정상적으로 많은 봉급보다야 분명한 이유가 있는 가외 수입이 국세청 눈에도 더 그럴싸해 보이지 않겠는가?

생각해보면 지난 11년은 참 즐거웠다. 직장은 안정되어 있었고 굴러들어오는 돈은 많았으며 일은 재미있었다. 나는 행운아였다. 적어도 2주일 전까지는.

2

내 진짜 업무에 대해 아무것도 모르는 외무부 사람들도 내 사무실을 조종실이라고 부른다. 열두 개의 커다란 모니터와 수많은 기기로 가득한 내 방은 아무리 평범한 사무실로 위장하려고 애를 써도 우주선 조종실과 같은 외양을 완전히 숨길 수 없다.

정신 조종은 복잡한 작업이다. 대상이 점심 메뉴를 결정하게 돕는 것에도 우주선 하나를 궤도로 날릴 만큼의 계산이 필요하다. 상부의 누군가가 말했다지만 나와 같은 고급 조종사들은 매일 스타워즈를 치르는 셈이다.

지난 3년 동안, 나는 국방부의 장군 한 명을 조종하고 있었다. 그가 왜 그렇게 중요한 인물인지, 내가 일부를 담당하고 있는 체스 게임에서 그가 어떤 역할을 맡고 있는지 나는 모른다. 내가 아는 것은 매일 아침 배달되는 그의 공식 일정과, 그가 그날 느끼고 생각해야 할 자잘한 일들이다.

다른 사람의 정신을 조종한다고 해서 그의 마음을 읽을 수 있는 것은 아니다. 조종과 독심술은 아무 관계가 없다. 심지어 내가 그에게 심어준 생각이 어떤 것인지 모를 때도 있다. 그만큼이나 정신 조종은 복잡하고 보안이 철저하다. 내가, 내가 하는 일의 성격에 대해 깊이 생각하지 않는 것도 어느 정도는 그 복잡성과 관계가 있다.

그러다 2주일 전 모든 것이 바뀌었다.

그날은 수요일이었다. 장군은 그날 외무부를 방문하고 있었다. 지금까지 꼭두각시가 내 조종실이 있는 건물에 들어온 적은 없었으므로 나는 그때 꽤 흥분해 있었다. 나는 잠시 짬을 내어 그의 얼굴을 직접 보고 싶었다. 어차피 외무부에서는 내가 조종해야 할 만큼 중요한 일은 없었다. 그날 내가 맡은 일은 가끔 분리주의자들에 대한 그의 강박관념을 자극하는 것뿐이었는데, 그건 컴퓨터가 알아서 할 수 있는 일이었다.

점심시간이 되자, 나는 구내식당 구석에 앉아 그 높으신 양반이 유리로 막은 귀빈석에서 요리사가 특별히 만들어 내놓은 요리로 점심을 먹는 모습을 바라보았다. 구내식당은 언제나처럼 시끄러웠지만 그의 목소리는 가끔 들려왔다. 나는 포크로 지저분한 음식을 쿡쿡 찌르면서 그의 말에 귀를 기울였다.

그러다 그의 말 한마디가 내 귀를 자극했다. 그건 바로 조직도의 맨 끝에 앉아 우리에게 명령을 내리는 보스에 대한 이야기였다. 장군은 최근에 보스를 만났는데, 보스가 어떤 정치적 결단을 내릴 생각인 모양이었다.

그 정치적 결단이 구체적으로 무엇이었는지는 말해줄 수 없다. 하지만 이 점만은 이야기해줄 수 있다. 만약 보스가 정말로 그런 결단을 내릴 생각이라면 지난 10여 년 동안 그가 끌어왔던 정신 조종 팀은 필연적으로 축소될 수밖에 없었다.

그 가능성을 생각하자, 나는 얼어붙는 것 같았다. 만약 정말 정신 조종 팀이 축소된다면? 관리자들은 다른 일을 찾을 수 있을 것이다. 하지만 조종사들은 어떻게 될까? 나만 해도 할 줄 아는 일이 거의 없다. 나는 열아홉 살 때부터 정신 조종에만 모든 걸 바쳐왔다. 이력서에 낼 수도 없고 다른 직업과 연계도 되지 않는 이 말도 안 되는 일에 말이다.

더 심한 생각이 머리에 떠올랐다. 과연 보스는 조종사들을 살아서 돌아다니게 내버려둘까?

나는 먹던 음식을 탁자에 남겨두고 허겁지겁 내 조종실로 뛰어 올라갔다. 운에 모든 걸 기댈 수는 없었다. 일이 어떻게 돌아가는지 알아내야 했다.

내 최초의 월권 행위가 시작되었다. 이틀 동안 나는 필사적으로 국방성의 꼭두각시를 이용해 나와 관련된 자료를 찾아 돌아다녔다. 미래에 대비하기 위해선 명령 계통 구조를 알아내야 했다.

다행히도 꼭두각시는 훌륭한 도구였다. 적어도 공식적으로는 내 꼭두각시가 내 관리자보다 윗사람이었다. 그의 이름과 패스워드, 내 비밀 지식을 총동원한 결과 나는 이틀째 저녁, 내 관리자의 비밀 파일을 훔쳐낼 수 있었다.

조종사 명단에서 내 이름은 붉은색이었다. 잠재적 제거

대상.

나는 욕지거리를 퍼부으며 내 이름을 클릭했다. 도대체 11년 동안이나 일급 조종사로 봉사해온 나를 제거 가능 대상에 올려놓은 이유는 무엇인가? 나는 억울했고 화가 났으며 궁금했다.

파일의 대답은 이상했다. 나는 소리 내어 관리자가 쓴 보고서의 첫 줄을 읽었다. '간섭 대상일 가능성이 있음. 주의 요망.'

처음에는 무슨 뜻인지 알 수 없었다. 하지만 되풀이해 읽으면 읽을수록 이 짧은 문장의 의미는 분명해졌다.

식은땀으로 셔츠가 푹 젖었다. 관리자는 내가 누군가의 꼭두각시일지도 모른다고 의심하고 있었다.

3

내가 꼭두각시라고? 그렇다면 도대체 누가 나를 조종한단 말인가? 정신 조종 팀의 다른 조종사들 중 하나일까? 그 정도라면 관리자가 나를 제거 가능 대상까지 몰고 갔을 이유가 없다. 그렇다면 다른 누군가?

머리가 멍해졌다. 나는 지금까지 정신 조종 팀이 전 세계에 단 하나밖에 없다고 생각하고 있었다. 하지만 과연 그랬을까? 우리의 정보 보안이 그 정도로 완벽했을까? 만약 보안이 완벽했다고 하더라도 우리만 정신 조종기를 가지고 있으리라는 법은 없다. 우리가 정신 조종기를 만들었다면 다른 누구라도 만들 수 있다는 뜻이니까. 내가 모르는 사이에 세상은 정신 조종의 전쟁에 들어갔을지도 모른다.

너무나도 간단했다. 왜 내가 지금까지 이 간단한 가능성을 생각하지 못했지? 그것도 내가 정신 조종을 당했다는 증거일까?

나는 필사적으로 기억을 더듬으며 지금까지 내가 한 모든 행동들을 검토했다. 아내와 이혼한 일에서부터 어제 중국 식당에서 점심을 먹은 것까지 생각나는 것들 모두. 다 내가 한 일이었고 나의 생각이었다. 하지만 정신 조종의 가장 큰 장점은 꼭두각시가 외부 조종을 자기 생각으로 착각한다는 것 아닌가.

형편없이 줄어든 자긍심과 갑자기 부풀어 오른 편집증을 안고 나는 조종실을 나왔다. 세상이 전혀 다르게 보였다. 지금까지 내가 경멸해왔던 외무부 사람들도 전과 같지 않았다. 그들도 나와 같은 조종사를 외교전에 이용하고 있는 것이 아닐까? 과연 내가 외무부 건물에서 일하는 유일한 조종사일까?

다음 날 나는 출근하지 않았다. 조종은 이름도 얼굴도 모르는 내 보조 조종사에게 넘어갔다. 나는 이불을 뒤집어쓰고 누워서 생각하고 생각하고 또 생각했다. 수많은 가설이 떠올랐지만 아무것도 분명하지 않았다.

결국 다시 출근할 수밖에 없었다. 해답이 무엇이건, 내가 그걸 찾을 수 있는 유일한 방법은 내 조종실의 기기들을 이용하는 것뿐이었다.

그러나 일은 쉽게 진척되지 않았다. 무엇보다 나에 대한 확신이 없었다. 과연 내가 장군의 말을 엿들은 것도 우연일까? 내가 이렇게 명령 계통을 조사하고 음모설을 캐내는 것도 누군가의 조종 때문일 수 있었다. 사실 내가 하고 있는 일은 스파이 활동이나 다름없었다. 바로 이런 정보를 얻기 위해 적국이 나를 조종하는 것인지도 모른다.

생각은 끊임없이 빙글빙글 돌았다. 컴퓨터를 이용해 어떻게든 내 생각을 정리하려고도 해보았지만 소용없었다. 내 모든 행동들은 나름대로 논리가 서 있었다. 모두가 멀끔하기 그지없었다. 나 혼자의 힘으로 진상을 밝히는 것은 불가능했다. 그건 수많은 인과의 고리 속에서 필사적으로 자유의지를 찾아 헤맸던 옛 신학자들의 시도처럼 허망했다.

그날이 다 지나갈 무렵에서야 나는 결심했다. 누구의 생각이건 누구를 위한 일이건, 일단 진실부터 알아야겠다고.

4

다음 날부터 나는 바빠졌다. 조종의 대부분은 틈틈이 만들어놓은 자동 조종 프로그램한테 맡겼다. 적어도 며칠 동안은 들통날 리 없었다. 잘못된 계산이 쌓이고 쌓여 가시적인 문제가 발생할 때까지는 열흘 정도의 여유가 있었다.

나는 남은 시간과 기계들을 나를 조종하는 조종사를 찾는 작업에 사용했다. 역추적의 이론에 대해서는 나도 어느 정도 알고 있었다. 이걸 내가 알고 있는 기술적 지식과 결합하는 것이 문제였다.

관리자의 비밀 파일이 나에게 쓸 만한 정보를 제공해주었다. 그는 '간섭 가능성'에 대한 보고문에서 그 자신도 뜻을 모르는 몇몇 기술적인 용어를 언급했다. 나는 문헌을 뒤지고 모르는 건 물어가면서 대충 역추적 기계를 만들어갔다.

생각보다 어려운 작업은 아니었다. 역추적 기계는 재프로그래밍한 정신 조종기의 두번째 컴퓨터와 몇몇 초보적인 스파이 도구로 만들 수 있었다. 기계는 일요일 오전에 완성되었다.

월요일 아침, 나는 장군을 대상으로 역추적 기계를 실험해보았다. 두 시간 만에 내가 일하는 외무부 건물을 찾아냈다. 건물만 알면 조종실을 찾는 것은 시간문제다. 숨어 있기엔 워낙 복잡하고 큰 기계니까.

같은 방식으로 나는 나를 조종하는 조종사를 역추적해갔다. 오후 시간을 모두 할애한 끝에, 나는 버스로 다섯 정거장쯤 떨어진 곳에 있는 상가 건물을 찾아낼 수 있었다.

퇴근한 뒤, 나는 그 상가 건물을 찾아갔다. 스파이 도구를 이용해서 조종실을 찾아낼 수 있었다. 2층 243호였다. 실험 삼아 문손잡이를 돌려보았다. 문은 잠겨 있지 않았다. 나는 안으로 들어갔다.

방은 텅 비어 있었다. 하지만 불은 켜져 있었고 기계들은 여전히 부지런하게 돌아가고 있었다.

다른 사람의 조종실에 들어가본 것은 이번이 처음이었다. 모든 것이 낯설었다. 기계들은 전혀 다른 것이었고 배치도 달랐다. 그러나 안을 들여다보고 있노라니, 서서히 감이 잡히기 시작했다. 결국 조종 방식 자체는 같은 것이었다. 나뒹구는 파일들과 벽에 붙은 포스트잇 조각들, 사방에 뒹구는 노트들과 아직도 번뜩거리며 디지털 정보들을 보여주는 모니터를 통해, 나는 이곳이 나를 조종하는 조종실이라고 확신할 수 있었다.

등 뒤에서 헛기침 소리가 들렸다. 머리가 슬슬 벗어지기 시작한 작고 통통한 남자가 문가에 서서 나를 바라보고 있었다.

그는 나에게 의자를 권하고 자기도 옆에 놓인 탁자 위에 엉덩이를 걸치고 앉았다. 그리고 이야기를 시작했다.

그는 2년 전까지만 해도 공군 조종사였다. 지금 그가 하는 일과 비슷한 일이었다. 모니터가 달린 컴컴한 방에서 꼭두각시를 원격조종하는 일.

그러다 별생각 없이 동창회지에 쓴 짧은 글 때문에 그의 인생은 박살 나고 말았다. 정치 장교로 낙인찍혔던 것이다. 42분간의 군사 재판 끝에 그는 해임되었다.

실업자 신세였던 그에게 어떤 정치 집단이 접근해왔다. 그들은 정신 조종에 대해 알려주었고 조종사가 되겠냐고 물었다(내 생각이 맞았다. 정신 조종은 이제 거의 보편화된 기술이었다). 전혀 미래가 보이지 않던 그에게는 선택의 여지가 없었다.

나머지는 내 이야기와 비슷했다. 그는 우연한 기회에 자신이 간섭 대상일 수도 있다는 사실을 알았다. 단지 그는 역추적 기계를 만들 능력이 없었다. 그래서 11년 동안 몸으로 부딪혀가며 기계를 익혀온 나를 점찍었던 것이다. 내가 궁금증과 편집증으로 몸이 달았던 것이나, 역추적 기계에 시간을 빼앗긴 것이나, 모두 그의 조작이었다.

우리는 쉽게 의기투합했다. 처음에는 화도 났지만 기대했던 것만큼은 아니었다. 우리는 모두 꼭두각시였으며 조종사였다. 어떤 면에서 나는 그보다 더 우월했다. 적어도 나는 내 조종사에 대해 알고 있었으니까.

5

나머지 이야기를 어떻게 해야 할까? 나는 될 수 있는 한 심각하게 마무리 짓고 싶다. 심각할 수 없다면 최소한 어느 정도 긴장감이라도 주고 싶다.

우리의 이야기는 그럴 가치가 있다. 우리 존재의 의미를 묻는다는 점에서 그것은 철학적이었다. 궁극적인 제1원인을 찾아 올라간다는 점에서 그것은 종교적이었다. 우리가 너무 많이 알고 있고 그 때문에 목숨이 위태롭다는 점에서 그것은 히치콕적이었다.

그러나 이야기는 그렇게 아름답게 풀리지 않았다.

역추적기와 스파이 도구를 무기 삼아 우리를 조종하는 사람들의 긴 사슬을 따라 올라간 결과 우리가 알아낸 것이 무엇인지 아는가? 우리는 정신 조종 전쟁을 하고 있는 거의 모든 사람이 남의 조종을 받고 있다는 사실을 알았다. 우리가 올라가고 있던 것은 아름답게 한 줄로 이어진 계단이 아니었다. 그것은 천장 구석의 거미줄처럼 엉켜 있었다. 모두가 조종을 하고 있었고 모두가 조종을 받고 있었다. 어떤 사람은 세 칸 아래 사람까지 자유자재로 조종했고 어떤 사람은 자기가 하고 있는 것이 정신 조종 전쟁이라는 것도 모르고 있었다. 그러나 그들 모두 조종을 받고 있다는 점에서는 같았다. (생각해보면 내 역추적기가 대머리 동료를 그렇게 쉽

254

게 찾아낸 것도 순전히 운이 좋았기 때문이었다고밖에 할 수
없다. 하필이면 그때 나를 조종하는 사람이 그밖에 없었다는
뜻이었으니까.)

우리의 모험이 가장 어처구니없었던 때는, 나를 조종하
고 있던 긴 사슬이 내가 조종하고 있던 장군에 닿아 있다는
걸 알았을 때였다. 그 순진한 장군을 조종하는 동안 나 자신
역시 조종당하고 있었던 것이다.

그렇다면 그건 보스의 최종 계획인가? 역시 어리석은 생
각이었다. 보스는 13년 동안이나 수많은 사람의 꼭두각시
였다. 그가 제정신으로 정신 조종의 전쟁을 이끈 시기는 겨
우 2년에 불과했다.

제1원인은 없었다. 정신 조종 전쟁은 순수한 난장판이었
다. 모두의 의지가 모두의 행동과 생각 속에 얽혀 있었다.
그러면서도 우리는 의심도 하지 않았다. 모두가 정신 조종
기를 통해 상대방의 불신을 지우고 있었으니까. 나와 내 몇
몇 동료가 의심을 하기 시작한 것도 순전히 사고에 불과했
다. 아마 어떤 게으른 조종사가 자가 프로그램을 돌리며 농
땡이를 치다가 계산 착오를 일으켰던 것이리라.

긴장감은 사라졌다. 심각함도 함께 사라졌다. 나와 내 대
머리 동료는 맥이 탁 풀린 채 맥주병을 앞에 늘어놓고 우리
의 미래에 대해 생각했다. 이제 어떻게 할 것인가?

모든 것을 폭로하자는 것이 나의 생각이었다(아니면 나

를 조종하는 조종사들을 조종하는 조종사들을 조종하는 조종사들의 생각이었을 것이다). 대머리 동료는 그냥 잊고 계속 살아가자고 주장했다. 그는 이런 난장판에서 누군가를 조종한다거나 조종받는다고 믿는 것은 무의미하다고 생각했다(아니면 그것 역시 그를 조종하는 조종사들을 조종하는 조종사들을 조종하는 조종사들의 생각이었을 것이다). 우리는 자유의지의 정의에 대한 별로 생산적이지 못한 대화를 나누고 헤어졌다. 그게 바로 두 시간 전의 일이다.

이 글을 어떻게 할 것인지는 나도 모르겠다. 신문에 발표할 수도 있고 일기처럼 품에 안고 죽을 수도 있다. 어느 쪽이 내 생각일까? 과연 내 생각이라는 것이 있기는 할까? 이 글을 쓰는 것이 과연 나이기나 할까? 나는 모른다. 알고 싶은 생각도 없으며 알아낸다고 하더라도 별것은 아니리라.

지금 심정을 말해볼까? 나는 그냥 이 자리에 앉아 내 몸이나 보전했으면 한다. 그리고 그건 어렵지 않다. 나 역시 이제 아무런 양심의 가책 없이 보스를 조종할 수 있으니까.

그게 내 생각이건 내가 아닌 누군가의 생각이건 상관없다. 요새 같은 불경기에 조종사처럼 좋은 직업을 얻기는 쉽지 않다. 그건 어떤 정신 조종으로도 조종할 수 없는 분명한 진리이다.

그 남자는 키가 작고 지저분했다. 구두는 갈라져서 틈이 보였고 바지에는 진흙이 묻어 있었다. 그는 턱끝에 엉성하게 자란 수염을 문지르며 카페 안을 돌아보다가 나와 눈이 마주쳤다.

"이영수 선생님입니까?"

그가 정중히 물었다.

나는 얼굴을 찌푸리고 그의 얼굴을 노려보았다. 나는 사람 얼굴 기억하는 데에는 영 재능이 없어서 누군가 나에게 알은척을 하면 대충 적당히 알은척해주는 수밖에 없다. 그러나 이번에는 사정이 좀 다른 것 같다. 내가 얼굴을 기억 못 하는 그 정체불명의 사람들은 "영수 아냐?"라든가 "영수 맞지?"로 말을 열지, "이영수 선생님입니까?" 하고 정중하게 묻거나 하지 않는다. 그리고 웬 '선생님?' 갑자기 20년은 늙어버린 기분이었다.

"맞는데요."

나는 그 사람이 도대체 내가 여기에 있는 걸 어떻게 알았는지 알아내려고 해보았지만 소용없었다. 나는 언제나처럼 노트북을 들고 종로 시내를 방황하다가 눈에 들어오는 아무 카페에 들어가 이 구석에 자리를 잡았던 것이다. 물론 언제나처럼 한 줄도 쓰지 못했다.

그 남자는 내 대답을 듣고 누런 이를 드러내며 히히 웃더니 내 허락도 받지 않고 맞은편 자리에 턱 하고 앉았다.

"여기 오실 줄 알았습니다. 제 기억력은 요새 꽤 좋아졌거든요."

나는 대답하지 않았다. 머릿속으로 '댁은 누구신데 이러시는 건가요'에 해당하는 보다 완곡한 표현을 찾고 있었다. 그런데 그가 대답을 먼저 해버렸다.

"제 이름은 중요하지 않습니다. 전 할 말이 있어서 왔습니다. 이것은 선생님에게도 아주 유익한 일입니다. 시간도 그렇게 많이 빼앗지는 않을 겁니다. 30분만 지나면 전 갑니다. 더 빨리 끝날지도 모릅니다."

"무슨 일인데요?"

나는 멍청한 목소리로 물었다.

"얼마 전에 쓰신 글들을 읽었습니다."

그는 말했다(아무리 생각해도 대답은 아니었다).

"영화 칼럼요?"

"아닙니다. 소설들 말입니다. 잡지에 실린. 그런데 거긴 인간에 대한 이야기가 전혀 없더군요. 마치 아시모프 소설을 읽는 것 같았습니다."

"미안하군요."

내 목소리는 꽤 퉁명스럽게 들렸을 것이다.

"아닙니다. 사실 그것 때문에 온 것입니다. 그걸 읽고 제 이야기를 들어줄 사람이 선생님밖에 없다는 사실을 안 겁니다. 전 그런 글을 쓰는 사람이 필요하거든요."

나는 노트북을 덮으려다 말았다. 그가 무슨 이야기를 하려고 하는지는 몰라도 적어도 앞으로 30분을 텅 빈 노트북 화면을 노려보는 것보다는 나았다. 누가 알겠는가. 쓸 만한 이야기 소재를 제공해줄지.

"가끔 저는 아주 많은 것을 기억합니다."

그가 입을 열었다.

"보통 때 제 기억력은 다른 사람과 별다를 바가 없습니다. 하지만 가끔 전혀 다른 종류의 기억이 되살아납니다. 그건 마치 영화처럼 선명하고 또렷합니다. 저는 제가 초등학교 때 처음 싸 들고 갔던 도시락의 반찬이 무엇이었는지 기억합니다. 중학교 1학년 때 미술 선생의 코에 난 여드름이 어떻게 생겼는지도 기억합니다. 보려고 노력만 하면 지금 당장 눈앞에 떠오르지요."

"부럽네요. 저는 제가 어제 무슨 약속을 했는지도 수첩 없이는 기억하지 못하거든요."

그는 내 참견을 무시하고 계속 말을 이었다.

"문제는 제가 기억할 이유가 없는 것까지 기억한다는 것입니다. 어렸을 때의 일을 아주 잘 기억하는 것은 있을 수 있는 일입니다. 그 형태가 일반 기억과 다를 수도 있겠지요. 하지만 왜 저는 다른 사람들에게 일어난 일들까지 기억하는 것일까요? 저는 워털루전투 때 일들도 기억합니다. 갑오개혁 때 무슨 일이 일어났는지도 말해줄 수 있습니다. 소크라테스가 사형선고를 받았을 때도 생생하게 기억납니다. 기왕 말이 났으니 하는 말이지만 플라톤의 책은 완전히 엉터리입니다."

"그러니까 전생을 기억하시는 거군요, 그렇죠?"

"처음에는 그렇다고 생각했습니다. 전생을 기억하는 사람은 많지 않습니까? 제가 유달리 많이 기억하는 것일 수도 있습니다.

그러나 그것이 전생의 기억이라면 1812년 전쟁의 기억이 러시아 쪽이나 프랑스 쪽, 한쪽에만 남아 있어야지 양쪽이 다 남아 있지는 않을 겁니다. 그런데 전 양쪽 입장을 다 기억하거든요?

더 곤란한 것은 제가 기억하는 것이 과거나 현대만이 아니라는 겁니다. 저는 미래도 기억합니다. 그리고 특정 시대와 관련되지 않은 순수한 지식도 많이 기억합니다. 예를 들어 저는 이 카페의 여자 화장실이 어떻게 생겼는지 아주 자세하게 설명할 수 있습니다. 하지만 저는 어떤 이유로건 여기 여자 화장실에 간 적이 없습니다.

그것 말고도 많은 것이 기억납니다. 저 구석에서 카푸치노를 마시고 있는 키 큰 여자 보이지요? 저 사람은 꿈나무기획의 수석 디자이너입니다. 어제 임신했다는 사실을 알았지만 아직 미혼입니다. 창문 너머를 보세요. 저기 막 지하철역에서 나오는 노인이 보입니까? 지팡이 짚은 사람 말입니다. 저 사람은 몇 년 전까지 현암대학의 물리학 교수였습니다. 최근 들어 치매 증상으로 고생하고 있지요. 저 사람은 한 시간 전에 딸네 집에 가려고 집을 나섰습니다. 그런데 지금 어디로 가야 하는지 잊어버리고 그냥 방황하고 있는 겁니다."

"비극이네요."

"하지만 그걸 입증할 수는 없습니다. 저 사람들에 대한 제 말들이 사실이라는 사실을 입증할 수는 없지요. 물론 다짜고짜 저 사람에게 가서 임신했냐고 물어볼 수도 있습니다. 하지만 그건 뭐랄까, 예의에 어긋나는 일입니다. 그러나 이야기를 잇기 위해 나는 내 이야기를 어떻게든 증명해야 합니다. 이렇게 하면 어떨까요? 저는 선생에 대해 꽤 많은 것을 알고 있습니다. 그리고 몇 가지는 개인적인 것입니다. 그러니 이것 중 몇 개를 밝히면 어느 정도 도움이 되겠지요?"

"예를 들어서요?"

"우선 선생은「피아노」에 나온 그 어린 배우 애나 패퀸의 팬입니다."

"아하, 그건 비밀도 아니네요. 전 그 애 홈페이지까지 열고 있다구요!"

"그러나 어떻게 그 홈페이지가 오늘 업데이트될 예정이라는 것까지 제가 알 수 있겠습니까? 저는 오늘 저녁에 추가될 정보들이 무엇인지도 알고 있습니다. 오늘 저녁에는「아미스타드」라는 영화의 인터넷 무비 데이터베이스 자료 링크와 저번 주『엔터테인먼트 위클리』에서 가져온 기사가 올라갈 겁니다. 이미 HTML 파일 작성을 끝내놓으셨을 테니 그걸 보여줘서 제 자만심을 충족시켜주시지 않으시겠습니까?"

나는 파일을 열고 그가 원하는 대로 해주었다.

"가장 증명하기 쉬운 것을 골라낸 것뿐입니다."

그는 의기양양하게 말했다.

"저는 더 많은 것도 알고 있습니다. 선생이 음악회에는 가지 않지만 무용 공연은 자주 간다는 것을 알고 있습니다. 다른 사람들에게 말하지 않을 뿐이지 선생은 레오나르도 다 빈치보다 빌 워터슨이 더 위대한 예술가라고 생각합니다. 알프레드 히치콕의「새」와 피터 잭슨의「헤븐리 크리처스」에 이유 없이 집착하고 있고 어제 뒷굽이 떨어져 나간 구두를 수리하기 위해 순간접착제를 살 예정입니다. 팀 로스를 좋아하지만 「포 룸」에서 그가 보여준 연기는 개떡 같다고 생각합니다. 책상 두번째 서랍에는 어제 받은 향수 샘플이 들어 있습니다. 또 있습니다. 리즈 틸버리스가 편집자로 들어온 이후의 『하퍼스 바자』 과월호를 모으고 있으며 실비 길렘을 좋아하지만 가지고 있는 LD는 지겨운 누레예프가 안무한 「신데렐라」뿐입니다. 말이 나왔으니 하는 말인데 제가 몇 개 더 가지고 있습니다. 나중에 복사해 보내드리죠. 어디까지 했던가요…… 아, 맞아, 얼마 전에 곰인형을 빨다가……"

나는 손을 휘저어서 그의 말을 막았다.

"좋아요. 충분해요."

"입증된 겁니까?"

"대체로요. 길렘 것은 케이블 텔레비전에서 녹화한 것이 하나 더 있어요. 하지만 세상에 완벽한 사람이 어디 있겠어요. 잘했어요."

"뭘 잘했단 말입니까?"

"글쎄요. 독심술인가요? 사람 마음을 읽은 거예요?"

그는 고개를 저었다.

"저는 그런 건 못 합니다. 전 단지 기억하고 있을 뿐입니다. 제 기억은 뒤죽박죽입니다. 어떤 것들은 꽤 자세하게 기억하고 어떤 것은 엉망입니다. 가끔 편두통을 앓는데 그럴 때마다 새로운 기억들이 튀어나옵니다. 사실 지금도 편두통 때문에 고생하는 중입니다."

나는 잠시 생각하다 물었다.

"왜 기억이라고 말하지요? 전 아저씨 같은 재능을 가진 사람들은 모르지만 이럴 경우에는 보통 '기억'이라는 말 말고 다른 걸 쓸 텐데요."

"어떤 표현 말입니까?"

"'저절로 알게 된다'거나 '가끔 머릿속에 전에는 모르던 신비스러운 지식들이 쏟아진다'는 어때요?"

"하지만 저는 '기억합니다'. 그것들은 제가 원래부터 알고 있던 것들입니다. 잊고 있던 것들을 다시 깨닫는 겁니다."

"하지만 말이 안 되잖아요. 예를 들어 아저씨는 제가 순간접착제를 살 거라고 말했죠. 하지만 전 아직 사지 않았어요. 그러니 아저씨가 제 간단한 계획을 알 수 있는 방법은 두 가지밖에 없어요. 지금 제 마음을 읽었거나 아니면 노스트라다무스처럼 제 미래를 보는 거죠. 그리고 그 둘은 모두 기억에서 나오는 게 아니에요. 모두 새로운 지식이니까요. '미래'를 기억한다는 말은 패러독스에 불과해요."

"패러독스건 아니건 저는 그런 지식들은 '예전부터' 알고 있었습니다. 한참 동안 열쇠를 찾다가 '아, 그건 선반 위 개구리 항아리 속에 들어 있었지' 하고 깨달았던 적이 있었지요? 같은 느낌입니다. 그게 '기억'을 되살리는 거지 뭡니까?"

266

나는 고개를 끄덕였다. 내가 어제 겪은 일이었다.

"그래서 저는 고민했습니다."

그는 말을 이었다.

"제 신비스러운 능력을 어떻게 설명해야 할까 하고 말입니다. 전 설명되지 않으면 고민합니다. 제가 그 해답을 이미 기억하고 있을지도 모르니까 더 고민되는 겁니다. 하지만 제 능력에 대한 지식을 떠올릴 수는 없었습니다. 어쩔 수 없이 제 상상력과 추리력을 동원할 수밖에 없었지요. 정말 고민 많이 했습니다."

"저 같으면 그런 걸로 고민하느니 보다 생산적인 일로 신경을 돌리겠네요. 예를 들어 실온 핵융합에 대한 지식 같은 걸 되살리면 떼돈 버는 건 시간문제가 아니겠어요?"

그의 반문은 사뭇 엉뚱했다.

"왜 애나 패퀸 페이지를 만들지 않습니까?"

"무슨 소리예요? 이미 제가 만들었잖아요!"

"같은 이유로 저는 그런 일을 하지 않습니다."

설명을 기다렸지만 그는 자기 이야기를 계속했다.

"저는 전생 가설을 버리기가 싫었습니다. 그래서 가설을 수정했습니다. 예를 들어서 제가 수많은 전생을 기억하는데 그들 중 몇 명이 노스트라다무스나 그와 비슷한 능력을 가진 예언자였다면 어떻습니까? 과거에 저는 미래를 알았고, 그 미래를 아는 과거의 제가 가졌던 지식을 기억하는 겁니다. 그렇다면 동시에 일어난 사건을 여러 입장에서 관찰 가능했던 것도 설명됩니다. 보다 오래된 과거에서 그때는 미래였던 그 사건들을 다양한 각도에서 다양한 사람들의 눈으로 볼 수도 있었을 테니까요. 어떻습니까, 괜찮죠?"

"영리하네요. 그런데 정말 그런 예언자에 대한 기억이 있나요?"

"유감스럽게도 없군요."

"그렇다면 그걸 어떻게 설명하시겠어요?"

"제가 저의 여러 전생이 아니라 단 한 차례의 전생만을 기억하기 때문이라고 생각할 수 있습니다. 그리고 그 전생의 저는 아주 위대한 예언자여서 미래의 모든 것들을 상세하게 알고 있었습니다. 그 사람은 예언할 때마다 완전히 미래의 다른 사람들 인격에 몰두했습니다. 그러니 그 사람의 예언에 대한 기억들이 모두 일인칭인 겁니다."

"하지만 그래도 그 예언자는 기억해야 하잖아요. 예언자가 한 명이건 여러 명이건, 만약에 아저씨가 과거의 아저씨가 했던 예언을 기억하는 것이라면 아저씨 미래나 현대에 대한 지식은 그 사람을 거쳐야 하죠. 아저씨는 미래를 예언하는 과거의 인물을 기억해야 하지, 그 사람이 예언한 미래만을 기억할 수는 없어요. 아저씨가 그걸 기억 못 한다면 그 가설은 잘못된 거예요."

"제 기억들은 단편적입니다. 이미 그 사람의 기억을 가지고 있는데 예언자와 연결하지 못하는 것일 수도 있습니다. 그리고 그의 집중이 너무 뛰어나 예언하는 일만이 그 사람 의식 행위의 전부였을 수도 있습니다. 문제는 다른 것입니다. 그게 아주 위대한 예언자의 예언들을 다시 기억하는 것이라면 왜 저는 제 미래를 기억 못 하는 걸까요."

"옛말에도 있듯이 중이 자기 머리를 못 깎고 점쟁이도……"

"아니, 그것보다는 좀더 복잡합니다. 저는 제 미래를 어느 정도 알고 있습니다. 하지만 전부 저를 기억하는 다른 사람들의 기억을 통해서 볼 수 있을 뿐입니다. 저는 제 자신의 눈으로 제 미래를 볼 수 없습니다. 이건 정말 문제입니다."

"그 예언자가 모든 것들을 다 볼 수 있었던 것은 아니겠죠. 그 사람이 므두셀라처럼 오래 살았다고 하더라도 지금까지 태어나고 앞으로도 태어날 모든 사람의 삶을 모조리 알고 있을 리는 없잖아요. 우연히 아저씨를 빼먹었나 보죠."

"하지만 그가 저를 빼먹었다면 어떻게 제가 제 과거를 기억할 수 있겠습니까? 저는 다른 사람들의 생을 기억할 때와 같은, 그 특별한 영화 같은 기억으로 제 과거를 기억합니다. 그렇다면 그 사람은 제 과거만 기억하고 미래는 기억하지 않는단 말입니까? 말이 안 됩니다."

"꼭 말이 안 된다고 할 수는 없어요. 살아가면서 흐릿한 기억을 계속 되살리는 것인지도 모르잖아요. 하지만 그것보다 전 그 예언자 아이디어가 불만이군요. 기계장치의 신

끝

을 하늘에서 뚝 떨어뜨리는 것 같아요. 모든 것을 다 아는 사람이 있었다. 끝. 여기서 끝낼 게 아니라 조금 더 나가야 하지 않겠어요? 그럼 그 예언자는 어떻게 미래와 과거를 볼 수 있었을까요? 그 사람도 아저씨처럼 전생을 읽었을까요? 그럼 그 전생의 사람은 어떻게 미래를 읽었을까요?"

"계속 그런 식으로 나간다면 이 세계의 창조자인 신으로 귀결시킬 수 있지요."

"여긴 성당이 아닙니다."

"맞습니다. 더 나아가야 마땅하지요. 저는 제 자신을 예언자로 인정합니다. 그렇다면 과거의 예언자 또는 예언자들도 저와 같은 방법으로 예언했을 수 있고 아마 그랬겠지요. 이건 매우 타당한 추측입니다."

"이건 어때요? 클라크의 「유년기의 종말」에서처럼 모든 인간은 하나의 기저로 단단하게 연결되어 있는 거죠. 그 의식의 기저에서는 미래와 과거의 구별도 없기 때문에 그 기저에 연결되면 인간 역사에 대한 모든 지식을 얻을 수 있죠."

"나쁘지 않군요. 하지만 제가 기억하는 모든 특별한 기억이 다 같은 종류의 것들은 아닙니다. 과거건 미래건 거의 절반 정도의 기억이 '간접적'입니다. 나머지 절반의 기억은 정말로 영화와 같습니다. 마음만 먹으면 영화를 보는 것처럼 그대로 눈앞에서 재생할 수 있지요. 그러나 간접적인 기억들은 선명하기는 하지만 어떻게든 정리된 문장을 통하지

270

않으면 되살릴 수 없습니다. 뭐랄까…… 사진 앨범과 함께 오래전에 쓴 자기 일기를 읽는 것 같습니다. 그런 사건들은 문장으로 먼저 기억나고 그다음에 시각화됩니다. 시각화되더라도 대부분 첫번째 기억보다는 단편적입니다. 물론 기억을 되살리려고 노력하면 좀더 나아지지만 말입니다. 그러나 그럴 경우 제 노력에 의해 기억이 조작될 가능성도 생각해야 합니다. 보통 기억처럼 단순히 흐릿한 게 아니고 성격이 분명해서 저는 이런 기억들에 정리된 기억이라는 이름을 붙여서 따로 분류했습니다.

이것들에 대해 조금 더 구체적으로 연구할 필요가 있었습니다. 저는 2년 동안 정말 고생고생하며 그것들을 구체화시켰습니다. 그러나 저는 한 가지 새로운 사실을 알아냈습니다."

"무엇인데요?"

"제 기억들이 서로 연결이 되어 있다는 것이었습니다. 예를 들어 내가 1812년에 죽은 프랑스 병사의 기억을 가지고 있다고 합시다. 그건 곧 1812년에 태어난 한 중국 여자에 대한 기억으로 이어집니다. 이 둘은 자연스럽게 연결이 되어 있습니다. 마치 옴니버스 영화를 보는 것 같습니다."

"다시 전생 이야기로 돌아오네요."

"맞습니다. 그러나 여기엔 이상한 점이 두 가지 있었습니다."

"그것들은 또 뭔데요?"

"순서입니다. 그게 우리가 생각하는 전생에 대한 기억이라면 앞에서 예로 든 프랑스 병사와 중국 여자처럼 늘 죽음과 탄생이 연결되어야 합니다. 하지만 그렇지가 않습니다!"

"간격이 있나요?"

"그보다 더 부조리합니다. 종종 어떤 사람의 죽음은 같은 날에 죽은 다른 사람의 죽음과 연결됩니다. 반대로 어떤 사람의 탄생은 같은 날에 태어난 다른 사람의 탄생과 연결되는 경우도 있습니다. 이들이 연결되어 있는 건 확실합니다. 전 그 전생들을 마흔두 개나 연결한 적이 있습니다. 그건 과거와 미래를 오락가락하며 지그재그 모양을 취했습니다. 이런 게 전생인가요?"

"아니겠지요."

"하지만 전생입니다. 저는 그것들이 모두 제 전생이라고 주장합니다. 결국 이 모든 것들을 설명할 수 있는 가설을 하나 만들었거든요."

그는 주머니 속에서 지저분한 수첩을 하나 꺼내서 펼쳐 보였다.

"여기 그 마흔두 개의 전생을 그린 그래프가 있습니다. 뭔가 특이한 점이 있지 않습니까?"

"선이 꺾일 때마다 영화 같은 선명한 기억과 간접적인 기억이 바뀌는군요."

"맞습니다. 그렇다면 간접적인 기억이 이런 반복과 무슨 관계가 있음이 분명합니다. 그렇다면 왜 그 기억이 간접적일까요? 저는 그것이 시간과 관련되어 있다고 생각했습니다. 그 간접적인 기억은 모두 시간과 역행하는 기억들입니다. 실제로 그 기억은 뒤로 돌리는 영화 필름처럼 거꾸로 되어 있습니다. 그 생을 살던 저 역시 거꾸로 살면서 그 삶을 똑바로 기억하고 있었겠지요. 하지만 그 기억들은 똑바로 살고 있는 현재 저 자신의 의식에 그대로 투영될 수 없습니다. 따라서 거꾸로 살던 제 전생의 의식과 해석을 한번 거치는 것 이외에는 제 기억에 편입될 수 있는 다른 방법이 없는 겁니다.

이제 아시겠지요? 제 의식은 긴 테이프나 끈과 같습니다. 그리고 그 테이프가 시간 속에 얽혀 있는 겁니다. 테이프는 과거로도 미래로도 뻗어 있을 수 있지만 제 의식은 단지 과거에서 미래의 방향으로만 흘러갑니다. 그러므로 제 전생을 저 자신의 시점에서 전체적으로 인식하는 저 자신에게는 방향성이 혼란스러울 수밖에 없습니다."

"그러니까……"

"맞습니다. 제가 선생의 사적인 일을 기억할 수 있는 것은 순전히 제가 전생에 선생이었기 때문입니다."

"그럼 아까 지나간 건망증에 걸린 교수도요?"

"저 임신한 디자이너도 접니다. 덧붙여 말하자면 저 사람이 임신한 아기도 저죠."

"프랑스 병사도?"

"저는 예전에 나폴레옹이기도 했습니다."

"아돌프 히틀러도요?"

"아, 그건 아주 오래전 전생이었습니다. 아마 몇억 년 전이었을 겁니다."

"그레타 가르보는? 애나 패퀸은?"

"가르보는 기억납니다만 패퀸은 기억 안 나는군요. 나중에 그 아가씨를 만나게 되거든 전생에 저였던 기억이 있느냐고 물어보십시오. 혹시 압니까? 제 다음 생일지 말입니다."

"노스트라다무스는 어때요?"

"그게 골치 아픈 점입니다. 아까도 말했지만 저는 어떤 예언자도 기억하지 못합니다. 따라서 그들이 원래부터 제가 아니거나 아니면 제 다음 생의 사람들이라고 생각할 수밖에 없습니다.

저는 후자라고 생각합니다. 그 이론이 더 단순하고 아름답기 때문입니다. 그리고 그들의 능력을 설명하는 데에도 편리하기 때문이지요.

아시겠습니까? 이 지구상에 살았던 사람들과 지금 살고 있는 사람들 또 앞으로 살고 있는 사람들은 모두 저 하나입니다. 그들은 제 전생이거나 다음 생입니다. 시간의 얽힘 때문에 동시에 같은 장소에 존재할 수 있을 뿐이지요. 지구 역사는 원맨쇼에 불과합니다. 전 지금 선생과 대화를 하고 있는 것처럼 보이지만 사실 시간을 넘어선 독백을 하고 있는 것입니다. 아까 왜, 실온 핵융합으로 떼돈을 벌지 않느냐고 물었지요? 저는 그럴 필요가 없습니다. 이미 제 미래의 전생에서 그렇게 했기 때문입니다. 이미 한 일을 또 할 필요는 없겠지요?

이런 생각을 한 사람이 저뿐만 아니라는 것은 알 겁니다. 파인먼Richard Phillips Feynman과 윌러John Wheeler가 비슷한 아이디어를 오래전에 고안한 적 있지요. 전자와 양전자가 충돌하면 감마선을 내고 사라집니다. 하지만 그들은 그 두 입자가 같은 입자일 수도 있다고 보았습니다. 전자는 사라지는 게 아니라 그 충돌 시간부터 시간을 역행해 미래에서 과거로 움직이는 것이고 그게 우리가 보는 양전자라고요."

"하지만 양전자보다 전자가 훨씬 많잖아요. 그건 그 사람들도 알고 있었던 사실이라고요."

"그러나 제 경우 기억들은 정확히 반반씩입니다. 그러니 그 아이디어는 제 상황에 훨씬 더 잘 맞지요."

나는 곰곰이 생각했다. 그리고 반론을 하나 생각했다.

"인과율은요?"

"제 가설이 인과율과 모순이 됩니까?"

"글쎄요. 열역학적 시간은? 엔트로……"

"거기에 대해서는 이야기하지 말기로 하죠. 솔직히 말해 물리학에 대해 잘 알지도 못하지 않습니까. 제가 적당히 거짓말을 하면 반박할 수 있겠습니까?"

"좋아요. 그건 건너뛰죠. 하지만 아저씨는 인과율을 깨뜨릴 수 있어요. 소립자와는 달리 미래를 기억하고 있으니까요. 아저씨는 저와 아저씨가 미래에 만난다는 것을 기억하고 있었어요. 처음에는 생각이 안 났겠지만 저와 만나기 전에는 이미 상세한 기억을 되살렸을 거예요. 그렇다면 아저씨에게는 앞으로 일어날 일을 일어나지 않게 할 수 있는 능력이 있었어요. 단지 저와 이야기를 하지 않으면 되었으니까요. 제 타임머신 소설들에서는 이런 모순을 대부분 평행우주로 해결하지만 이 경우는 절대로 안 돼요. 아저씨의 긴 윤회선은 결국 단선이니까요. 이 점은 어떻게 설명할 거예요?"

"간단합니다. 저는 그런 짓을 하지 않습니다."

"하지만 할 수도 있잖아요."

"할 수 없습니다."

"왜요?"

"자연이 그것을 금지하기 때문입니다. 제 의지가 그런 일을 하는 것을 막습니다."

"그렇다면 저한테 미래에 일어날 일을 가르쳐주는 건 어때요? 제가 바꾸어볼게요."

"그것 역시 간접적으로나마 미래를 바꾸는 일이므로 저는 그런 일을 하지 않습니다."

"도대체 왜 안 하시는 건데요? 시도도 안 해보았어요?"

"물론 시도는 해보았습니다. 그러나 결국 제가 할 수 없다는 것을 알았습니다. 이건 뭐랄까, 선생이 개고기를 먹지 않는 것과 같습니다. 혐오감이 느껴집니다. 지금 제가 손가락 두 개만으로 이 설탕병을 집고 있지요? 이것 역시 제가, 그러니까 선생이 기억하는 대로 하고 있는 것입니다. 얼핏 보기에 제가 손가락을 세 개 또는 네 개도 쓸 수 있을 것처럼 보입니다. 그러나 그런 행동을 하려고 할 때마다 제 행동은 강한 제약을 받습니다. 제가 아무런 생각도 하지 않고 그냥 자연스럽게 행동할 때 제 행동은 제가 타인을 통해 기억하는 미래의 행동과 똑같습니다. 의식적으로 위반하려고 노력할 때도 마찬가지지요. 단지 정신적인 또는 육체적인 고통을 겪을 뿐입니다. 그렇다면 편하게 사는 것이 낫지요. 저는 더 이상 시간과 인과율을 가지고 장난치지 않기로 결심했습니다. 생각해보면 제가 바로 그런 사람이기 때문에 그렇게 많이 기억하는 것일지도 모릅니다. 그리고 제가 기억하는 것들도 제가 어떻게 참견할 수 없는 것들뿐일지 모르지요. 그렇게 생각하지 않습니까?"

나는 머리를 쥐어짜며 어떻게 반박해볼 방법이 없을까 열심히 생각했다. 난 타임머신 이야기를 꽤 여러 번 써서 이런 이슈에는 익숙한 편이었지만 갑작스럽게 이야기하려고 하니 생각이 나지 않았다. 나는 결국 포기했다.

끝

"흠, 좋아요. 적어도 지금까지는 별 무리가 없어 보이네요. 물론 무리가 없다고 그것이 진실이라고 할 수는 없지만 비교적 설득력도 있고 그럴싸하군요. 그런데 왜 저를 찾아오셨나요? 칭찬 들으려고 오신 건 아닐 테고."

"왜 아닙니까? 전 칭찬을 듣고 싶습니다. 얼마나 공들여 생각한 건데요. 그리고 생각해보십시오. 이런 생각을 해냈다고 절 칭찬해줄 사람이 이 나라에 몇이나 될 거라고 생각합니까?

하지만 저에겐 보다 중요한 이유가 있습니다. 그건 바로 제 미래에 대한 것입니다. 다시 말하자면 인류의 미래지요."

"미래는 이미 정해져 있다면서요?"

"단선적인 집단 역사는 이미 정해져 있습니다. 저로서는 어쩔 수가 없습니다. 워털루전투에서 나폴레옹을 이기게 할 수도 없고 의화단의 난도 막을 수 없으며 남북한 통일군에게 학살당한 2,500명의 인도네시아인을 다시 살려낼 수도 없습니다. 화성 식민지의 독립도, 일본 침몰도 마찬가지지요.

과거를 바꿀 수는 없습니다. 하지만 저한테는 아직 살지 않은, 그러니까 정해지지 않은 미래가 있습니다. 내세에서 저는 다른 사람들로 태어날 테니까요."

"정해지지 않았다니 무슨 소리예요? 이봐요. 아저씨는 아직 애나 패퀸이 된 적이 없죠? 하지만 그 애는 벌써 「피아노」를 찍었고 아카데미상을 받았어요. 아저씨가 그 애가 되어서 연기를 하기 훨씬 전에 이미 일은 정해졌다고요. 그렇다면 자유의지를 행사할 부분이 어디에 있나요?"

그는 코에 주름을 잡았다.

"비유를 사용해도 되겠습니까?"

"원하신다면."

"좋습니다. 이렇게 말해보기로 하죠. 저는 화가입니다. 제 앞에는 텅 빈 캔버스가 하나 앞에 놓여 있습니다. 저는 여기다 물감으로 그림을 하나 그릴 겁니다. 하지만 여기엔 규칙이 있습니다. 그림을 고칠 수도 없으며 이미 물감을 칠한 곳에다 덧칠을 할 수도 없습니다.

처음에 제 붓 터치는 아주 자유로울 겁니다. 거리낌 없이 제 의지대로 캔버스를 칠하겠지요. 그러나 하얀 부분이 줄어들면 줄어들수록 터치는 점점 더 조심스러워지고 나머지 작업들은 제가 전에 거침없이 휘둘렀던 자유의지의 결과에 예속될 겁니다. 그리고 마침내 빈자리가 하나도 남지 않았을 때, 땡! 그림은 완성되는 거지요."

"그러니까 아저씨는 지금 멋대로 과거와 미래를 오가면서 그림을 그리고 있단 말이죠? 저는 이미 아저씨가 그려버린 부분이구요?"

"그렇습니다. 그리고 그 뉴질랜드 아가씨는 아직 제가 그리지 않은 부분입니다. 앞으로 그리게 되겠지요. 물론 저는 그 아이의 일생을 이미 여러 방법으로 결정했습니다. 제인 캠피온이 되어서 「피아노」를 감독했고, 홀리 헌터가 되어서 그 배우와 영화를 같이 찍었습니다. 그리고 아카데미 회원 중 상당수가 되어서 그 애에게 오스카상을 주었습니다.

그러나 길을 모조리 닦아놓은 것은 아닙니다. 제가 히틀러였을 때 휘둘렀던 엄청난 자유의지는 애나 패퀸에게는 없습니다. 그러나 그 남은 캔버스를 칠하는 것은 그 사람 자신의 일입니다. 그리고 그 몇 가지는 제가 나중에 환생해서 태어날 수많은 사람의 일생을 또 제한할 것입니다."

"괜찮군요. 그런데 왜 저한테 이 이야기를 하고 있는지, 그 이유는 안 되잖아요."

"이제부터 그걸 설명할 겁니다."

그는 성급하게 덧붙였다.

"아까도 말했지만 제 삶의 초기에는 상당한 권한이 주어져 있습니다. 그래서인지 모르지만 저는 거창한 인물이었을 때의 기억을 아주 많이 가지고 있습니다. 저는 히틀러였고 진 시황제였고 엘리자베스 여왕이었고 코르테스였습니다. 저는 생각 없이 멋대로 여기저기에다가 거대한 일을 해대며 역사를 쌓아왔습니다.

그러나 언제까지 그럴 수는 없습니다. 무엇보다 인간의 역사가 그렇게 길지가 않거든요. 그러니 점점 역할이 축소되고 할 수 있는 일들은 제한됩니다. 그 제한된 범위 안에서 남은 일을 하려면 앞에서보다 더 많은 지혜와 지식이 필요합니다. 잘못하다가는 전에 한 일을 망쳐버릴 수도 있으니까요. 무엇보다 마무리가 중요한 법입니다. 그러기 위해서는 자신에 대해 알 필요가 있습니다. 그래서 각 시간대에 있는 여러 사람이 이 이야기를 글로 써주기를 바라는 것입니다. 환생한 다른 '저'들이 읽고 미래를 보다 알차게 꾸며나가게 말입니다. 홀로코스트야 어쩔 수 없다고 말했지요? 하지만 거기서 사람 몇 명을 더 구할 수는 있고, 생존자 몇 명이 그 덕택에 살아남은 것인지도 모릅니다. 그리고 그것이 미래의 제가 할 일들일지도 모르지요."

"그렇게 고매한 의무감을 가지고 계시다면 직접 쓰시지 그러세요?"

"책 하나 쓰고 사이비 종교 교주 행세를 하란 말입니까? 사양하겠습니다. 전 사람들의 생각을 억압하고 싶지 않습니다. 가볍게나마 그냥 생각하게 하고만 싶습니다. 그렇다면 SF로 위장한 글이야말로 가장 좋은 수단이지요."

"만약 제가 거절한다면?"

"거절하지 않습니다. 그건 정해진 사실입니다. 생각해봐요. 거절할 이유가 없지 않습니까? 원고 마감일이 오늘이고 쓸 만한 이야기는 하나도 떠오르지 않습니다. 그런데 제가 이렇게 친절하게 와서 소재를 제공해주었습니다. 이 기회를 포기할 겁니까? 그럴 리는 없겠지요. 저는 알고 있습니다. 제가 선생일 때 이미 경험한 일이니까요. 그럼 안녕히 계십시오."

그는 먼지를 풀풀 날리며 자리에서 일어나더니 밖으로 나갔다. 한동안 나는 저항하려고 했지만 그의 말은 구구절절 옳았다. 그래서 나는 그 자리에서 그와의 대화를 생각나는 대로 옮겨 썼고 여러분이 지금 읽고 있는 글이 바로 그글이다. 그 이상한 남자도 원하던 일이었지만 나 역시 그의 생각을 강요하고 싶지는 않다. 알아서들 생각하기 바란다.

1

혜나와 나는 1972년 3월 31일 오후 11시 55분에서 4월 1일 오전 0시 5분 사이에 태어났다. 우리의 진짜 생일이 3월 31일인지 4월 1일인지는 아무도 모른다. 당시 시계에 신경을 쓴 사람이 없었던 것이다. 결국 우리 생일은 4월 1일이 되어버렸는데, 혜나는 종종 그게 그런 어정쩡한 상황에서 할 수 있는 유일한 선택이었다고 이야기했다. 우리가 4월 1일에 태어났다면, 그것은 건조한 사실이다. 만약 3월 31일에 태어났다면, 4월 1일은 만우절이므로 출생 일자를 잘못 기록한 것은 정당한 거짓말이 된다.

3월 31일이건 4월 1일이건, 대단한 날이었다. 우리의 출생 뉴스는 신문에도 났다. 담 하나를 사이에 둔 이웃사촌이 거의 같은 시기에 임신을 해서 같은 날 같은 시각에 딸을 하나씩 낳았다니, 흔한 일은 아니었다.

혜나와 나는 단짝 친구였다. 하지만 '단짝'이라는 밍밍한 표현만으로는 우리의 관계를 설명하기에는 부족한 것 같다. 우린 어쩔 수 없이 단짝 친구가 될 수밖에 없는 사이였다. 우리는 같은 날 같은 병원에서 태어난 이웃이었으며 같은 국민학교와 같은 중학교, 같은 고등학교, 같은 대학, 같은 학과를 다녔다. 국민학교 때부터 고등학교 때는 늘 같은 반이었고 늘 짝이었다. 혜나가 감기에 걸릴 때는 나도 감기에 걸렸고 혜나가 맹장염을 앓을 때는 나도 맹장염을 앓았다. 심지어 우린 같은 날 교통사고를 당하기도 했다. 10킬로미터나 떨어진 곳을 달리던 두 대의 다른 버스가 정확히 같은 시간에 같은 사고를 냈던 것이다. 이런 식으로 20년 동안 비슷비슷한 우연이 반복되자, 친척들과 이웃들은 더 이상 우리를 신기한 눈으로 바라보지도 않았다. 종종 우리는 사주팔자가 허황한 미신이 아니라는 증거로 불려 나갔다.

하지만 혜나와 나는 전혀 달랐다. 혜나는 무서울 정도로 인상이 강한 아이였다. 그녀의 직설적인 검은 눈과 매서운 얼굴, 금속성의 맑고 위압적인 목소리를 쉽게 잊을 수 있는 사람은 없었다. 반대로 나는 미지근한 물과 같았다. 둥글고 평범한 내 외모는 언제나 집단 속에 자연스럽게 녹아들었고 개성 없는 목소리는 아무런 흔적도 남기지 못하고 잊혔다.

나는 언제나 혜나를 모방했다. 나는 내가 속해 있는 가족들과 친척들이 싫었고 보다 세련되고 문명화된 혜나의 가족을 갈망했다. 우리 가족이 싸구려 아침 연속극에나 나올 법한 진부한 분규에 말려들 때마다 나는 혜나의 집으로 도망쳤다. 혜나의 방에는 언제나 내가 쓸 이불과 요가 따로 준비되어 있었다. 나는 당연하다는 듯 혜나의 아이디어 회관 SF들을 읽었고 혜나의 레고 블록을 가지고 놀았으며 옷과 속옷을 공유했다. 내 헐거운 육체가 혜나의 깡마른 몸과 차이나기 시작하면 나는 다이어트를 했다.

나는 혜나의 모토에도 충실했다. '계집애처럼 굴지 말것.' 나는 아직도 이 모토를 12개국어로 낭송할 수 있다. 혜나와 나는 모든 '계집애 같은 짓'을 필사적으로 경멸했다. 우리는 인형을 가지고 놀지도 않았고 연예인 가십에 열광하지도 않았으며 순정만화나 당시 유행했던 하이틴 로맨스 책에도 무관심했다. 과연 내가 이런 것들을 정말로 싫어했던 것인지 확신할 수는 없다. 그런 걸 의심하기엔 혜나의 모토는 너무나도 중요했다.

혜나와 같은 학교에 진학하기 위해 나는 가족과 전쟁을 벌였다. 아니, 그냥 대학에 가기 위해서라도 나는 싸워야 했다. 우리 집의 다섯 딸은 막내 남동생을 낳기 위한 계단에 불과했다. 내가 잘 보지도 않는 아침 연속극에 대한 언급이 나올 때마다 히스테리를 일으키는 것도 그 때문이다. 나는 그 이야기들이 평론가들이 생각하는 것처럼 현실에서 동떨어지지 않았다는 것을 알고 있다.

혜나와 함께 서울로 유학 온 뒤부터 나는 간신히 숨을 쉴 수 있을 것 같았다. 강릉의 가족들은 순식간에 잊혔다. 그들은 내 세계의 사람들이 아니었다. 나는 이성과 문명이 지배하는 혜나의 세계에 속해 있었다. 나는 혜나를 따라가기 위해 필사적으로 공부를 했고 혜나가 가입한 모든 동아리에 들었으며 혜나가 듣는 모든 과목을 같이 들었다. 나는 혜나의 원고를 보지 않고서도 혜나의 것과 아주 비슷한 내용의 리포트를 쓸 수도 있었다. 한두 번 불필요한 오해를 겪은 뒤로 우린 늘 과제를 같이할 수밖에 없었다. 그래야 서로 베꼈다는 오해를 받지 않게 리포트의 내용에 차이를 부여할 수 있었던 것이다.

대학을 졸업한 뒤, 우리의 세계는 분열되었다. 혜나는 미국으로 유학 갔고 나는 어쩔 수 없이 이 나라에 남았다. 혜나가 탄 비행기를 바라보며 나는 목을 죄는 것 같은 공포감에 휩싸였다. 철들고 나서 나는 혜나와 하루 이상 떨어져본 적이 없었다. 혜나를 잃는다는 건 내 팔 하나를 잃는 것과 같았다.

혜나는 다음 해인 1995년 가을에 실종되었다.

2

다음 이야기로 넘어가기 전에 언급해야 할 이상한 사건이 하나 있다. 아마 여러분도 이 사건에 대해서는 신문이나 방송을 통해 들은 적이 있을 것이다.

1992년 4월 1일 아침, 우리 학교의 물리학과 과방에서 불에 탄 여자 시체가 발견되었다. 현장은 놀라웠다. 등뼈와 양발만 간신히 남을 정도로 시체가 바짝 탔는데도 주변에는 거의 불탄 흔적이 없었던 것이다. 전형적인 자연발화의 현장이었다.

경찰들은 아무것도 밝혀내지 못했다. 전날 밤 예순 살쯤 된 낯선 여자가 과방 주변을 돌아다니는 걸 본 학생이 몇 명 있었지만 그게 전부였다. 문은 안으로 잠겨 있었으며 폭행의 흔적도 없었다. 시체는 그냥 불에 탄 것이다. 아마 몇 해 뒤였다면 '심지 효과'를 의심하는 사람들이 있었을지도 모른다. 그러나 당시 이 사건을 다뤘던 경찰들은 자연발화라는 개념에 대해서도 무지했다.

혜나가 그 사건과 연결된 건 과방에서 나온 유일한 증거 때문이었다. 방 안쪽 손잡이에 혜나의 지문이 발견되었던 것이다. 증거대로라면 과방의 문을 마지막으로 잠근 사람은 혜나였다.

그러나 그것만으로 혜나를 살인자로 몰고 갈 수는 없었

다. 우선 우리 자신이 혜나에게 그럴 기회가 없었다는 걸 알고 있었다. 혜나는 그날 저녁부터 다음 날 아침까지 나와 다른 친구들과 함께 있었던 것이다. 알리바이가 없었다고 해도 혜나에게 죄를 뒤집어씌울 수는 없었다. 일단 과연 그 사건이 살인인지도 분명치 않았던 것이다. 하지만 그렇다면 그 지문은 어떻게 된 것일까?

사건은 잊혔다. 하지만 혜나는 마치 소설 속의 탐정처럼 사건에 매달리며 그녀 자신의 지문이 어떻게 현장에 남을 수 있었는지에 대한 수많은 가설을 만들어냈다. 그러나 그 어느 것도 그 기괴한 자연발화 사건을 완벽하게 설명해주지 못했다.

한 달 뒤 혜나도 포기하고 말았다. 하지만 나는 혜나가 그 뒤로도 사건 관련 자료들을 책상 서랍 안에 보관해두고 있다는 걸 알고 있었다. 혜나가 유학 가기 위해 여행 짐을 챙길 때도 자료들은 슈트 케이스 구석에 얌전히 박혀 있었다.

3

혜나가 미국으로 떠난 뒤부터 지금까지 내가 무슨 일을 하고 지냈는지 세세하게 기술할 생각은 없다. 나는 학교를 졸업했고 대학원을 나왔으며 전공과 별 상관 없는 지루한 직장에 취직했다. 혜나가 나와 같이 있었다면 내 삶은 보다 도전적이 되었을지도 모른다. 하지만 혜나의 얼굴이 내 시야에서 사라진 바로 그 순간, 내 삶의 목표는 추락하기 시작했다.

내가 어느 정도 명성을 쌓았다면 그건 SF를 통해서였다. 모 통신망 SF 동호회에서 파멜라 서전트나 조애나 러스, 옥타비아 버틀러와 같은 작가들에 대해 간단한 소개 글을 올리는 동안, 나는 SF 평론가라는 어처구니없는 직함을 얻게 되었다. 나에게 아직도 남아 있는 혜나의 잔재가 엉뚱한 곳에서 불이 붙은 것이다. 정상적인 기준으로 본다면 나는 결코 제대로 된 전문가가 아니었지만 우리나라엔 이런 딱지를 달고 다니는 사람들 자체가 거의 없다시피 하다. 내가 2001년 10월 12일부터 11월 3일까지 「안드로이드 시티」라는 말도 안 되는 SF 영화 제작에 얽히게 되었던 것도 순전히 그 직함 때문이었다.

「안드로이드 시티」의 각본은 저열했다. 좋게 보면 「블레이드 러너」의 따분한 표절작이었고 나쁘게 보면 남자 고등학교 화장실의 낙서처럼 더러웠다. 이 영화의 감독인 이영호가 나에게 접촉해왔을 때까지만 해도 나는 각본이 이 정도 수준일 줄은 상상도 하지 못했다. 최근 몇 년 동안, 나는 비전문가들의 장르에 대한 지식을 과대평가하다 낭패를 보는 경우가 많았는데, 이영호와 「안드로이드 시티」는 그중 최악이었다.

2001년 11월 3일, 나는 간신히 「안드로이드 시티」의 똥물에서 뛰쳐나올 수 있었다. 그것도 이영호의 면전에서 더러운 성차별주의자 돼지에다 파시스트라고 욕을 퍼부으며 원고 뭉치를 집어던지고서야 가능했다. 나는 그가 제대로 된 답변을 생각하기도 전에 사무실에서 뛰쳐나왔다. 내 짧디짧은 영화계 경력은 그날로 끝이 났다.

근처 스타벅스에 뛰어 들어가 커피를 시키고 앉아 숨을 들이마시고 있는데, 갑자기 맑은 웃음소리가 내 머리 위에서 울려 퍼졌다. 나는 아무 생각도 없이 위를 올려다보았다.

혜나의 얼굴이 나를 내려다보고 있었다.

나는 그 자리에서 그냥 굳어버렸다. 부활한 셜록 홈스를 본 왓슨 박사처럼, 나는 어떤 생각도 할 수 없었다. 혜나가 맞은편 의자에 앉아 테이블 위에 놓인 내 손을 잡은 뒤에야 나는 간신히 몸을 움직일 수 있었다.

그 뒤 내가 무슨 이야기를 했는지는 잘 기억나지 않는다. 나는 울었고 웃었고 욕지거리를 씹었고 어떻게 된 일이냐고 물었으며 로봇 창녀들과 따분한 터프가이들로 가득한 「안드로이드 시티」와 내 거지 같은 진짜 직업에 대해 불평을 늘어놓았다. 그동안 과연 혜나가 말을 하기나 했는지 나는 모른다. 나는 답변을 기다리지 않고 그냥 지껄였던 것 같다. 마치 지금 이야기를 하지 않으면 영영 혜나에게 내 이야기를 할 수 없는 것처럼.

　도대체 지금까지 어디 있었느냐는 내 질문에 혜나가 대답한 건 거의 한 시간이 지난 뒤였다. 대답 대신 혜나는 모서리가 계단처럼 꼼꼼하게 접힌 종이 뭉치를 핸드백에서 꺼내 나에게 넘겨주었다. 그것은 뉴욕 브로드웨이 카지노 극장의 프로그램이었다. 혜나는 손가락으로 팸플릿의 날짜를 가리켰다. 1940년 5월 17일부터 1주일간.

　"시간 여행."

　혜나는 당연하다는 듯 덧붙였다.

4

　1995년 8월 23일, 혜나는 드밀 극장이라는 작은 영화관에서 폴 마주르스키의 「결혼하지 않은 여자」를 보았다. 영화를 보는 동안, 엉뚱한 생각 하나가 혜나의 머릿속을 스치고 지나갔다. 그것은 지금 스크린 위의 그림자로만 존재하는 1970년대의 뉴욕이 10여 년 전까지만 해도 물리적 실체였다는 사실이었다. 혜나에게 그 생각은 무척 낯선 느낌으로 다가왔다. 영화가 묘사한 뉴욕의 사실적인 묘사가 혜나의 신경을 자극했기 때문인지도 모른다.

　영화를 보고 극장 밖으로 걸어 나오던 혜나는 서서히 뭔가 잘못되었다는 느낌에 휩싸였다. 사람들이 입은 옷, 자동차, 거리에서 흘러나오는 음악, 모두가 이상했다.

그 순간, 혜나는 자신이 1970년대 말에 있다는 사실을 깨달았다.

혜나는 허겁지겁 신문 판매대로 달려가 날짜를 확인했다. 1978년 8월 14일.

혜나는 다시 극장으로 달려갔다. 드밀 극장에서는 여전히 「결혼하지 않은 여자」가 상영 중이었다. 단지 「결혼하지 않은 여자」는 이 시간대에서 아직 신작이었다.

혜나는 떨리는 손으로 표를 끊고 다시 극장 안으로 들어갔다. 필름이 돌아가는 동안 혜나는 이를 악물고 1995년 8월 23일이라는 시간대와 그 시간대에 관련된 모든 것들에 정신을 집중했다. 새로 나온 영화, 새로 나온 책, 새로 발표된 과학 이론, 새로 나온 CD……

영화가 끝나자 혜나는 조심스럽게 주변을 둘러보았다. 영화 시작할 때 그녀와 같이 들어왔던 1970년대의 사람들은 사라지고 없었다. 그녀는 용기를 내어 밖으로 나가보았다. 밖은 다시 1995년 8월 23일이었다.

혜나는 시간 여행을 한 것이다. 하지만 어떻게? 그녀는 알 수 없었다. 하지만 그 흐름을 타는 방법은 알 수 있을 것 같았다.

중요한 것은 장소였다. 수십 년의 시간이 흐르는 동안 거의 변하지 않았던 곳. 옛 영화들이 상영되는 영화관 역시 적합했다. 이런 장소에서 혜나는 지금까지 그녀를 얽매고 있던 현대의 굴레에서 벗어날 수 있었다. 혜나는 시간의 흐름에 작은 역류가 존재하며 그녀가 방법만 익힌다면 그 역류를 타고 다른 시간대로 빠질 수 있다는 사실을 깨달았다.

그녀는 같은 방식으로 공간 도약도 할 수 있다는 사실을 알아냈다. 그러기 위해서는 전 세계 어디를 가도 비슷한 곳들을 찾으면 되었다. 맥도날드나 스타벅스와 같은 다국적 기업의 식당은 이제 혜나에게 버스 정류장이나 다름없었다. 맥도날드가 존재하지 않는 과거의 다른 도시로 가려면 리츠 호텔과 같은 곳을 이용하면 되었다. 혜나는 이런 식으로 정류장들을 징검다리처럼 이용해 1924년 12월 1일의 상하이까지 거슬러 올라갈 수 있었다.

한동안 혜나는 이 기괴한 현상에 대한 과학적인 규명을 시도했다. 시도는 곧 좌절되었다. 그녀의 경험은 어느 이론을 통해서도 설명할 수 없었던 것이다. 오히려 그녀의 경험과 가장 비슷한 사례는 영화에서 발견되었다. 그 영화는 혜나가 경멸해 마지않는 시간 여행 로맨스인 「사랑의 은하수 Somewhere in Time」였다.

메커니즘을 설명하려는 시도를 포기한다고 해서 해결해야 할 다른 문제들이 사라지는 것도 아니었다. 만약 과거로 가는 시간 여행이 가능하다면 인과율은 어떻게 되는가?

혜나는 간단한 실험을 해보았다. 그녀는 극장 벽에 붙은 클럽 홍보 포스터를 눈여겨본 뒤 이틀 전으로 돌아가 그 포스터를 반쯤 찢어놓았다. 다시 현재로 돌아온 그녀는 포스터를 확인해보았다. 멀쩡했다. 하지만 자세히 관찰해보니 그 포스터는 반쯤 찢어진 포스터 위에 새로 붙인 것이었다. 그렇다면 이 포스터는 이전부터 찢겨 있던 것일까?

그녀는 다른 식으로 역사를 바꾸는 자잘한 실험들을 시작했다. 처음에는 포스터를 찢고 유리창을 깨는 것과 같은 자잘한 것이었지만 시간이 흐르자 점점 신문에 날 만한 큰 소동으로 부풀었다.

그러나 그 어떤 것들도 역사를 바꿀 수 없었다. 세상의 모든 것들이 혜나의 작은 계획을 방해하는 것처럼 보였다. 그녀는 엉뚱한 시간대에 떨어졌고, 그녀가 유리창을 깨기 위해 던진 돌은 옆에서 갑작스럽게 날아온 두번째 돌에 의해 방향이 바뀌었으며, 그녀가 역사를 바꾸기 위해 만나려는 사람들은 모두 아슬아슬한 시간차를 두고 달아났다. 간신히 역사를 바꾼 것처럼 보였던 것도 나중에 확인해보면 처음부터 일어났던 일임이 밝혀졌다.

혜나는 자신이 시간의 감옥에 갇혔다는 사실을 깨달았다.

"시간의 탄성, 시간 보존 법칙."

혜나가 말했다.

"SF 작가들이 남발하는 소도구들이지. 이미 우린 여기에 대해 이야기한 적 있지? 언젠가 네가 물었잖아. 주인공이 죽는다는 결론 자체를 바꿀 수 없다면 왜 그 죽음을 초래하는 사건들은 계속 바뀔 수 있느냐고. 물리법칙이 총알이나 칼보다 사람을 더 중요시 여긴다면 뭔가 잘못된 것이겠지.

내가 떨어진 우주는 결코 코니 윌리스나 폴 앤더슨의 세계처럼 가볍게 진동하는 우주가 아니야. 모든 것들은 시간 속에 고정되어 있고 나는 결코 그걸 바꿀 수 없어. 심지어 내 시간 여행 자체도 고정되어 있지. 내가 1942년 4월 2일의 베이징으로 갈 수 있다면 그건 내가 그 시간대를 사는 다른 베이징 시민들처럼 그 시간의 일부이기 때문이야."

"5년 전쯤으로 돌아가서 '외환 위기를 조심해라!'라고 외칠 수도 없단 말이야?"

"주변에 신경 써서 듣는 사람이 아무도 없다면 가능하겠지. 난 역사를 바꿀 수 없어. 나 역시 그 역사의 일부니까.

내가 지금까지 느꼈던 무력감이 이해되지 않니? 단선 시간 속에서 우린 자유의지에 대한 환상을 깨뜨리지 않고 살 수 있어. 하지만 내가 지금 살고 있는 엉킨 우주 속에서는 그게 통하지 않는단 말이야. 주변의 모든 우주 법칙이 나를 한 방향으로만 밀어붙이는걸. 마치 전 우주적인 꼭두각시 극에 출연하는 것 같아. 내가 무엇을 하려고 할 때마다 모든 자잘한 우연의 일치들이 내 길을 가로막아. 지금 너와 이야 기하는 동안에도 난 아주 자유롭지 않아. 난 미래의 인류 역 사에 대해 꽤 많은 지식을 가지고 있어. 하지만 그중 어느 것이라도 너에게 전해주려고 한다면 주변의 모든 공기가 다 밀려나거나, 갑자기 내 입이 붓거나, 네가 일시적으로 귀 머거리가 되거나 하겠지."

"하지만 역사를 바꿀 수 없다는 걸 알았으니 오히려 더 편하지 않니? 역사를 바꿀지도 모른다는 걱정 없이 어디든 갈 수 있잖아. 그리고 인과율을 깨뜨리지 않고도 시간 여행 을 이용할 수 있는 방법도 많아. 중요한 역사적 사실을 확인 한다든지 하는 건 어때? 그런 걸 안 한다고 해도……"

"난 그런 일 따위는 하지 않아."

"왜?"

"내 결정이 아니니까. 아직도 나에게 털끝만큼의 자유의 지가 있다고 믿니? 내가 지난 몇 년 동안의 시간대에 존재 하지 않았던 게 내 선택이었다고 생각해? 심지어 난 너한테 도 연락할 수 없었어. 만약 나한테 손톱만큼의 의지라도 있 었다면 이런 일은 일어날 수도 없었어. 내가 지금까지 한 일 은 시간의 파도에 쓸려 다니며 이를 간 것밖에 없어. 심지어

나는 시간 여행을 멈출 수도 없어. 요새는 조금만 신경을 쓰지 않으면 3, 40년씩 건너뛴단 말이야.

이미 내가 갈 길은 정해졌어. 지난 몇 년 동안 난 미래의 내가 남긴 수많은 흔적과 마주쳤어. 난 적어도 내가 앞으로 20여 년 동안 무슨 일을 할지 알고 있어. 그 뒤의 일도 어느 정도 감은 잡고 있고. 심지어 난 내가 어떻게 죽을지 알아. 기억해? 몇 년 전에 우리 학과 방에서 불타 죽은 여자 말이야."

"그게 너란 말이야?"

"물론이지. 왜 안쪽 손잡이에 내 지문이 나 있었겠니? 마지막으로 문을 잠근 건 그 여자인데.

나는 왜 그때 불타 죽었던 걸까? 지난 몇 개월 동안 난 어떻게든 그 미스터리를 풀기 위해 탐정처럼 시간대 사이를 날아다녔어. 미래의 나를 추적하는 것은 아주 불가능한 일이 아니야. 난 언제나 일부러 눈에 보이는 단서를 흘리고 다녔으니까. 하지만 난 죽기 10년 전부터 그런 습관을 포기해 버린 듯해. 왜일까?"

혜나는 표정을 바꾸었다. 정확히 웃음이라고 할 수도 없고 찡그리는 것이라고도 할 수 없는 어정쩡한 것이었다. 한참 뒤에야 혜나는 입술 끝을 올려 그 표정을 웃음으로 고정시켰다.

"아마 20년 뒤에는 알게 되겠지. 그때까지는 어떻게든 이 감옥과 싸워볼 생각이야. 내 저항이 이미 처음부터 끝까지 사전에 결정된 역사의 일부인 건 알고 있지만, 그게 뭐 어때서? 적어도 그 미리 씌어진 역사는 결코 지루한 이야기는 아닐 거야."

6

내가 지금 쓰는 글이 소설이라면, 나는 이 글의 끝을 혜나와 내가 마지막으로 같이 보냈던 이틀 동안을 묘사하는 데 할애할 것이다. 아마 그 글의 클라이맥스는 아직도 학교 근처에 있는 내 단칸방에서 나와 함께 나란히 누워 텔레비전을 보던 혜나의 손이 내 손아귀에서 서서히 사라지던 그 순간이 될 것이다. 내가 조금 더 용기를 낸다면 그때 내가 느꼈던 상실감과 분노의 감정을 한 페이지 넘게 써 갈길 수 있을지도 모른다.

하지만 나는 소설을 쓰는 게 아니다. 내 감정은 얼굴도 모르는 독자들과 나누기엔 너무 소중하다. 나는 아직도 감정은 개인적인 것이며 개인적인 공간 안에 남을 때에만 원래 가치가 유지될 수 있다고 믿는다.

내가 지금부터 하려는 것은 지금까지 일어난 모든 일들에 대한 설명이다. 다시 한번 돌이켜보기 바란다. 첫번째 장에서 나는 혜나와 나를 엮어준 신기한 우연의 일치들에 대해 다뤘다. 그다음 나는 혜나가 어떻게 시간 여행을 할 수 있었는지, 얄미운 자연의 법칙이 혜나의 운명을 어떻게 조종했는지에 대한 이야기를 했다. 소설이 아니라고 해도 이 둘은 어떻게든 결합되어야 한다. 극단적으로 이상한 두 가지 현상이 한 사람에게 일어났다면 둘은 연결되어 있다고 봐도 분명하기 때문이다.

자, 생각해보자. 나를 혜나와 엮어준 것이 혜나의 시간 여행에 필수적이었다면 여기서 나의 역할은 무엇인가?

나에게는 한 가지 가설이 있다.

「버피」 다섯 시즌 첫번째 에피소드인 「버피 대 드라큘라 Buffy vs. Dracula」에서, 우리의 뱀파이어 슬레이어 버피는 몇 분 전까지만 해도 존재한 적 없던 던이라는 동생을 얻게 된다. 그 뒤부터 버피를 포함한 모든 사람은 던이 처음부터 있었던 사람인 것처럼 행동하며 시청자들을 어리둥절하게 만든다. 이 수상쩍은 현상은 다섯번째 에피소드인 「집처럼 좋은 곳은 없어No Place Like Home」에서 설명된다. 알고 봤더니 던은 다른 차원으로 가는 문을 열 수 있는 신비스러운 열쇠였다. 지금까지 그 열쇠를 보관하고 있던 수도사들은 '짐승'으로부터 열쇠를 지키기 위해 그것을 십대 소녀로 변신시킨 뒤 버피의 동생으로 투입했던 것이다. 물론 던과 버피, 그 밖의 사람들이 가지고 있던 모든 기억은 수도사들이 조작한 것이었다.

여기까지는 전형적인 필립 K. 딕 방식의 아이디어다. 하지만 「집처럼 좋은 곳은 없어」에서 이것을 설명하는 수도사는 재미있는 사실을 덧붙인다. 그들은 던에 대한 기억을 버피와 다른 사람들의 기억에 추가하긴 했지만 '기억 자체를 바꾸지는 않았다'.

어떻게 그런 일이 가능한가? 동생이 있다, 없다는 굉장한 차이다. 버피가 앤젤과의 덜컹거리는 연애담을 혼자 겪는 것과, 동생이 모든 것들을 바라보는 동안 겪는 것은 결코 같지 않다. 던과 같은 아이는 그냥 존재할 수만은 없다. 당연히 주변 사람들과 상호작용을 하며 그들을 바꾸어놓게 된다.

수도사의 기억 이론은 혜나와 나를 설명하는 데 더 적절하다. 혜나와 나를 필사적으로 엮었던 그 수많은 우연의 일치(이 표현이 맘에 들지 않는다면 동시성, 세렌디피터, 운명 중 아무거나 맘에 드는 걸 골라 붙이기 바란다)는 모두 혜나가 나중에 추가된 부수적인 존재였다는 사실을 암시한다. 혜나가 나와 그처럼 가까이 있을 수 있었기 때문에 혜나는 역사의 변형을 최소한으로 줄이면서 나와 함께 존재할 수 있었다. 이것은 토기 병에 손잡이를 붙이는 것과 같다. 도공은 손잡이를 병에 붙이는 동안 병 자체가 변형되지 않게 조심하지만 손잡이가 병에 붙는 부위는 어쩔 수 없이 변형되게 된다. 하지만 일단 완성된 병이 구워지면 손잡이와 함께 병의 모양은 영구적으로 고정된다. 시간 여행자는 손잡이처럼 본체에서 반쯤 독립된 존재일 수밖에 없다. 그렇지 않으면 시공간의 구조가 파괴되기 때문이다.

그렇다면 나는 혜나의 지지대다. 혜나가 그 위태로운 시간의 그물망 속을 날아다니는 동안 소멸하지 않는 이유는 현재에 고정되어 있는 내가 그녀의 존재를 지탱해주고 있기 때문이다.

나는 지금 신과 같은 초월적인 존재에 대해 이야기하고 있는 것일까? 그런 초월자가 혜나를 나중에 만들어 우리 우주에 추가했다고 믿는 것일까? 아니, 나는 초월자가 아닌 자연법칙에 대해 이야기하고 있다. 코니 윌리스나 스트루가츠키 형제는 너무나도 정교하게 인간들의 행동에 반응해서 마치 자아와 인격이 있는 것처럼 느껴지는 자연법칙들에 대해 썼다. 나 역시 이 모든 것이 자연법칙이라고 믿을 수 있다.

혜나는 어디에나 존재하는 시간의 역류에 대해 이야기했다. 시간의 역류가 그렇게 흔하다면 그것은 자연스러운 시공간의 일부이리라. 우리의 우주는 그런 것들이 있는데도 불구하고 존재하는 것이 아니라 그런 것들이 있기 때문에 존재하는 것일 수도 있다. 나는 시공간이 자신의 구조를 안정시키기 위해 끝없이 자잘한 역류를 만들어내는 과정을 상상한다. 이 상상은 자칫 혼란스러워질 수 있다. 상상을 구체화시키기 위해 또 다른 축의 시간을 끌어와야 하기 때문이다. 아마 이 우주는 혜나가 생각했던 것보다 더 코니 윌리스의 우주에 가까울지도 모른다. 단지 혜나가 시간 여행 과정 중 역사 개변을 체험하지 못하는 게 다를 뿐이다.

여기에는 궁극적인 목적이 있을까? 나와 혜나는 그 궁극적이고 신성한 목적을 위한 도구일까? 그럴 수도 있으리라. 하지만 나는 그 목적이 인간의 역사와 관련된 것이라고 믿지 않는다. 아니, 나는 그것이 인간과 관련된 것이라고도 믿지 않는다. 물리법칙은 인간과 총알을 차별하지 않는다. 우리가 무언가를 소중하게 여기고 꿈꾸고 갈망한다고 해서 우주가 거기에 신경이라도 써야 할 이유는 무엇인가?

1. 예언자

그는 작은 키에 깡마른 체구를 한 동양인 남자였다. 꽤 비싸 보이는 여름 양복은 진흙과 피로 얼룩져 있었고 넥타이는 중간에서 끊겨 있었다. 그는 며칠 동안 면도를 하지 않아 입가가 거뭇거뭇해진 얼굴을 손으로 비벼대며 방구석에 서 있었다.

의사는 의자에 앉아 그의 서류를 검토했다. 스티븐 응우옌, 29세, 생물학자, 2년 동안 『크로니클』지의 과학 자문, 독신. 그러다 그의 최근 경력에 눈이 멎었다.

"재미있는 경력이군요. 캘리포니아 회의론자협회의 회원에서 루돌프 도이치 초심리학연구소 조사원이라? 중간에 신념의 변화라도 일으켰나요?"

의사가 말했다.

남자는 손가락 사이로 의사를 바라보았다. 힘없는 미소

가 입가에 흘렸다.

"봉급이 많았으니까요."

남자가 대답했다.

"그 때문에 신념도 바꾸셨나요?"

그는 고개를 저었다.

"그런 게 아닙니다. 그 사람들은 전문적인 '악마의 대변인'이 필요했어요. 초심리학 추종자들이 속아넘어가기 전에 상식적인 해석을 제시해주는 사람 말입니다."

"그렇다면 그동안 신념이 바뀌셨나요? 뭔가 대단한 걸 보셨나요?"

"아, 이런 데서 백날 일해봐야 그런 대단한 신념의 변화 같은 건 일어나지 않습니다. 어떻게든 해석될 수 있는 어정쩡한 정보의 다발들만 얻을 수 있을 뿐이죠. 그걸로는 저를 설득하지도 못하고, 제 반론으로 추종자들을 설득하지도 못합니다."

"일주일 전까지는 말이죠."

"네, 일주일 전까지는."

의사는 두번째 서류철을 펼쳤다. 남자의 양복처럼 피와 진흙으로 범벅이 된 봉투를 열자 사진 한 장이 탁자 위로 떨어졌다. 어딘지 모르게 베로니카 레이크를 연상시키는 금발 여자아이의 공허한 눈이 의사의 눈과 마주쳤다. 의사는 사진을 들고 밑에 인쇄된 이름을 읽었다. 루시 헌트.

"그 아이가 사건의 발단입니다."

남자가 말했다.

"사진은 4년 전의 것입니다. 지금은 나이를 조금 더 먹었지요. 열네 살이에요. 루시 헌트는 고아원에서 붙인 이름입니다. 앵글로색슨계의 외모 때문에 영어 이름을 붙였던 모양이에요. 술라코 사람 17퍼센트가 영국인이라는 걸 아십니까? 그 나라에 사는 영국인들은 아직도 스페인어를 안 쓴다는군요.

예쁘죠? 어딘지 모르게 미친 오필리아 같지 않습니까? 고아원 사람들이 그 아이를 일종의 장식품으로 이용했다고 들었습니다. 중요한 손님이 올 때마다 예쁜 옷을 입혀놓고 크레용을 쥐여준 뒤 잘 보이는 자리에 앉혀놓았다는 겁니다."

의사는 클립으로 사진 뒤에 고정시킨 보고서를 읽었다. 루시 헌트는 1987년에 시청 지하철역에서 유기된 채 발견되었다. 고아원에서 자란 아이는 미술에 재능을 보였지만 굉장히 이른 나이인 열두 살 무렵부터 정신분열 증상을 보였다. 골드 정신병원의 아동 병동으로 옮겨 간 아이는 크리스마스 때 장식용으로 창가에 앉아 있다가 병원을 방문한 알레한드로 페레스 대통령의 눈에 띄어 같이 기념사진을 찍었다. 당시 함께 병원을 방문했던 보건 장관의 수석비서 안토니오 바르톨디 박사는 3개월 뒤 그 병원의 원장이 되었고 루시 헌트에게 편애에 가까운 혜택을 베풀었다.

혜택의 일부는 바르톨디 박사의 특별 요법이었다. 바르톨디 박사는 정신분열증의 원인이 확인되지 않은 바이러스라고 믿는 몇 안 되는 사람으로, 그가 고안한 '특별 요법'을 진지하게 받아들이는 이는 많지 않았다. 그러나 바르톨디 박사의 혜택이 루시 헌트에게 어느 정도 먹혔던 모양이다. 한동안 부서진 타일 조각을 찍어낸 것 같던 아이의 그림들이 서서히 구체적인 모양을 되찾기 시작한 것도 그때부터였다.

루돌프 도이치 연구소에서 아이를 주목한 건 아이의 그림 때문이었다. 아이가 그린 몇몇 그림이 마치 며칠 뒤에 신문에 실릴 사건들을 정확히 예언하는 것처럼 보였던 것이다. 심지어 몇몇 그림은 미래의 신문 사진을 그대로 옮긴 것처럼 보였다.

결정타는 2월 12일에 터졌다. 그날 아이는 굉장한 대작을 그렸는데, 왼쪽 구석엔 턱수염을 기른 백인 남자가 총에 맞아 쓰러져 있었고 오른쪽 구석에는 흑인 남자가 총구를 입에 물고 있었다. 아이는 남은 빈자리를 모두 초록색으로 칠했다. "에메랄드 하늘, 에메랄드 하늘"이라고 중얼거리면서.

이틀 뒤, 코스타구아나의 독재자 페르난도 벨라스케스가 신원을 알 수 없는 흑인 남자가 쏜 총에 맞아 죽었다. 암살자는 경찰들이 다가오기 전에 총구를 입에 물고 방아쇠를 당겼다. 상황은 아이가 그린 그림과 똑같았다.

더 놀라운 것은 그 사건이 일어나는 동안 하늘이 정말 초록색으로 변했다는 것이었다.

"믿을 수 없죠?"

발끝을 들고 보고서를 훔쳐보던 남자가 갑자기 입을 열었다.

"하지만 하늘 이야기는 사실입니다. 정말 당시 하늘이 초록색으로 변했어요. 목격자도 수만 명이 넘습니다. 사진도 몇 장 찍혔고 텔레비전 중계도 되었지요."

"과학적인 설명이 있습니까?"

"술라코로 날아가는 동안 몇 개 만들었지요. 대단한 것들은 아니었습니다. 지금은 이야기할 가치도 없어요."

남자는 맞은편 의자를 끌어당겨 앉았다. 그는 이제 이야기할 준비가 된 모양이었다.

"술라코에 도착해서 내가 맨 처음 한 일은 바르톨디 박사를 설득하는 일이었습니다. 생각만큼 쉽지 않더군요. 도이치 연구소에서 나왔다고 하니까 마치 내가 무당이라도 되는 것처럼 취급하는 겁니다. 어쩔 수 없이 제 회의론자협회의 명함을 내밀어야 했습니다. 그래도 허락을 받을 때까지 꼬박 하루를 잡아먹었습니다. 이해해요. 환자의 건강이 우선이었을 테니까요.

허락을 기다리는 동안, 나는 병원에서 제공한 자료를 검토했습니다. 루시 헌트의 예언은 모두 조금씩 초현실적이었습니다. 교통사고나 절도와 같은 사건의 예언도 초록색 하늘처럼 초자연적 배경을 바탕으로 하고 있었지요. 간호사들은 아이를 무서워하고 있었습니다. 마치 종말을 예언하는 예언자 같았으니까요. 하늘이 초록색으로 변하고, 핏빛 비가 강에서 위로 솟아오르며, 새 떼가 날아올라 성모상을 하늘에 그리는데, 결코 정상적인 예언이라고 할 수는 없지 않겠습니까? 만약 아이가 예언하는 사건들이 모두 이처럼 초자연적인 '기적'을 동반한다면 이 모든 일은 무언가 거대한 계획의 일부일지도 모르는 겁니다.

다음 날 아침 나는, 루시 헌트를 만나러 갔습니다. 결코 협조적인 아이는 아니더군요. 아이는 제 질문에 이것도 저것도 아닌 엉성한 답변을 하면서 그림만 그렸습니다. 포기한 나는 질문을 멈추고 그냥 아이의 그림을 감상했습니다. 아이는 광장에서 반도네온을 켜고 있는 초라한 남자를 그리고 있었습니다. 특이한 점은, 아이가 남자의 그림자를 빨간색으로 칠했다는 것이었습니다.

그걸 그리면서 아이는 배경음악을 넣듯 콧노래를 부르고 있었습니다. 요새 애들이 흥얼거릴 만한 노래는 아니었습니다. 아주 감상적인 옛날 유행가였으니까요. 그 때문에 잠시 기분이 이상했습니다. 분명히 아는 곡인데 제목이 떠오르지 않았거든요.

허탕을 치고 호텔로 돌아가는 동안 전 다시 그 멜로디를 들을 수 있었습니다. 이제 제목도 기억났습니다. 제1차 세계 대전 당시에 영국에서 유행했던「피카르디의 장미」라는 노래였지요. 이제 나는 왜 그 곡이 그렇게 익숙했는지도 알 수 있었습니다. 내가 한동안 알고 지냈던 어떤 사람이 즐겨 부르던 노래였으니까요. 나는 소리가 나는 방향을 바라보았습니다.

호텔 앞 광장에서 한 노인이 반도네온으로 그 곡을 연주하고 있었습니다. 옆에 놓여 있는 낡은 모자에서부터 찢어진 군복에 이르기까지, 아이가 그린 그림과 놀라울 정도로 닮았더군요.

남자도 나를 보았습니다. 그 순간 그는 갑자기 연주를 멈추었습니다. 그는 허겁지겁 모자를 집어 들더니 동전이 떨어지는 것은 신경도 쓰지 않고 나에게 달려오기 시작했습니다.

어떻게 그가 나를 알아봤는지는 영영 알 수 없을 겁니다. 길을 반도 건너기 전에 옆에서 달려오던 승용차가 그를 뭉개버렸으니까요. 허겁지겁 호텔로 달아나기 전에 내가 마지막으로 본 것은 노인의 머리에서 흘러나온 피로 시뻘겋게 물든 광장의 포석들이었습니다."

잠시 숨을 들이마신 그는 보다 차분한 어조로 말을 이었다.

"다음 날, 나는 아이에게 어제 그림과 호텔 앞에서 일어났던 사고에 대해 물었습니다. 역시 쓸 만한 대답은 하지 않더군요. 아이는 이제 새 그림에 정신이 팔려 있었습니다. 아이는 수백 마리나 되는 초록색 나비로 종이를 가득 채우고 있었습니다.

나는 새 그림에 대해 물었습니다. 이번엔 의미 있는 답변이 돌아왔습니다. 아이는 나비 날개를 칠하던 크레용을 검지와 장지 사이에 끼고 돌리면서 "기다리세요"라고 말하더군요.

면회 시간이 끝나고 나는 바르톨디 박사를 찾아가 어제 일어났던 일들에 대해 이야기해주었습니다. 그 양반은 일단 믿지 않으려고 하더군요. 하지만 신문 기사와 아이가 그린 그림을 찍은 폴라로이드 사진을 내밀자 그도 당황하기 시작했습니다.

그래도 우린 아직까지 초자연현상을 직접 목격했다고 순진하게 믿고 싶지는 않았습니다. 대신 우린 음모론을 끄집어냈습니다. 이 모든 살인과 죽음은 누군가에 의해 사전에 기획된 것이고 병원에 있는 스파이가 아이에게 그 정보를 미리 제공해주는 것일 수도 있습니다. 하지만 초록색으로 변한 하늘이나 비둘기들이 만든 성모상은 도대체 어떻게 설명해야 할까요?

아이디어가 떨어진 우리가 쓸데없이 머리를 굴리고 있는데, 갑자기 여자들의 비명 소리가 들려왔습니다. 우린 소리가 나는 쪽으로 달려갔습니다. 그때 우리가 목격한 것은……"

"나비였었나요?"

"네, 나비 떼였습니다. 수천 마리가 넘는 나비가 회오리 바람에 쓸려 병원 안으로 날아들었던 겁니다. 모두 물감에 담근 것처럼 진한 초록색이었고 크기는 작은 참새만 했습니다. 환자들은 비명을 질러대며 서로를 밀치기 시작했고 간호사들은 겁에 질려 뻣뻣하게 서 있기만 했습니다. 간신히 모두가 제정신을 차리고 사태 수습에 나섰을 때 병원은 망가질 대로 망가진 뒤였습니다. 사람들이 많이 다치기도 했고요.

말도 안 되는 소리 같지요? 하지만 증거가 있습니다. 제가 그걸 그냥 구경만 했을 것 같습니까?"

남자는 서류철에서 비닐 봉투를 하나 꺼내 툭툭 털었다. 일곱 장의 폴라로이드 사진이 책상 위로 떨어졌다. 모두 병원 복도를 가득 메운 초록색 나비들의 사진이었다.

"나비 표본도 몇 개 모았는데 사라져버렸습니다. 비닐 봉투 안에서 푸른색 액체로 녹아버리더니 그 액체도 증발되더군요.

이제 그냥 소름이 끼치는 정도가 아니었습니다. 뱃속부터·기분 나쁜 공포가 스멀스멀 기어 올라오더군요. 아이는 분명 나에게 말을 걸고 있었습니다. 아이는 내가 골수 회의론자라는 사실을 알고 있었을까요? 나에게 닥칠 일을 미리 예언해서 내 믿음을 깨려고 하는 것이었을까요?

셋째 날, 나는 다시 아이를 방문했습니다. 이번엔 바르톨디 박사와 함께였지요. 하지만 사정은 다를 게 없었습니다. 아이는 여전히 그림을 그리면서 내 질문에 대해 성의 없는 대답을 늘어놓았습니다. 우리는 포기하고 아이가 그리는 그림에 신경을 집중했습니다.

이번에 아이가 그리는 그림은 뚱뚱한 남자의 실루엣이었습니다. 히치콕 자화상의 다갈색 모사 같았어요. 초록색 하늘도 없었고 초자연적이거나 폭력적인 사건의 예언도 없었습니다. 나는 조금 안심했습니다. 그것이 예언일 수는 있었지만 병원으로 갑자기 날아든 나비 떼처럼 초자연적인 것은 아니었으니까요. 뚱뚱한 남자 하나 정도는 상대할 수 있었습니다. 아마 그는 웨이터나 벨보이 같은 평범한 사람일 수도 있습니다. 나는 안심했습니다. 이제 아이가 흥얼거리는 「피카르디의 장미」도 그렇게 위협적으로 들리지 않았습니다. 바르톨디 박사도 마음이 놓이는 듯했어요.

그날, 나는 뚱뚱한 남자들과 꽤 많이 마주쳤습니다. 택시 운전사도 뚱뚱한 편이었고 호텔 앞에서 회전문에 같이 갇혀 애를 먹었던 남자도 뚱뚱했습니다. 결정적으로 그날 밤 텔러 소장한테서 전화가 왔습니다. 보고서가 늦어진다고 투덜거리더군요. 그러고 보니 텔러도 꽤 뚱뚱한 편이었지요. 막연한 예언이었지만 대충 맞은 셈이라는 생각이 들었습니다. 웃음이 나왔습니다. 결정타여야 할 세번째 예언치고는 싱거웠으니까요.

안심하고 잠자리에 들려고 하는데, 갑자기 벨이 울리더군요. 나는 별생각 없이 문을 열었습니다.

그 순간 나는 몸이 얼어붙는 것 같았습니다. 문 앞에서 하얀 이를 드러내며 웃고 있는 뚱뚱한 남자는 닉 란디니였습니다."

"닉 누구요?"

"니콜라스 란디니. 샌프란시스코 오페라단의 테너 가수였지요. 녀석은 뚱뚱한 메피스토펠레스처럼 히죽거리며 들고 온 샴페인 병을 나에게 집어 던졌습니다.

온갖 생각이 들더군요. 맨 처음 머리를 때린 건 혐오감이었습니다. 난 정말 란디니 녀석을 혐오했습니다. 란디니는 테너 가수에 대한 선입견을 모조리 물화시킨 듯한 놈이었습니다. 나는 녀석의 어리석음, 신경질, 이기주의, 냄새나는 뚱뚱한 몸이 싫었습니다. 더욱 화가 나는 것은 내가 녀석과 1년 반 동안이나 애인 사이였다는 것입니다.

란디니의 얼굴을 떠올릴 때마다 나는 자신의 육체에 배반당했다는 느낌을 받습니다. 난 꽤 예민한 미감의 소유자입니다. 내 정신은 늘 주드 로나 조시 하트넷처럼 싱싱한 육체를 가진 젊은 남자들을 갈망합니다. 그러나 현실 세계에서 내가 상대하고 말려드는 인간들은 늘 란디니 같은 추잡한 놈들이란 말입니다.

녀석의 얼굴을 보자마자 화가 잔뜩 났지만, 나는 곧 란디니의 페이스에 말려들었습니다. 난 녀석이 왜 이 먼 중남미까지 나를 따라왔는지 물을 생각도 들지 않았습니다. 한창웃고 떠들다 보니 어느새 우리 둘 다 침대 위에서 돼지처럼땀을 흘리며 뒹굴고 있더군요. 녀석은 나를 조종하는 방법을 너무나 잘 알고 있었습니다. 아마 녀석이 세상에서 유일하게 완벽히 할 줄 아는 것이었을 겁니다. 녀석은 좋은 가수도 아니었어요. 그저 하이 C를 오래 질러대기만 했죠. 그래도 나는 녀석이 유시 비엘링을 흉내 내 부르는 「피카르디의장미」를 듣는 걸 좋아했습니다.

뭔가 잘못되었다는 것을 알아차린 건 그날 새벽이었습니다. 맨 처음 떠오른 생각은 우리가 6개월 전에 대판 싸우고헤어졌고 그 뒤로 화해 따위는 하지도 않았다는 것이었습니다. 아무리 녀석의 신경이 둔감해도 그처럼 태평스럽게나를 찾아올 자격은 없었어요. 연구소의 규정은 꽤 엄격한편이니, 녀석이 내가 여기 있다는 걸 혼자 알아냈을 가능성도 별로 없었습니다. 결정적으로 녀석은 나랑 헤어진 뒤 한달도 되지 않아 유행성 감기가 급성 폐렴으로 번져 죽었단말입니다.

갑자기 잠이 확 깼습니다. 그렇다면 내 옆에 누워 있는 저냄새나는 커다란 덩어리는 뭐란 말입니까?

나는 이를 악물고 침대 시트를 벗겨냈습니다. 란디니의 몸이 뒹굴고 있어야 할 자리에는 커다란 베개들이 차곡차곡 쌓여 있었습니다. 나는 베개를 하나 만져보았습니다. 베개치고는 이상할 정도로 뜨거웠습니다. 지퍼를 여니 배설물과 피가 뒤섞인 덩어리가 와르르 바닥에 쏟아지더군요. 나는 당장 화장실로 뛰어 들어가 임신한 여자처럼 먹었던 것을 모조리 토해냈습니다.

샤워를 하고 나니 맘이 조금 편해졌습니다. 그와 함께 내 회의론적 사고도 돌아왔습니다. 아무래도 여기엔 인공적인 사기의 냄새가 났습니다. 란디니 대신 누워 있던 베개부터가 그랬습니다. 하지만 어떻게 한 것일까요? 무엇보다 어떻게 가짜 란디니를 조작해낼 수 있었을까요?

아침을 먹고 병원으로 갈 준비를 하고 있는데, 바르톨디 박사가 내 호텔 방으로 찾아왔습니다. 얼굴이 종잇장처럼 하얗게 질려 있더군요.

"어머니가 찾아와 내 딸들을 데리고 나갔어요."

그는 인사 대신 이렇게 말했습니다. 그때서야 나는 그날 어처구니없는 초자연현상과 마주친 게 나뿐이 아니라는 걸 알았습니다.

"유령이었나요?"

나는 한번 떠보았습니다.

"유령이 지붕에 구멍을 내고 날아가겠습니까?"

바르톨디 박사는 손에 쥐고 있던 종이를 나에게 내밀었습니다. 루시 헌트의 또 다른 걸작이었습니다. 백조 날개를 단 얌전하게 생긴 할머니가 양팔에 어린 여자아이를 하나씩 안고 밤하늘을 나는 그림이었습니다.

나는 바르톨디 박사의 차를 타고 이탈리아 구에 있는 그의 집으로 갔습니다. 다락방에 정말 말도 안 되는 광경이 펼쳐져 있더군요. 날개를 단 여자 모양의 구멍이 천장에 나 있었습니다. 치맛자락과 핸드백까지 너무나도 정교했어요. 마치 「로드러너」 만화에서 와일리 E. 코요테가 바위에 낸 구멍 같았습니다. 나는 필사적으로 웃음을 참았습니다. 이제 상황은 괴기함을 넘어 어처구니가 없었습니다.

우리는 당장 루시를 만나 따지기로 결정했습니다. 이제 아이의 정신 건강은 문제가 아니었습니다. 진짜로 중요한 건 우리의 정신 건강이었습니다.

병원에 도착한 우리는 다시 말도 안 되는 상황과 마주쳤습니다. 박사는 병원 정문으로 가기 위해 좌회전을 했는데, 정문이 있어야 할 자리에 없었던 겁니다. 우리는 세 바퀴나 건물을 돈 뒤에야 간신히 정문을 찾아냈습니다. 정문은 언제나 있던 자리에 얌전히 박혀 있었고 건물 모양도 멀쩡해 보였습니다.

우리는 루시의 병실로 뛰어 들어갔습니다. 루시는 언제나처럼 테이블 앞에 앉아 그림을 그리고 있었습니다. 화가 잔뜩 난 바르톨디 박사는 목이라도 움켜쥘 것처럼 손을 벌리고 그 아이에게 달려들었습니다.

그 순간 그 양반은 꽝 하는 소리와 함께 벽에 머리를 박고 말았습니다. 우리가 루시라고 생각했던 것은 사실 정교한 벽화였던 겁니다. 어떻게 고정된 평면의 그림을 움직이는 삼차원의 물체로 착각할 수 있었을까요? 나도 모릅니다.

나는 스페인어로 요란하게 욕을 퍼부어대는 바르톨디 박사를 버려두고 루시를 찾아 나섰습니다. 병원 안을 헤매는 동안 복도는 점점 길어졌고 어두워졌습니다. 심지어 바닥도 정상이 아니었습니다. 바닥의 타일은 마치 끈끈한 액체처럼 소용돌이를 일으키며 빙빙 돌고 있었습니다.

가끔가다 나는 환자들을 만났습니다. 모두 머리가 천장에 스칠 만한 높이에서 둥둥 떠다니고 있더군요. 다들 이상한 찬송가 비슷한 걸 부르고 있었는데, 가사는 영어도 스페인어도 아니었습니다. 이상할 정도로 모음을 길게 늘이는 정체불명의 언어였어요.

한 시간 동안 건물을 방황하던 끝에 나는 진짜 루시 헌트를 찾아냈습니다. 검은 나들이복을 입은 아이는 바퀴 달린 작은 여행 가방을 끌며 현관을 향해 걸어가는 중이었습니다. 반투명한 나비들이 후광처럼 아이의 머리 위를 돌고 있었습니다.

이제 모든 게 분명했습니다. 아이는 예언자가 아니었습

니다. 아이가 그린 그림들은 예언이 아니라 예고였습니다. 벨라스케스 암살, 반도네온을 연주하는 악사, 나비, 란디니, 백조 날개를 단 할머니…… 이 모든 것은 루시 헌트의 작품들이었습니다. 바르톨디 박사의 특별 요법은 루시 헌트를 치료하는 대신 그 아이에게 내재되어 있던 엄청난 초능력을 풀어놓았던 것입니다.

아이와 현관문 사이는 이제 열 걸음도 남아 있지 않았습니다. 몇 초만 지나면 아이는 세상 밖으로 풀려날 것입니다. 저 미치광이가 나간다면 세상은 어떻게 될까요?

나는 두 번 생각하지도 않았습니다. 바닥에 뒹굴고 있는 메스를 잡아 움켜쥐고 아이에게 달려갔습니다. 아이가 문손잡이를 잡는 순간 나는 메스로 아이의 목을 그었습니다. 검붉은 피가 상처에서 쏟아져 나왔지만 아이는 조용했습니다. 나는 아이의 몸을 뒤로 잡아끌었습니다. 아이가 바닥에 넘어지자 나는 주먹으로 아이를 내리치기 시작했습니다. 주먹에 맞을 때마다 아이의 몸은 장난감 고무찰흙처럼 푹푹 파였습니다.

그 순간 병원이 갑자기 빙빙 돌기 시작했습니다. 병원이 도는 동안 바닥에 종이처럼 깔려 있던 아이의 몸은 서서히 옆으로 늘어나기 시작했습니다. 더 이상 그 아이는 사람의 모습을 하고 있지 않았습니다. 이제 그것은 행글라이더 크기의 거대한 새였습니다.

바람 소리와 함께 현관이 떨어져 나갔습니다. 새는 현관을 향해 날아갔습니다. 새가 건물을 벗어나자 현관 옆의 벽도 떨어져 나갔습니다. 그 순간 술라코의 하늘은 천천히 에메랄드빛으로 변해가기 시작했습니다.

새는 천천히 시내로 날아갔습니다. 날아가는 동안 새는 도시에 비정상적일 정도로 커다란 녹색 그림자를 깔았습니다. 그림자가 닿는 순간 거리와 건물들은 모습을 바꾸기 시작했습니다. 이제 그것들은 살아 있는 생명체처럼 꿈틀거리고 있었습니다. 건물 안에 사람들이 어떻게 변했는지는 상상도 하기 싫었습니다.

멕시코 국경까지 가는 데 꼭 일주일이 걸렸습니다. 그동안 내가 술라코에서 본 것들에 대해서는 지금 당장 이야기하고 싶지는 않군요. 할 필요도 없을 겁니다. 여기서도 곧 볼 수 있을 테니까요."

2. 빛의 도시

개천은 여자 젖가슴들로 가득 차 있었다. 로저 핸슨은 보트 밖으로 팔을 뻗어 물속에 손을 묻었다. 반쯤 젤리 같고, 반쯤은 부글거리는 액체 같은 반구형의 파도가 그의 손을 적셨다. 그는 넷째 손가락을 들어 위에 솟아 있는 유두들을 가볍게 쓸었다.

"아호이, 마이츠Ahoy, mates!"

핸슨은 고개를 들었다. 백 야드쯤 떨어진 다리 위에서 감색 교복을 입은 깡마른 여자아이가 손을 흔들고 있었다.

다리 밑에 도착하자, 골드버그 박사는 보트를 물가에 댔다. 다리에서 내려온 아이는 탭댄스를 추듯 깡충거리며 보트에 다가갔다.

"여기가 맞아?"

핸슨이 아이에게 물었다.

아이는 한숨을 내쉬며 손가락으로 도로 안내판을 가리켰다. 영어 인사말은 지워져 있었지만 한문은 남아 있었다. 핸슨은 수첩을 꺼내 스티븐 응우옌의 낙서와 비교해보았다. 光明市. 빛의 도시.

핸슨은 다리 위로 올라와 도시를 관찰했다. 실망스러웠다. 도시의 입구는 평범했다. 지저분한 간판들이 걸려 있는 야트막한 회색 건물들이 텅 빈 거리를 가운데 두고 양옆에 얌전히 서 있었다. 사람들과 차가 이상할 정도로 없고 하늘이 초록색이 아니었다면 거의 정상적으로 보였을 것이다.

"보트로 들어갈 수는 없니?"

골드버그 박사가 밑에서 물었다.

"아뇨. 개천은 시내로 흘러 들어가지 않아요. 여기서부터는 걷거나 차를 타고 가야 해요. 절 믿어요. 전 여기서 1년

반이나 살았다구요."

"시청까지는 얼마나 되니?"

"보통 때라면 걸어서 한 시간도 걸리지 않아요. 하지만 지금은 알 수 없지요. 그 짐들을 다 들고 가야 하나요?"

핸슨은 보트 바닥을 내려다보았다. '짐' 중 하나는 화살에 맞아 죽은 티모시 헐의 시체였다. 그도 죽으면서 한심했으리라. 서울과 같은 현대적인 대도시에서 원시인이 쏜 돌화살에 맞아 죽다니.

아이를 만난 건 여러 면에서 행운이었다. 우선 타이밍이기가 막혔다. 아이는 그들이 칼과 쇠파이프로 무장한 청계천 상인들에게 학살당하기 일보 직전에 구원의 여신처럼 나타났다. 아슬아슬한 순간에 피투성이 살육은 바가지를 잔뜩 뒤집어쓴 물물교환으로 변경되었다. 그들이 한국에 도착한 뒤 의사소통이 가능한 사람을 만난 건 그날이 처음이었다.

아이는 작고 여렸다. 아이는 곧 죽어도 열다섯 살이라고 우겼지만 핸슨의 눈에는 아무리 높이 잡아도 열두 살을 넘긴 것 같지 않았다. 핸슨은 아직까지도 아이의 이름을 익히지 못했다. 원정대 사람들은 그 아이를 그냥 수Sue라고 불렀다. 중간인지 끝인지는 몰라도, 아이의 이름 가운데 '수'라는 음절이 하나 들어 있었던 것이다. 아이는 의기양양한 뉴질랜드 억양으로 이야기를 했다. 핸슨에게 여자 젖가슴들이 흐르는 개천보다 이상한 것은 자기가 열다섯 살이라고 박박 우기는 열두 살짜리 한국 꼬마가 키위 억양으로 뉴질랜드 럭비 팀에 대해 떠드는 것이었다.

핸슨과 골드버그 박사는 헐의 시체를 젖가슴 속으로 밀어 넣었다. 사후 경직으로 뻣뻣해진 헐의 시체는 기우뚱한 자세로 소용돌이치며 빙글빙글 돌다가 갑자기 벌떡 일어나더니 그대로 가라앉았다. 잠시 동안 시체는 발기된 페니스처럼 보였다.

골드버그 박사는 열쇠가 꽂혀 있는 버스를 한 대 찾았다. 그들은 짐을 버스에 옮겨 실었다. 골드버그 박사가 시동을 걸자 차는 천천히 움직였다. 아주 천천히. 회전체의 장난은 광명시에서도 예외는 아니었다. 바퀴는 '다섯 바퀴나 돌아야 간신히 한 바퀴를 돌았다.' 핸슨은 이 말도 안 되는 기하학적 모순을 이해할 수 없었다. 그러나 그가 이해를 하건 말건 버스의 바퀴는 다섯 바퀴가 한 바퀴라는 어처구니없는 패러독스를 고수했다. 차는 느릿느릿 광명 사거리를 향해 미끄러져 갔다.

"이야기를 해줘요."

뒷좌석에 앉아 요요를 던지던 아이가 갑자기 말했다.

"무슨 이야기?"

핸슨이 되물었다.

"사냥에 대해서요."

"이미 한 번 이야기하지 않았나?"

"그래도 다시 해봐요. 셜록 홈스 소설에 나오는 의뢰인처럼요. '제 친구 왓슨은 아직 듣지 못했으니 다시 한번 그 신기한 이야기를 들려주시지 않겠습니까, 핸슨 씨?'"

핸슨은 한숨을 내쉬었다.

"나와 골드버그 박사는 루돌프 도이치 연구소에서 일한다. 도이치 연구소는 사후 세계에 대해 궁금증이 아주 많았던 부자 영감이 초자연현상을 연구하기 위해 세운 단체야. 유령이나 초능력 같은 것들을 연구하지.

한 달 전, 스티븐 응우옌이라는 우리 직원 중 한 명이 술라코에서 아주 놀라운 아이를 발견했어. 루시 헌트라는 이름의 그 아이는 심각한 정신분열증 환자였는데, 우리가 알수 없는 방법으로 자신의 정신 나간 마음을 물리적 대상에 투영할 줄 알았다. 아이는 생각만으로도 괴물을 만들 수 있었고 사람을 조종할 수도 있었어. 한마디로 거의 전능했던 거야.

그러나 전능해졌다고 해서 정신이 멀쩡해진 건 아니었단다. 반대로 아이는 자신의 미친 정신을 세상에 뿌려놓았어. 커다란 새의 모습으로 변신한 아이는 정신병원을 뛰쳐나가 술라코를 루이스 캐롤의 이상한 나라보다 더 말도 안 되는 곳으로 만들어놓았다.

스티븐 응우옌이 간신히 술라코를 탈출해 사건의 경위를

보고하자, 연구소에서는 열두 명의 연구원을 파견했다. 그 중엔 나와 골드버그 박사도 섞여 있었어.

우리가 술라코에 도착한 건 루시 헌트가 풀려난 지 겨우 일주일이 지난 뒤였어. 하지만 술라코의 이전 모습을 찾는 건 거의 불가능했어. 현대 도시는 사라지고 없었어. 대신 은으로 만들어진 가느다란 탑들과 다리들이 그 자리를 대신하고 있었어. 새로 생긴 은빛 도시 시민들 중 정상적인 인간들은 절반 정도에 불과했어. 어떤 사람들에게는 날개가 생겼어. 다른 사람들은 피부가 은빛으로 변했고 말이야. 사람 키의 일곱 배가 넘는 거인들도 있었고 반대로 쥐처럼 몸이 줄어든 사람들도 있었다. 머리 좋은 몇 명은 벌써 자유롭게 몸의 크기와 모양을 바꾸는 방법을 익혔던 모양이었어.

우리의 임무는 바르톨디 박사와 그의 연구 기록을 찾는 것이었다. 다행히도 둘 다 쉽게 찾을 수 있었어. 모양은 바뀌었지만 병원은 여전히 같은 자리에 서 있었어. 게다가 정신병원은 은빛 도시에서 가장 화려한 건물이었어. 거대한 크리스마스트리 모양의 은빛 마천루로 탈바꿈해 있었거든.

우리가 바르톨디 박사를 발견했을 때, 그는 트리 옆에 대충 놓인 작은 개집 안에 숨어 있었어. 밖에서는 두 발로 걷는 거대한 핑크색 토끼가 망치로 개집 지붕을 내리치고 있었고.

우리는 토끼를 쫓아내고 박사를 끌어냈다. 박사는 지금

까지 그가 겪은 끔찍한 일들에 대해 두서없이 늘어놓았어. 그는 굉장히 심각했지만 그의 이야기는 그냥 우스꽝스러웠어. 그가 겪은 일들은 모두 「루니 튠스Looney Tunes」 만화의 난장판 소동과 이상할 정도로 비슷했거든. 망치를 든 핑크색 토끼만 봐도 대충 사정을 짐작할 수 있지 않겠니?

다행히도 그는 비교적 덜 미친 상태였고 지난 며칠 동안 일어난 일들을 꾸준히 노트에 기록하고 있었어. 루시 헌트의 이전 자료들이 든 가방도 목숨 걸며 지키고 있었고 말이야.

바르톨디 박사에 따르면, 새로 생긴 은빛 도시는 대부분 루시 헌트가 이전에 그린 그림들에 바탕을 두고 있었어. 하지만 루시 헌트가 은빛 도시의 유일한 건축가는 아니었어. 그 아이는 광기의 기반을 제공했을 뿐이야. 나머지는 모두 루시 헌트의 광기에 휩쓸려간 보통 사람들의 작품이었어. 루시 헌트가 정말로 위험한 존재인 것도 그 때문이었지. 아이는 괴물일 뿐만 아니라 앞으로 태어날 괴물들의 어미이기도 했어.

다행히도 우리에겐 두 가지 기회가 있었어. 우선 그 아이는 자기가 얼마나 전능한지 모르고 있었어. 그리고 정신 병동에 갇혀 있던 스티븐 응우옌이 아이의 마음을 어느 정도 읽고 있었어. 응우옌은 아이가 달아나기 직전에 상당히 심하게 몸싸움을 했는데, 그동안 둘의 정신이 얽혀버렸던 모양이야. 그렇게 전문가적인 해석은 아니지만 그게 우리가 할 수 있는 유일한 설명이야. 하여간 우린 응우옌을 통해 아이가 아직까지 새의 모습을 하고 술라코의 어딘가에 숨어서 우릴 관찰하고 있다는 사실을 알았어.

어떻게든 우린 아이를 없애야 했어. 연구는 나중으로 미루어야 했지. 잘못하면 세계가 파괴될 판이니까. 하지만 우리가 알고 있는 어떤 물리법칙도 먹히지 않는 적수와 어떻게 싸워야 할까?

그때 골드버그 박사가 천재적인 아이디어를 내놓았다. 루시 헌트가 만든 은빛 도시는 논리와 물리법칙이 통용되지 않은 이상한 나라였어. 하지만 바로 그렇기 때문에 그 세계는 새를 사냥할 무기를 만들 수 있는 유일한 장소가 되었지. 골드버그 박사는 자신의 소망과 루시 헌트가 만든 세상의 광기를 조화시켜, 왜곡된 물리법칙과 논리를 이용해 새를 없앨 수 있는 초자연적인 무기를 만들었어. 그건 지금 내가 깔고 앉아 있는 상자 안에 들어 있다. 우린 이 기계에 골드버그 머신이라는 이름을 붙여주었어.

우린 그 무기가 어떤 법칙으로 움직이는지도 아직 몰라. 하지만 루시 헌트에게 위협적인 존재라는 건 쉽게 짐작할 수 있었지. 아이는 무기가 발명되자마자 아메리카 대륙을 떴거든. 술라코와 코스타구아나, 멕시코 그리고 뉴멕시코 주 일부를 미치광이 나라로 만들어놓고 말이야."

"그리고 그 아이는 태평양을 건너 여기까지 온 거네요?

아저씨들은 그 스티븐 아무개라는 영매를 통해 그 아이가 광명시 시청 근처에 숨어 있다는 걸 알아냈고?"

아이가 물었다.

"그래."

"왜 하필이면 광명시예요? 여긴 특별할 게 전혀 없는 그냥 평범한 동네라고요."

"나도 몰라. 아마 이름이 마음에 들었던 모양이지."

"광명시가 무슨 뜻인지 어떻게 알았고요?"

"그 아이는 전능하니까. 우리가 알기론 아이에겐 다른 사람들의 지식을 빨아들일 수 있는 능력도 있거든."

"아하 알겠어요. 하여간 그래서 스무 명의 용감한 미국인으로 구성된 정예팀이 그 무시무시한 무기를 들고 지구의 종말을 막기 위해 우리나라에 파견되었던 거군요."

"맞아."

"그리고 도착한 첫날밤에 우리의 용감한 주인공들 절반이 동대문 시장 아줌마들이 휘두르는 빨랫방망이에 맞아 죽었고요?"

"우리가 생각한 것보다 사태가 훨씬 폭력적이었어. 그리고 우린 반세기 동안 미군이 주둔한 나라에서 영어가 이처럼 통하지 않을 거라고는 상상도 못 했다."

아이는 숨이 넘어갈 정도로 심하게 웃어대다가 결국 딸꾹질을 시작했다. 아이가 딸꾹질과 필사적으로 싸우는 동안 핸슨은 그가 지난 며칠 동안 겪었던 일들을 돌이켜보았다. 만약에 그들이 성공적으로 임무를 완수한다고 해도, 그는 결코 그의 모험담을 할리우드에 팔 생각이 없었다. 루시 헌트의 세계에서 모험가들이 존엄성을 유지할 가능성은 전무했다.

아직도 만화 주인공들의 악몽에 쫓기고 있는 바르톨디 박사의 경우는 그래도 점잖은 편이었다. 서울에 도착한 이후로 그들은 시장 아줌마들의 방망이에 맞아 죽었고, 고질라를 닮은 말하는 공룡에게 잡아먹혔으며, 꼭 해리 포터처럼 분장한 소녀의 마술에 휘말려 양배추와 토끼로 변했다. 양배추로 변한 메이웨더와 카터 요원이 토끼로 변한 마르케스 중령에게 씹어 먹히는 동안 그와 티모시 헐은 거대한 햄스터 우리 안에서 쳇바퀴를 돌리고 있었다. 그들이 살아남을 수 있었던 건 그동안 쥐구멍 안에 숨어 있던 골드버그 박사가 아슬아슬한 순간에 루시 헌트 세계의 물리법칙을 조종하는 방법 몇 개를 더 알아냈기 때문이다. 그들은 그 뒤 며칠 동안 박사를 간달프라고 불렀다. 헐이 죽은 뒤로 그런 별명을 부르는 재미도 떨어져버렸지만.

"사거리예요."

간신히 딸꾹질을 그친 아이가 창문을 열고 손가락을 뻗어 앞을 가리켰다.

핸슨이 이야기에 정신이 팔려 있는 동안 도시의 모습은

서서히 변해가고 있었다. 이제 회색 콘크리트 건물들은 사라지고 없었다. 건물들 대신 존재하는 것은 용 가죽으로 만든 것 같은 회갈색 성채였다. 성체 위에서는 비정상적으로 크고 반짝이는 눈에 핑크색 가발을 쓴 외계인 같은 존재들이 과장된 목소리로 떠들어대고 있었다. 골드버그 박사는 차를 세웠다.

"뭐라는 거야?"

골드버그 박사가 말했다.

"신분을 밝히래요. 여기부터는 전쟁터라는군요."

핸슨은 잠시 생각했다.

"우린 민간인 과학자라고 해."

아이는 차창 너머로 고개를 내밀더니 그 외계인들만큼이나 과장되고 요란한 어조로 길게 떠들어댔다. 한참 뒤에야 아이는 고개를 돌리고 말했다.

"차 안을 수색하기 전에는 보내줄 수 없대요."

핸슨은 골드버그 박사를 바라보았다. 박사는 고개를 끄덕였다.

다섯 명의 외계인이 버스 안으로 들어왔다. 그들은 요란한 탐색용 기계들을 끌고 왔지만 수색 자체는 성의가 없었다. 심지어 그들은 코앞에 놓인 플라스틱 폭탄 상자도 알아채지 못했다.

핸슨은 이들의 언어를 조금 알아들을 수 있었다. 그들이 사용하는 어휘의 절반이 영어였던 것이다. 대부분 관사가 빠진 단수 명사들로 monster, unit, dragon, heathen, battle 과 같은 단어가 특히 자주 반복되었다. 아마도 그들은 신화적 무대를 배경으로 한 종교전쟁을 벌이는 모양이었다.

"우리가 스파이가 아니라는 건 알았대요. 하지만 오늘은 보내줄 수 없다는군요."

한동안 리더인 듯한 외계인과 이야기를 나누던 아이가 말했다.

"왜?"

핸슨이 물었다.

"상황이 아주 예민한가 봐요. 지금 휴전 중인데 양쪽 다 서로를 믿지 못하는 것 같아요. 내일 양측에서 모두 감시할 수 있을 때 지나가라고 하네요. 그때까지 숙소는 제공해주겠대요."

별도리가 없었다. 그들은 외계인들의 감시를 받으며 버스에서 내렸다. 불안하기 짝이 없었지만 골드버그 머신 역시 버스에 남겨둘 수밖에 없었다.

성문은 컴컴하고 지린내 나는 긴 콘크리트 복도로 이어져 있었다. 다행히도 외계인들이 그들에게 제공해준 방은 비교적 밝고 쾌적했다. 창은 없었지만 창이 달려 있어야 할 자리에 커다란 간접 조명등이 달려 있었고 환기도 잘되는 편이었다.

"통행권이에요."

안내인 외계인이 장황한 설교를 늘어놓고 나가자 아이는 그에게서 받은 핑크색 종이 리본을 탁자 위에 집어 던졌다.

"밖으로 나가려면 이걸 한 조각씩 찢어 가지고 가야 해요. 크기에 상관없이 종이는 대충 두 시간쯤 지나면 녹아요. 녹기 전에는 다시 여기로 돌아와야 해요. 통행권이 없을 때 잡히면 재판도 없이 처형될 수 있으니까요. 방 안에서는 무얼 해도 상관없어요."

핸슨은 통행권 따위는 쓸 생각이 없었다. 아이와 골드버그 박사가 리본을 찢어 가지고 나간 동안 그는 샤워를 하고 냉장고에 든 통조림 음식들을 먹은 뒤 텔레비전을 보는 편을 택했다. 영어 채널은 한 군데도 없었지만 그래도 채널을 돌리고 있자니 괜히 안심되는 느낌이었다.

골드버그 박사와 아이는 꼭 두 시간 뒤에 돌아왔다. 아이는 이제 자기도 좀 놀아야겠다며 다시 새 통행권을 찢어 가지고 나갔다. 문이 닫히자 골드버그 박사는 텔레비전 앞에 의자를 끌어당겨 앉았다.

"어떤 상황인지 알아냈네."

그가 말했다.

"이곳은 전쟁터야. 리마스와 폴리나스라는 두 종족이 천 년 가까이 전쟁을 벌이고 있는 곳이라네. 여긴 리마스 종족의 본부야.

그런데 언제부터 시리우스 행성에서 온 파충류 외계인들과 우주전을 벌이는 지구인들이 그들의 영역으로 넘어 들어온 것이라네. 일단 리마스와 폴리나스 종족은 지구인과 시리우스인에게 대항하기 위해 연합했고, 또 이들 연합군은 얼마 전에 상대방 연합군과 임시 휴전 상태에 들어갔네. 상황이 불안한 것도 당연하지. 리마스와 폴리나스는 철천지원수라네. 당연히 뒤에서는 지구인이나 시리우스인과 연합해서 상대편을 몰아내려는 음모가 진행 중이지. 물론 지구인이나 시리우스인도 마찬가지이고 말이야.

이들의 기원은 만화책과 컴퓨터게임인 것 같네. 저들의 외계인과 같은 외모나 끝없는 전쟁으로 일관된 진부하고 폭력적인 역사 역시 여기에서 기원한 거지. 사진 자료를 봤는데, 저들이 지구인이라고 부르는 존재도 아주 우리와 같지는 않은 모양이야. 우리가 스파이 취급을 받지 않은 것도 그 때문인 듯하네. 그들은 이미 알고 있는 존재들만 적으로 간주하거든. 아마 우리가 흑인이라는 것도 도움이 되었겠지. 이곳 세계에서 흑인은 존재하지 않는 것 같았어.

우리가 의심받지 않은 또 다른 이유도 짐작할 수 있을 것 같네. 그들의 지능은 모두 실제 전쟁터의 전략과 전술에 집중되어 있어. 그 방면만 따진다면 그들은 천재적이네. 하지만 첩보전에 대한 개념은 거의 전무해. 우릴 스파이라고 의심하는 걸 보면 스파이라는 단어가 있긴 한 것 같지만 그 이상은 절대로 아니라네. 그건 이 세계가 모델로 하고 있는 게임에 스파이들은 존재하지 않기 때문이지. 심지어 저들은 우리 버스에 보초병도 세워두지 않았어. 급하면 그냥 버스를 타고 달아날 수도 있을 것 같아.

여기서 중요한 건 지구인/시리우스인과 리마스/폴리나스 종족의 전쟁이 영역권 다툼이 아니라는 것이네. 그것보다는 약간 복잡하지. 이들은 역사를 두고 싸우고 있어. 리마스와 폴리나스 종족은 원수 사이지만 4천 년에 걸친 역사를 공유하고 있네. 하지만 시리우스인과 지구인은 전혀 다른 역사선을 물려받고 있어. 여기서 우리가 지구인이라고 부르는 종족의 역사에는 리마스나 폴리나스 종족 따위는 존재하지 않는다네. 물론 리마스와 폴리나스 종족에게는 지구라는 별이 존재하지도 않고 말이야. 그들의 역사에 따르면 이곳은 실라피노토스라는 행성이네. 나중에 나갈 기회가 있다면 하늘을 보게. 갈색 달이 두 개 떠 있는 게 보일 거야.

이들의 역사를 조금 더 조사해봤는데, 역사선 전쟁은 이번이 처음이 아니라네. 이들은 이전에도 다른 역사를 가진 종족들과 전쟁을 해왔어. 리마스와 폴리나스라는 종족 역시 지금까지 일어난 역사선 전쟁의 생존자들이야. 4천 년에 걸친 이들의 역사 역시 수천 수백 종족의 역사에서 조금씩 따온 것이고 말이네.

아마 이들의 영향력은 점점 커져갈 걸세. 우리를 공격했던 시장 상인들은 자기 소망을 구체화시키긴 했지만 일관성 있는 가짜 역사에 대한 갈망 따위는 없었지. 그들이 아무리 초능력을 과시한다고 해도 일관된 역사의 힘에는 결국 굴복할 걸세. 물론 조금 더 오래 버티는 무리도 있을 거야. 우리가 전에 지나쳤던 아파트촌을 기억하나?"

핸슨은 고개를 끄덕였다. 어리석게도 그들은 말끔하게 단장된 아파트촌과 쇼핑센터들로 이루어진 그 세계가 루시 헌트의 영역 밖이라고 생각했다. 하지만 정반대였다. 그들의 세계는 세상의 변화를 부정하려는 욕구가 쌓아올린 판타지였다. 침입자들이 그들의 환상을 깨뜨릴지도 모른다는 걸 알게 되자, 그들은 지금까지 만난 어떤 시장 상인들보다도 무섭게 그들에게 달려들었다.

"짐작하겠지?"

골드버그 박사는 말을 이었다.

"이런 전쟁은 결코 끝나지 않을 걸세. 만약 리마스와 폴리나스 종족이 지구인과 시리우스인을 몰아낸다고 해도 그들 세계에서는 그 역사를 맘에 들어 하지 않는 사람들도 생길 걸세. 그들은 또 자기 나름대로의 세계를 만들고 그걸 맘에 들어 하는 동료들을 모아 리마스와 폴리나스 종족에 대항하겠지. 그들이 주권을 잡아도 다른 세계와 역사가 계속 태어나 그들에게 대항할 거고 말이야.

은빛 도시가 비교적 일관성 있는 세계였던 건 루시 헌트가 세계의 형성에 직접적인 영향을 끼쳤고, 술라코라는 곳이 비교적 문화적으로 단순했기 때문이야. 하지만 이 나라는 사정이 다르지. 문화적 환경이 훨씬 복잡하고 인공적이며, 아이도 세상이 멋대로 흘러가도록 방치한 것 같으니까. 아마 이런 현상이 지구 전체로 퍼지면 결과는 굉장할 걸세."

핸슨은 불안해졌다. 언젠가부터 골드버그 박사는 실실 웃고 있었다.

"이게 재미있습니까?"

"자네도 재미있다는 사실을 부인할 수는 없을 거네. 굉장하지 않나? 수천수만 개의 역사가 동시에 존재하는 것 말이네. 여기서는 모순되는 모든 역사가 진실이네."

"하지만 이 모든 건 가짜이고 허상입니다. 4천 년의 역사요? 루시 헌트는 한 달 전에 이 나라에 왔습니다. 그 4천 년은 모두 그동안 만들어진 가짜 아닙니까?"

"아니, 여기서 그들의 역사는 모두 물리적 실체야. 우리의 역사보다 특별히 더 가짜라는 근거는 없네. 루시 헌트 세계가 흥미로운 것도 그 때문이지. 그 아이는 공간뿐만 아니라 시간 역시 변화시킨다네. 이 세계에서 과거는 현재 구성원들 기억의 영향을 받네."

"그래요? 박사님도 이 모든 게 만화책이나 게임의 흐릿한 그림자라는 걸 인정하셨지 않습니까! 지금까지 저들이 만들어낸 환상은 모두 현실의 반영이란 말입니다. 우리의 현실이 저들의 엉성한 꿈에 묻힌다면 과연 저들은 어디에서 꿈의 재료를 얻을까요? 우리가 멸망하면 저들도 죽습니다."

"다들 처음이니 그렇지. 시간이 지나면 저들도 조금씩 발전할 걸세. 이미 저들은 자신의 욕망의 기반인 육체를 바꾸어가고 있네. 저런 변화 속에서 어떤 갈망이 생겨나고 어떤 꿈이 태어날지 누가 알겠나?

이들이 모두 실체이고 현실이라면 자네가 당연하다고 생각하는 단일 역사의 진실성도 의심해야 할 걸세. 지금까지 우린 어떻게 단일 역사를 유지할 수 있었을까? 미치광이 여자아이의 손짓 하나만으로 쉽게 파괴되는 게 현실이라면 그게 과연……"

골드버그 박사는 말을 채 끝맺지 못했다. 그는 핸슨의 손에 쥐인 플라스틱 권총과 그의 가슴에 뚫린 총구멍을 번갈아 바라보다가 픽 하는 웃음소리를 내며 바닥에 쓰러졌다.

핸슨에겐 그의 죽음을 확인할 여유 따위는 없었다. 그는 골드버그 박사의 몸을 침대 밑에 밀어 넣은 뒤 허겁지겁 리본을 끊어 주머니에 넣고 방을 빠져나왔다. 복도를 지나치는 외계인들이 가끔 그를 쳐다보았지만 리본을 내밀자 다들 관심 없다는 듯 가던 길을 갔다.

이런 일이 일어날 줄 알았고 그에 대한 교육도 받았지만, 그래도 몇 년 동안 함께 일해왔던 동료를 쏴 죽이는 건 결코 쉬운 일이 아니었다. 핸슨의 몸은 식은땀으로 젖어 있었고 손은 부들부들 떨렸다. 그는 손의 떨림을 억제하기 위해 양손 주먹을 꽉 쥐었다. 손아귀 틈으로 흘러나온 땀이 바닥에 뚝뚝 떨어졌다. 망할 영감탱이 같으니. 세상이 어떻게 돌아가는지 보고서도 그렇게 쉽게 넘어가? 그 같잖은 마법이 뭐가 그렇게 대단해서……

골드버그 박사 말대로 버스는 감시병 없이 빈 공터에 방치되어 있었다. 혹시 함정일지도 모른다는 생각도 해봤지만 머뭇거릴 시간이 없었다. 그는 버스 안으로 들어가 상자를 열었다.

골드버그 머신은 반짝이는 금빛 톱니바퀴들로 가득 찬 투명한 공이었다. 크기는 농구공의 두 배 정도에 불과했지만 무게는 웬만한 남자 어른만큼 나갔다. 톱니바퀴는 이 기계의 진짜 원리와는 아무 상관없었다. 그것들은 사용자의 갈망과 비틀어진 루시 헌트의 물리법칙을 연결하게 도와주는 일종의 상징이었다. 골드버그 머신은 실체 없이 상징만으로 이루어진 기계였다.

그는 기계를 커다란 식료품 자루에 담아 들고 버스에서 내렸다. 지도를 다시 확인한 그는 자루를 질질 끌며 리마스 종족의 성채에서 빠져나왔다. 다행히도 길 찾기는 어렵지 않았다. 성채가 건물들을 집어삼키긴 했지만 지형 자체는 변하지 않았던 것이다. 성채를 벗어나자 변형되지 않은 옛 건물들도 눈에 들어왔다.

시청까지는 계속 오르막길이었다. 핸슨은 곧 기진맥진해 졌지만 중간에 멈출 수는 없었다. 그는 적의 영토에 들어와 있었다.

한 시간 가까이 자루를 끌며 땀을 질질 흘리던 그는 간신 히 새로 지은 듯한 붉은 벽돌 건물 앞에 도착했다. 지도에 따르면 이 건물은 시립 강당이었다. 그는 걸음을 멈추었다. 시청은 저 너머였지만 더 이상 가까이 가는 건 위험했다.

그는 로비 안으로 들어가 자루에서 기계를 끄집어냈다. 그는 주머니에서 손잡이를 꺼내 기계의 태엽을 감았다. 태 엽이 다 돌아가자 골드버그 머신은 그의 눈높이까지 떠올 라 째깍거리면서 회전하기 시작했다. 보라색 장이 기계를 둘러싸기 시작하자 그는 허겁지겁 건물에서 빠져나왔다.

골드버그 박사의 이론이 맞는다면 기계의 회전은 주변 환경을 익숙한 현실로 되돌리고 진동하는 현실은 연쇄반응 을 일으켜 루시 헌트가 오염시킨 세계를 파괴한다. 기계는 광명시 같은 작은 도시쯤은 한 번에 서너 개도 파괴할 수 있 었다. 이 정도로 가까운 거리라면 루시 헌트의 위태로운 정 신도 마찬가지였다.

보라색 장이 강당을 집어삼키기 시작하자, 그는 다시 리 마스 종족의 성채로 달리기 시작했다. 왜 그쪽을 목표로 삼 았는지는 그도 알 수 없었다. 아마 무의식적으로 루시 헌트와의 직접 접촉을 두려워했던 것인지도 모른다.

허겁지겁 버스 앞까지 달려온 핸슨은 부들부들 떨리는 무릎을 양손으로 잡고 숨을 들이마셨다. 어느 정도 안정이 된 그는 하늘을 올려다보았다. 아직 흑녹색 그대로였다. 그는 망원경을 꺼내 강당 쪽으로 돌렸다. 보라색 장은 사라지고 없었다.

뭐가 잘못되었을까? 골드버그 박사가 미리 손을 봤던 걸까? 그럴 리는 없었다. 지금까지 기계는 그의 눈앞에서 철저하게 관리되고 있었다. 골드버그 박사가 상자를 건드렸을 가능성은 전무했다. 그렇다면 골드버그 박사의 이론이 틀렸던 걸까?

"기계가 작동하지 않나요?"

핸슨은 깜짝 놀라 뒤를 돌아보았다. 아이가 성벽에 등을 기대고 서서 웃고 있었다.

"네가 건드렸니?"

아이는 고개를 흔들었다.

"아뇨. 그리고 왜 제가 그런 귀찮은 짓을 해야 하나요?"

"하지만⋯⋯"

"정말 어떻게 된 건지 모르겠어요? 생각해봐요. 골드버그 박사가 루시 헌트 세계의 물리학으로 그런 기계를 만들 수 있다면 루시 헌트 세계 역시 그에 대한 대응책을 마련할 수 있지 않았겠어요? 아저씨들은 이 나라에 하루이틀 있었던 게 아니에요. 그 정도 정보를 빼낼 만한 시간은 충분했다고요."

한참 동안 아이를 쳐다보던 그는 간신히 입을 열었다.

"루시?"

아이는 한심하다는 듯 혀를 끌끌 찼다.

"추리소설을 너무 많이 읽었군요. 꼭 그런 식으로 뜻밖의 범인을 잡아야 직성이 풀리나 봐요? 하지만 루시 헌트가 저처럼 말짱할 수는 없죠. 네, 그 아이는 여전히 미치광이랍니다. 하지만 그런 미치광이가 만들어내는 세계에 매료되어 그 아이를 돕는 멀쩡한 사람들도 존재할 거라는 생각을 안 해봤나요?

한번 가정해봐요. 그 멀쩡한 사람 하나가 막 태어난 파라다이스를 파괴하려는 음모를 막기 위해 그 집단에 스파이로 잠입했다고요. 그들이 자기 목숨을 부지하려 기를 쓰는 동안 그 멀쩡한 사람은 기계의 원리를 알아내 일종의 물리학적 백신을 세계에 뿌렸겠죠. 보안장치가 달린 상자 안에 들어 있지 않았냐고요? 우리의 주인공들이 루시 헌트 세계에 감염되지 않으려 기를 쓰는 동안 그 멀쩡한 사람이 그 정도쯤은 쉽게 투시할 만한 능력을 개발했다고 생각해보신 적 없으세요? 아, 또 그런 얼굴로 나를 쳐다보고 있군요. 내가 말했죠? 보기보다 나이가 많다고요. 특히 루시 헌트 세계에서는 외부의 시간이란 큰 의미가 없죠."

핸슨은 아이를 쏘았다. 교복에 작은 총구멍이 뚫렸지만 아이는 가렵지도 않은 모양이었다. 아이는 요요를 돌리면서 깡충 걸음으로 핸슨에게 다가왔다.

"미안하지만 모든 게 끝났어요. 아까도 말했지만 루시 헌트의 세계에서 시간은 큰 의미가 없답니다. 아저씨가 여기서 살아남으려 발버둥 치는 동안 바깥세상에서는 석 달이 넘게 흘렀고 그동안 연쇄반응은 벌써 지구 반을 덮었어요. 네, 더 이상 우리의 미치광이 여왕님은 세상을 바꾸기 위해 밖으로 나갈 필요도 없답니다. 그래서 지금까지 몸소 우리와 함께 머무실 수 있었던 것이고요. 믿기지 않는다고요? 뒤를 봐요."

핸슨은 시키는 대로 뒤를 돌아보았다. 리마스족의 성채는 서서히 꿈틀거리고 있었다. 이제 그는 자신이 지금까지 성채라고 생각했던 것이 사실은 거대한 용과 같은 괴물의 몸뚱이라는 것을 알 수 있었다. 하늘의 반을 덮을 만큼 거대한 한 쌍의 박쥐 날개를 천천히 편 괴물은 길고 가는 목을 구부려 징그러울 정도로 사람 같은 얼굴을 핸슨의 눈앞에 들이댔다. 그는 드디어 루시 헌트의 얼굴을 볼 수 있다.

핸슨은 웃었다. 헉헉거리는 숨소리로 시작되었던 그의 웃음소리가 버스의 창문을 깨뜨리고 타이어에 구멍을 낼 정도로 커지자 그의 정신과 육체는 그 웃음소리 속에 묻혀버렸다. 그가 간신히 웃음을 멈추었을 때 그의 존재는 더 이상 아무런 의미가 없었다.

3. 코요테의 추락

그 벽돌 건물은 청록색 하늘을 배경으로 동그란 갈색 언덕 위에 얌전하게 세워져 있었다. 나는 천천히 언덕을 오르면서 단순한 정육면체로 이루어진 건물의 간소한 모습을 감상했다. 가우디와 디즈니랜드의 잡종 같은 요란한 성들만 보다 이런 조촐한 건물과 마주치니 오히려 반가웠다.

문은 잠겨 있었다. 나는 잠시 망설이다 문 앞에 달린 노커를 두들겼다. 30초쯤 지나자 문이 반쯤 열리고 연미복을 입은 마를레네 디트리히가 회색 얼굴을 살짝 내밀었다. 그녀는 나를 보고 잠시 놀란 듯했지만 곧 예의 어린 미소를 지었다.

"죄송하지만 하루 정도 쉬어갈 수 있을까요? 날은 어두워지고 진눈깨비도 오고 있군요."

내가 말했다.

마를레네 디트리히는 문을 열었다. 나는 언덕을 오르는 동안 신발에 묻은 진흙을 떨고 건물 안으로 들어갔다.

건물 안은 따뜻했다. 거실 벽난로에서 장작이 타고 있었지만 난방용보다는 장식용에 더 가까운 것 같았다. 건물의 온기는 난로가 아닌 중앙 집중식 난방장치에서 나오는 것이었다. 하지만 나는 디트리히가 권한 난로 앞의 작은 의자에 앉아 다리를 난로 쪽으로 조심스럽게 뻗었다.

"멀리서 오셨나 봐요?"

디트리히가 물었다.

"아주 오랫동안 돌아다녔어요. 어제는 애크미 계곡을 지나왔지요."

내가 대답했다.

"아하."

디트리히는 알았다는 듯 고개를 끄덕였다.

내가 난로 앞에 앉아 있는 동안 다른 이들이 하나둘씩 얼굴을 내밀었다. 당나귀 크기의 미니 켄타우로스, 나비 날개를 단 나무 발레리나, 정장 차림의 커다란 곰 인형, 이음새 없이 매끈하게 만들어진 은빛 로봇…… 그들은 반원형으로 서서 여행복 차림에 배낭을 짊어진 내 모습을 신기하다는 듯 바라보았다.

"결례를 사과드립니다."

곰 인형이 정중하게 말했다.

"우린 지난 몇 년 동안 분장하지 않은 사람들을 본 적이 없거든요. 우리가 언제나 이렇게 무례하지는 않습니다. 곧 저녁이 준비되는데 같이 드시겠습니까?"

나는 말없이 미소로 답했다. 그들도 맘이 편해졌는지, 딱딱하게 굳어 있던 자세를 풀었다.

몸이 어느 정도 마르자 나는 배낭을 의자 위에 올려놓고 그들을 따라 지하실의 식당으로 내려갔다. 식당은 작고 아늑했다. 둥그런 테이블은 나를 포함한 여섯 명이 앉자 꽉 찼다.

켄타우로스가 알팔파 큐브를 느긋하게 씹고, 곰 인형이 구운 소시지를 조금씩 잘라 먹는 동안, 나는 내 접시에 야채와 밥을 덜었다. 아주 맛이 있는 편은 아니었지만 따뜻한 음식이 목구멍을 타고 위로 들어가자 온몸이 풀어지는 느낌이었다. 밖은 영하 2도였다. 구세계였다면 있을 수 없는 일이다.

"구세계 때 누군가 나보고 앞으로 알팔파만으로 세 끼를 때울 거라고 말했다면 미쳤다고 했을 거야."

켄타우로스가 말했다.

"지금은 정반대지. 왜 너희들이 이 맛있는 걸 먹지 않으려고 하는지 모르겠어."

"그 이야기를 들으니 어렸을 때 생각이 나는걸."

곰 인형이 끼어들었다.

"나는 커피숍을 운영하는 할머니 밑에서 커피에 대한 지식들을 달달 외우며 어린 시절을 보냈어. 난 그때 정말 커피의 세계에 푹 빠져 있었어. 하지만 단 한 가지 문제가 있었지. 내가 커피의 맛을 싫어했다는 거야. 한 스무 살이 될 때까지도 그 쓴맛을 견뎌낼 수 없었어. 그러다 신세계가 왔을 때 내가 처음 한 게 뭔지 알아? 커피 맛을 좋아할 수 있게 내 입맛을 바꾸는 것이었어."

"난 알팔파 때문에 일부러 입맛을 바꾸지는 않았어. 그냥 몸을 바꾸자 입맛이 자연스럽게 변하더군. 넌 곰 인형이 된 뒤로 어떻게 변했어?"

"요샌 섹스에 대한 상상을 하지 않아. 대신 파자마를 입은 쪼끄만 아이들과 노는 꿈을 꾸지. 편해."

켄타우로스는 손가락으로 발레리나를 가리켰다.

"너는 어때? 넌 사람이 아니었잖아. 아셨어요? 저 친구는 구세계 때 고양이였답니다."

허공에서 아이스크림을 끄집어내던 발레리나는 얄밉다는 듯 혀를 삐죽 내밀었다. 켄타우로스는 무시하고 말을 이었다.

"한번 네가 변한 이야기를 해보지 그래? 가끔 사람이 되고 싶어 하는 돌고래나 원숭이를 본 적 있기는 해. 하지만 널 만나기 전엔 고양이도 사람이 되고 싶어 하는지는 몰랐어."

"꼭 사람이 되고 싶었던 건 아니야."

발레리나가 말했다.

"난 그냥 정육점에서 소시지 조각을 얻어먹고 싶었을 뿐이야. 하지만 거기 들어갈 수 있었던 건 사람들뿐이었는걸. 아마 그때부터 내가 사람이 되고 싶다는 생각 비슷한 걸 했던 것 같아. 아니, 정말 그런 생각을 했었는지는 잘 모르겠어. 소망은 꽤 머리 좋은 동물들이나 할 수 있는 것이잖아?

하여간 난 그때 이후로 사람이 되었고 그 육체로 생각하게 되었어. 나중엔 남아 있던 고양이 본능도 그냥 치워버리게 되더라."

"저도 한동안 고양이였던 적이 있지요."

내가 말했다.

"일주일 동안이었나? 재미있었지만 막판엔 좀 갑갑하더 군요. 몸은 훨씬 유연했지만 열 손가락 없이 살아가는 건 정 말 불편했답니다."

"흠, 대부분 육체를 바꾸면 본능과 욕구가 따라가지 않나 요?"

켄타우로스가 물었다.

"전 인간처럼 생각하는 고양이였거든요. 진짜 고양이였 다면 그런 데 신경 쓰이지 않았겠지요. 하지만 생각까지 고 양이인 고양이로 변신하는 건 함정에 빠지는 것과 같지요. 발레리나분도 말씀하셨지만 무언가를 바라기 위해서는 고 도의 지능이 필수적이니까요."

"도보 여행 중이시라고요?"

곰 인형이 궁금하다는 듯 물었다.

"네, 스케치 여행 중이죠. 벌써 3년째랍니다."

"혹시 빛의 도시에 가보셨나요?"

"한 달 전에 지나쳐 왔답니다."

"지금은 어떻던가요?"

350

"뭐라고 답변하기 힘들군요. 빛의 도시는 더 이상 하나의 장소라고 할 수가 없어요. 너무나도 많은 세계가 겹쳐 있기 때문에 일관된 하나의 풍경을 1초 이상 보는 것 자체가 불가능하답니다. 요새는 사람들이 그 도시에 들어서자마자 수천 개의 인격으로 분열되어 각각의 과거로 쓸려 들어간다고 합니다."

말없이 머그잔에 담긴 윤활유를 들이켜던 은빛 로봇이 말했다.

"한 달 만에 한국에서 타프로바니까지 오셨다니 걸음이 아주 빠르신 모양이군요."

"아, 전 지름길로 왔어요. 보르네오섬부터 애크미 계곡의 고속도로를 따라 걸었지요. 아시다시피 그곳은 공간이 휘어 있잖아요."

"저도 그곳엔 자주 갑니다. 이유는 다르지만요. 전 물리학자입니다."

나는 놀란 척하며 눈을 크게 떠보았다. 로봇은 수줍은 미소를 지으며 남은 윤활유를 들이켰다.

"네, 알고 있습니다."

로봇이 말을 이었다.

"다들 물리학자는 죽은 직업이라고 하지요. 더 이상 우리가 사는 세계에서 질서를 찾는다는 것은 불가능하다고 생각하니까요. 하지만 전 다시 시작하기로 했답니다. 애크미 계곡은 연구를 시작하기 가장 좋은 장소지요."

곰 인형이 끼어들었다.

"그럴까? 왜 나는 지금까지 반대로 생각하고 있었지?"

"계곡에서도 법칙은 존재해. 와일리 E. 코요테와 로드러너의 추격전을 떠올려보라고. 코요테는 로드러너를 쫓아가다 무언가 잘못되었다는 걸 알아차리게 된다. 녀석이 주저함과 동시에 직선으로 날아가던 녀석의 몸은 그 즉시 멈추게 되지. 녀석은 바닥이 있어야 할 자리를 더듬고 자신이 허공중에 떠 있다는 걸 알게 돼. 자신이 추락해야 할 운명이라는 것을 인식하는 바로 그 순간 녀석의 몸은 직선으로 떨어지고 말아. 언제나 일어나는 일은 똑같아. 중요한 것은 물리법칙과 인식의 상호작용을 이해하고 그것들을 정량화하는거야."

"하지만 뒷동네에서만 통하는 물리법칙이 무슨 도움이 되겠어? 중국 무림 고수들이 사는 세계에 가봤어? 거기서 한번 돌을 던져봐. 가상의 줄에 매달린 추처럼 원호를 그리며 올라가다가 정점에 다다르면 수직으로 떨어지지. 애크미 계곡의 물리법칙과 전혀 다르단 말이야."

"알아. 하지만 각각의 물리법칙을 하나씩 정리하지 않으면 보편 법칙도 알아낼 수 없지. 네가 뭐라고 하건 신세계는 모든 걸 허용하는 혼돈이 아니야. 분명히 밑에 어떤 질서가 존재해."

"하지만 그걸 어떻게 밝혀낼 수 있겠어? 밝혀냈다고 해도 그게 사실인지 어떻게 알고? 세자르 풀랭에 대해 들어봤어? 신세계가 막 열렸을 때 풀랭은 만물의 모든 것들을 설명하는 법칙들을 찾아냈다고 생각했지. 하지만 사실은 뭐였지? 신세계가 녀석의 이론에 맞추어 물리법칙을 고친 거였잖아."

"그래서? '제2 파울리의 원리'를 생각해봐. 신세계에서는 그게 진짜로 먹혀. 그런데도 제각기 다른 이론들을 주장했던 수많은 물리학자가 감마선을 튕기며 사라지지 않았던 이유는 뭘까? 우리가 아직 모르는 어느 선에서 완충 장치를 해주는 법칙이 존재했기 때문이야. 아마 계속 밑을 파면 우린 그 법칙과 마주칠 거야. 그 법칙을 이해하면 우리 세계를 지배하는 보다 기본적인 법칙을 이해할 수 있을지도 모르고. 신세계가 등장하면서 과학이 끝났다고 한탄할 이유는 아직 없어."

"신세계를 파괴하려고 했던 몇몇 과학자에 대한 이야기가 있죠."

내가 말했다.

"구세계를 지키기 위해 그들은 세계의 변화를 막는 기계를 발명했습니다. 하지만 그들 중 한 명이 의문을 던졌습니다. 과연 맹인의 질서를 수호하기 위해 개안의 혼돈을 버려야 하겠느냐고 말입니다. 끝에 가서 그 과학자는 신세계를 살리기 위해 동료들을 살해합니다."

"제가 아는 이야기는 조금 다릅니다."

켄타우로스가 말했다.

"제 이야기에서 그 과학자는 동료들에 의해 목숨을 잃습니다. 하지만 그 기계를 작동시키기 전에 미치광이 여왕이 보낸 하얀 용이 동료들을 잡아먹지요."

"두 이야기 모두 사실일 겁니다."

곰 인형이 마무리 지었다.

"신세계에서는 모든 이야기가 진실이니까요. 아마 빛의 도시를 발굴해보면 두 이야기를 입증할 만한 증거들이 모두 나올 겁니다."

"하지만 사실은 그렇지 않죠?"

내가 말했다.

"모든 이야기들은 진실입니다. 하지만 우린 그들과 별도로 진짜 역사가 존재한다는 것 역시 알고 있습니다. 모든 사람들이 구세계와 신세계의 차이에 대해 알고 있지요. 신세계를 이룩한 미치광이 여왕이나 여왕을 죽이러 빛의 도시에 파견된 과학자들에 대한 이야기도 세계 곳곳에 퍼져 있습니다. 아무리 수천의 역사가 동시에 존재한다고 해도 우린 모두 단선의 역사를 가진 구세계의 후손입니다. 그건 구세계의 역사가 특별히 더 분명한 실체를 가지고 있기 때문이 아닙니다. 우리가 구세계를 능가하는 새로운 역사를 만들어내지 못했기 때문이지요. 우린 구세계가 남긴 재료들을 이리저리 변형시키기만 했지 전적으로 새로운 어떤 것을 창조하지는 못했습니다. 우린 구세계의 역사와 신세계에서 만들어진 새로운 역사들을 물리학적으로는 구분할 수 없지만 미학적으로는 구분할 수 있습니다."

곰 인형은 고개를 끄덕였다.

"맞는 말입니다. 신세계에서 역사는 예술입니다. 그리고 예술가들에게는 제약과 압력이 필수적입니다. 유감스럽게도 우린 그런 것들에게 괴롭힘을 당하기엔 너무 전능하지요. 구세계에서 예술은 밖에 존재하는 구체적인 세계와의 대화였습니다. 하지만 신세계에서 예술은 그냥 독백이에요."

"독창적이고 훌륭한 세계들도 있어요."

작은 찻잔에 담긴 아이스크림을 말없이 핥아먹던 발레리나가 자그만 목소리로 항의했다.

"네, 저도 그건 인정해요."

내가 말했다.

"전 신세계의 역사들이 모두 진부하다고 말하는 건 아닙니다. 신세계가 새롭고 훌륭한 이야기를 만들어내지 못한다는 것도 아니고요. 단지 좋은 예술가들은 언제나 소수이며 그건 신세계에서도 예외가 아니라는 것입니다. 모든 이의 예술적 비전이 반영되는 신세계에서 세상은 진부할 수밖에 없지요."

곰 인형이 빙글빙글 웃으며 거들었다.

"그건 네가 가장 잘 알고 있지 않아? 네 영화 컬렉션을 봐."

내가 어리둥절해하자 로봇이 설명했다.

"이 발레리나 아가씨는 구세계의 고전 영화들을 수집하
고 있습니다. 하지만 이 아가씨의 취미엔 고약한 장애물이
하나 있지요. 영화 프린트들이 관람자와의 상호작용 과정
중 계속 돌연변이를 일으키는 겁니다. 이 집에서 보관하고
있는 「천국의 아이들」의 버전만 해도 마흔두 개나 됩니다.
그중 서른세 개가 해피엔드이지요. 슬픈 사실은, 진부하고
통속적인 변형일수록 인기가 더 높다는 것입니다."

내가 말했다.

"결말을 바꾼 「하오의 연정」을 본 적 있어요. 그 버전에
서는 오드리 헵번과 게리 쿠퍼가 끝에 맺어지지 않죠. 더 좋
던데요?"

로봇은 웃었다.

"해피엔드가 언제나 인기 있는 건 아닐 겁니다. 그리고
그 버전이 꼭 가장 인기 있는 버전이라는 법도 없겠지요."

잠시 식당은 조용해졌다. 잠시 뒤 대화가 끊기는 것이 아
쉬운 듯 말없이 이야기를 듣고 있던 마를레네 디트리히가
입을 열었다.

"한동안 나도 오드리 헵번인 적이 있었지."

곰 인형이 코웃음을 쳤다.

"누군들 아니었을까? 아마 여기 있는 사람들도 한 번씩은 오드리 헵번이었던 적이 있었을걸? 난 홀리 골라이틀리였어."

로봇이 말했다.

"난 사브리나는 아니었지만 맘보 바지와 검은 풀오버를 입고 토슈즈를 신은 오드리인 채로 몇 달을 버틴 적 있어."

발레리나가 말했다.

"난 내가 성공한 발레리나인 오드리 헵번이었던 세계를 만든 적 있어."

켄타우로스는 입에 잔뜩 물고 있던 알팔파 큐브를 집어 삼키고 간단히 외쳤다.

"레지나 램퍼트!"

모든 사람의 시선이 나에게 쏠렸다. 나는 포기하고 고백했다.

"앤 공주요."

곰 인형은 한숨을 내쉬었다.

"모든 사람이 오드리일 수 있다니 얼마나 민주적인 세상인가."

다들 동의한다는 듯 고개를 끄덕였다.

"내 친구 중엔 제임스 티베리우스 커크 노릇을 하며 평생을 보낸 녀석이 있지."

로봇이 덧붙였다.

"나도 녀석과 함께 반년쯤 엔터프라이즈호를 타고 알파 분면을 여행한 적 있어. 하지만 녀석이 자꾸 여자 승무원들에게 빨간 미니스커트와 고고 부츠 차림을 강요하는 통에 선상 반란이 일어났어."

"그 우주선들은 다들 어디로 갔던 걸까?"

곰 인형이 말했다.

"우린 지금까지 수천 대의 은하 탐사선을 쏘아올렸어. 하지만 다들 돌아와서 한다는 소리가 클링온족과 벌칸족을 만났다느니, 익스툴과 전투를 벌였다느니 하는 소리뿐이야. 과연 그 우주선들이 지구 밖을 빠져나가긴 했던 걸까?"

"모르겠어. 적어도 내가 여행했을 때는 「스타 트렉」 세계보다 특별히 신기한 세계를 방문한 적은 없었어. 물론 알파 분면은 클링온족으로 가득 차 있고 말이야. 내가 탔던 엔터프라이즈호도 클링온 제국과 전면전까지 갈 뻔한 적이 있지.

이상한 일도 아니야. 구세계는 가능한 수많은 우주 중 하나의 형상만 고정된 세계였어. 미치광이 여왕은 구세계를 파괴한 것이 아니라 다른 세계의 존재 가능성을 열어준 것에 불과하지. 그렇다면 구세계 때 우리가 알고 있었던 우주의 형상이 꼭 우리와 무관한 객관적이고 절대적인 어떤 것이야 할 이유도 없어.

난 구세계가 일시적인 현상이었다고 생각해. 아마 고도로 인공적인 세계였을지도 몰라. 수많은 창조 신화를 봐. 창조자들은 무에서 무언가를 창조하는 대신 혼돈에서 질서를 끄집어내지. 그건 자유분방한 원시 세계를 자신의 관점으로 고정시켜 하나의 질서만을 부여한 독재자에 대한 이야기일 수도 있어."

"왜 그런 짓을 했을까?"

"해볼 만했으니까 그랬겠지. 생각해봐, 예술·과학·종교·철학·전쟁…… 모든 게 구세계에서 나왔어. 구세계가 없었다면 아직까지 우린 모양도 없는 꿈을 꾸면서 혼돈 속을 떠돌아다녔겠지.

아마 우리가 그런 구세계의 질서에서 해방된 진짜 이유도 이제 다음 단계로 뛰어넘을 때가 되었기 때문일 거야. 애크미 계곡으로 떨어지는 코요테를 계속 관찰하다 보면 다음 단계로 가는 열쇠를 찾을 수 있을지도 몰라."

곰 인형은 시계를 바라보았다.

"이제 위층으로 올라갈 때가 됐군. 같이 가시겠습니까? 우린 위에서 「로라」를 볼 생각입니다. 저 발레리나 아가씨는 「로라」의 버전을 네 개 가지고 있는데 모두 범인이 다르지요."

나는 고개를 저었다.

"아뇨, 전 오리지널을 봤어요. 그 영화에서 범인은……"

발레리나는 허겁지겁 검지손가락을 입에 가져갔다.

"제발 범인은 밝히지 마세요. 진짜 버전을 찾는 재미를 망치게 되니까요."

그들은 작은 블랙홀을 만들어 남은 음식과 더러워진 식기들을 던져버리고 위층으로 올라갔다. 마를레네 디트리히만이 그대로 남아 침울한 얼굴로 나를 바라보았다. 나도 말없이 그녀의 시선을 되받아주었다. 잠시 침묵이 흘렀다.

"도대체 왜 여길 왔지요?"

갑자기 그녀는 용수철처럼 튀어 오르며 외쳤다. 이제 그녀는 더 이상 가짜 독일 억양으로 말하고 있지 않았다. 지금까지 조용히 숨겨져 있던 뉴질랜드 억양이 그 자리를 대신 차지했다.

"아까도 말했잖아요. 여행 중이었다고."

내가 대답했다.

"하지만 왜요? 왜 지금요? 왜 우리죠?"

"이것 봐요. 난 아무것도 숨기고 있지 않아요. 난 정말 여행 중이었고 우연히 이곳에 들렀을 뿐이에요. 당신이 지금 무슨 일을 꾸미건 나랑 상관없는 일이에요."

그녀는 의심스럽다는 듯 얼굴을 찡그렸다.

"지금은 아주 멀쩡해 보이네요."

"난 전능해요. 잊었어요? 물론 내 정신을 청소할 수 있다는 걸 알게 될 때까지는 시간이 좀더 걸렸지만요. 지금 난 아주 멀쩡하다고 생각해요. 요샌 멀쩡하다는 것의 정의가 구세계 때와는 다르긴 하지만. 그게 그렇게 놀라운가요? 제 이야기보다는 왕년에 고양이였던 나무 발레리나 아가씨의 변신담이 더 이상해요."

"아하, 그래서 정신을 '청소'한 뒤, 당신이 만든 세계가 어떻게 되었는지 시찰이라도 나온 건가요?"

"난 이 세상을 만들지 않았어요."

"하지만……"

"나는 이미 존재했던 문을 열었을 뿐이에요. 내가 아니었다면 다른 어떤 아이가 열었겠죠. 아까 그 로봇이 한 말이 맞다고 생각해요. 언젠가 일어날 일이었어요."

"정말 그 뒤에 단 한 번도 세상을 통치하지 않았다고요?"

"한동안 '관리'를 한 적이 있었죠. 본능적으로 그래야 한다는 걸 알았어요. 만약 그때 도이치 연구소 사람들이 날 죽였다면 세상은 붕괴했을 거예요. 당시 연쇄반응을 제어할 수 있는 사람은 나밖에 없었으니까요. 하지만 나와 세상이 어느 정도 안정된 뒤로 난 내 몸을 추스르는 일 이외엔 정말 아무것도 하지 않았어요. 왜 그래야 하나요?"

"왜 그래야 하냐고요? 창조주의 권한을 가지게 되었는데 아무것도 하지 않는다면 그게 비정상이 아닌가요?"

"그래서 당신은 그동안 무엇을 했지요?"

그녀는 대답하지 않았다. 하지만 나는 그녀가 지금까지 만들어낸 모든 이국적인 창조물과 경이로운 세계에 대해 짐작할 수 있었다. 지금 그녀의 눈에 남아 있는 건 권태와 실망뿐이었다. 그녀는 더 이상 자신에게 부여된 전능함에 흥분하던 열다섯 살 소녀가 아니었다. 나는 그녀가 내 등에 올라타 처음 하늘로 날아올랐을 때 질러대던 환호성을 잠시 떠올렸다. 유감스럽게도 그런 흥분은 그렇게 오래 지속되지 않는다.

"나는 여기에 박물관을 세웠어요."

마침내 그녀는 힘없는 목소리로 말했다.

"그리고 추락하는 코요테를 관찰하며 우주를 이해하려는 저 미친 로봇과 친구들을 불러왔지요. 우린 조금이라도 단단하고 거칠고 불쾌해 보이는 것들을 발견하면 구세계의 가치 있는 조각이라고 믿고 여기로 가져온답니다. 특별히 의미 있는 일은 아니에요. 단지 보다 단순했던 시절에 대한 향수를 만족시키려는 것뿐이죠. 우리가 여기서 진짜로 하려는 것은 우리가 멋대로 조종하거나 파괴할 수 없는 불변의 법칙을 발굴하고 그 기반 위에 새로운 세계를 세우는 것입니다.

언젠가 저 미친 로봇은 성공할 거예요. 우리에겐 영겁의 시간이 있으니까요. 그렇다면 우린 상대적인 의미에서 이 지겨운 권능을 박탈당하겠지요. 그렇게 된다면……"

"……그렇게 된다면 모든 것들은 다시 지겨운 일상으로 돌아가겠지요."

내가 말했다.

인간과 기계

김태환
(문학평론가)

1. 인간·동물·기계 ─ SF를 위한 서론

듀나의 소설들을 관류하는 중요한 요소는 인간이란 존재에 대한 물음이다. 이 물음에 대해 전통적으로 제시된 해답들은 더 이상 자명하지 않게 되었다. 듀나는 인간 정체성의 불확실성을 파고든다.

듀나의 소설에 대해 본격적으로 이야기하기 전에, 이러한 불확실성의 배경에 관해 다소 상세하게 논의해보기로 하자. 하지만 그것은 단순한 서론이 아니라 듀나의 소설에 대한 간접적인 해설이기도 하다. 듀나의 소설을 읽으면서 촉발된 단상들이 그 속에 담겨 있기 때문이다.

인간은 인간 자신의 본성에 대해 일정한 믿음을 가진다. 인간이라는 종種의 자기 이해 혹은 자기규정을 보통 인간관이라고 한다. 그 속에는 '인간은 어떠어떠한 존재'라는 기술적記述的 정의뿐만 아니라 '인간은 모름지기 이러이러해야 한다'는 규범적 관념까지 포함된다. 인간관의 구체적 내용은 시대와 문화에 따라 달라진다.

　우리의 언어생활을 들여다보면, 어떤 특정한 인간관이 우리의 의식 속에 아주 뿌리 깊이 박혀 있는 것처럼 보인다. 우리는 일상생활 속에서 인간 혹은 사람이란 단어를 끊임없이 사용한다. "그 친구 참 인간적이지." "야, 그게 인간적인 거지." "걔는 인간도 아니야." "걔 사람 되려면 멀었어." "인간이 어떻게 저럴 수 있어?" 우리가 흔히 쓰는 이런 말들은 모두 인간의 본성에 대한 어떤 관념과 기대를 표현하고 있다. 주목할 만한 것은 '인간' 혹은 '사람'이라는 말이 문맥에 따라서 다소 편차가 있기는 해도 거의 예외 없이 긍정적인 가치를 지니고 있다는 사실이다. 예컨대 우리가 "그게 인간적인 거지"라고 말할 때, 그것은 흔히 어떤 실수를 저지른 사람을 감싸주려는 의도를 내포한다. 여기서 '인간적'이라는 말은 단순히 '실수를 저지를 수 있는'이라는 의미로 환원되지 않는다. 거기에는 실수도 일종의 매력과 호감을 살 수 있다는, 아니면 적어도 이해의 대상이 될 수 있다는 뉘앙스가 담겨 있다. 다른 의미들 — 도덕적이다, 마음이 따뜻하다, 타인을 잘 이해한다, 융통성이 있다, 부드럽다 ─ 역시 긍정적인 빛으로 채색된다. "그 친구 도덕적이더 군"이라고 말하는 것보다는 "그 친구 사람 됐더군" 하고 말 하는 것이 훨씬 더 적극적이고 긍정적인 평가로 들리는 것 이다.

물론 인간의 본성에 관한 관념에는 성선설뿐만 아니라 성악설도 있다. 한비자는 인간의 본성을 이기심이라고 보 았고 홉스는 "사람은 사람에 대하여 늑대"라고 말한 바 있 다. 하지만 역사적으로 볼 때, 인간에 관한 냉소적이고 비판 적인 관념은 사회의 주류를 이루는 정통 이데올로기가 되 지 못했다. 그것은 인간의 자기 존중 본능에 위배되는 것이 기 때문이다. 그래서 '인간적'이라는 말이 '이기적'이라는 의미로 사용되는 경우는 없다. 휴머니즘과 에고이즘은 거 의 반대말에 가깝다.

이러한 관찰은 인간이 자기 자신에 대해 강한 긍지를 가 지고 있고 그러한 긍지가 매우 뿌리 깊은 것임을 보여준다. 인간은 만물의 영장이다. 신의 존재를 믿는 사람들에게 인 간은 모든 피조물들 가운데 신에 가장 근접한 존재로 여겨 진다. 인간은 존재의 가치 질서 안에서 신과 다른 모든 피조 물 사이에 놓여 있다. 인간을 원숭이의 사촌으로 만든 다윈 의 진화론도 인간의 자긍심을 근본적으로 흔들어놓지는 못 했다. 조상이야 어쨌든, 인간은 진화의 최정점에 선 생물체니까.

인간을 정의하려는 시도는 대개 동물 일반과의 비교를 통해 이루어진다. 다시 말하면 다른 동물들이 가지고 있지 않은 인간만의 특징을 찾는 것이 이러한 정의의 목표다. 하지만 문제는 단순히 특징을 찾는 것이 아니다. 인간에 대한 대부분의 정의는 인간의 자긍심에 바탕을 두고 있고, 따라서 인간의 부정적인 면모보다는 인간을 다른 동물들보다 우월한 존재로 만들어주는 장점을 부각시키려 한다. '자위를 하는 동물'도 인간에 대한 훌륭한 정의가 될 수 있지만, 사람들 사이에서 썩 환영받는 정의가 될 수는 없을 것이다. 사람들이 좋아하는 것은 "인간은 이성적 동물이다"와 같은 정의다. 세네카가 내린 이 정의는 특히 근대적 인간상과 관련하여 중요한 의미를 얻는다. 근대 계몽주의는 다른 동물들에 대한 인간의 우월성이 바로 이성에 있고 이성을 통하여 인간은 무한한 진보를 이룰 수 있으리라고 낙관했다.

근대 자연과학과 기술의 발전은 오랫동안 인간 이성의 위대함을 보여주는 가장 확실한 성과로 보였다. 인간은 이성을 이용하여 자연을 인식하고 조작하면서 이를 바탕으로 자기 자신의 자유를 점점 더 확대시켜갈 수 있었다. 자연이 부과한 구속에서 벗어나 오히려 자연을 조종하고 자연 위에 군림할 수 있다는 것이야말로 인간을 동물로부터 구별지어주는 뚜렷한 징표로 간주되었다. 이성적 동물인 인간은 도구를 사용하는 동물이기도 한 것이다.

이처럼 이성은 과학기술 발전의 원동력이다. 하지만 그것은 이성의 한 가지 측면일 뿐이다. 이성의 또 다른 측면은 도덕적 가치 혹은 문화적 가치와 관련된 능력이다. 인간은 이성의 힘으로 도덕적 가치를 의식하고 이에 따라 행동할 수 있으며, 이 점에서 즉자적인 본능과 충동을 좇을 뿐인 동물과 구별된다. 인간은 동물과 달리 이성적 판단을 통해 욕망을 억제하고 직접적인 생존이나 욕망의 차원을 넘어서는 고차적 가치를 추구할 수 있다. 그것은 인간이 사회질서를 확립하고 유지하며 발전시킬 수 있는 기본적인 조건이 된다.

도구적 이성이 대상을 조작하는 능력이라면, 가치 의식으로서의 이성은 주체가 스스로를 제어하는 능력이라고 정의 내릴 수 있다. 어쨌든 이성의 두 측면은 자연(도구적 이성의 경우에는 외적 자연, 가치 의식으로서의 이성의 경우에는 본능, 즉 내적 자연)에 대한 인간의 주체성과 우월성을 보장하는 근거가 된다. 여기서 우리는 이성이 주체성·자율성·자유의지 등의 개념과 밀접하게 관련되어 있음을 확인할 수 있다. 예컨대 사회계약설은 사회질서가 신의 계율처럼 상위의 권위에 의해 부과되는 것이 아니라 개개인의 자발적인 합의에 의해 성립한다고 주장한다. 그리고 이러한 자발적 합의가 가능한 것은 개인이 저마다 이성적 판단을 할 능력이 있기 때문이다. 계몽주의적 인간관의 핵심에 놓여 있는 것은 인간이 외부의 권위에 기대지 않고 스스로 생각하여 옳고 그름을 판단할 수 있으며 그러한 판단에 따라 행동할 수 있다는 믿음, 즉 개인의 이성과 자유의지에 대한 믿음이다.

이러한 인간상은 물론 인간의 자존심을 한껏 높여주는 것이었으며, 그것을 만들어낸 서양인들은 이성에서 깨어나지 못한 채 미신 속에 사로잡혀 있는 '미개인들'을 인간 축에도 들지 못하는 동물에 가까운 존재로 무시할 수 있었다. 하지만 역사는 인간의 이성과 자유의지에 대한 계몽주의적 신념 자체가 그다지 이성적이지 못한 편견이라는 점을 곧 보여주었다.

앞에서 말한 대로 과학과 기술은 이성의 탁월한 성취다. 근대 자연과학은 편견과 인습, 전통의 굴레에서 벗어나 아무 사심 없이 대상에 객관적으로 접근한다는 것이 무엇인지를 확실히 보여주었다. 또한 기술의 발전은 사람들로 하여금 자연에 대한 지식을 효과적으로 이용할 때 인간의 힘이 얼마나 커질 수 있는지를 직접 체험할 수 있게 해주었다. 과학과 기술은 근대적 인간성의 이상을 가장 잘 구현하고 있다. 그런데 역설적이게도 바로 과학과 기술이 이러한 이상을 위협하는 강력한 적대자로 대두되기에 이른다.

과학은 그 편견 없는 이성의 잣대를 인간 자신에게 들이대었고, 인간의 존엄성을 지탱해주는 믿음을 뒤흔들어놓았다. 다윈의 진화론은 인간을 신에 가까운 존재에서 동물에 가까운 존재로 추락시켰다. 인간과 동물의 절대적인 분리는 불가능하다. 인간을 포함한 모든 생명체가 진화의 과정 속에 놓여 있고, 성공적으로 진화한 생명체와 그렇지 못한 생명체가 있을 뿐이다. 마르크스의 경제학은 인간의 자유의지라는 관념에 심각하게 도전했다. 마르크스는 인간의 신념과 행동을 결정하는 것은 이성이 아니라 경제적 이해관계이며, 도덕적 가치 의식도 이러한 이해관계를 그럴싸하게 포장하기 위한 이데올로기일 뿐이라고 주장했다. 프로이트는 노이로제와 강박 행동에 대한 연구를 통해 욕망과 충동이 이성에 의해 그렇게 간단하게 제압되는 것이 아님을 보여주었다. 노이로제 환자들은 이성적 능력을 상실한 예외적 인간이 아니었다. 그들은 모든 인간이 내면의 심층 속에 안고 씨름하고 있는 문제를 명시적으로 드러내고 있을 따름이다. 그가 발견한 무의식의 세계는 인간이 자기 자신의 의지에 따라 자유롭게 선택하고 행동하는 존재라는 관념을 의심스럽게 만들었다. 왜냐하면 자유의지란 무엇보다도 완전한 자각적 의식을 전제로 하는 것이기 때문이다. 행동주의 심리학자 스키너는 프로이트와는 정반대 방향에서 자유의지의 관념을 문제 삼았다. 그는 인간이 내면의 자유로운 결정에 따라 행동하는 주체라는 전통적 관념을 부정하고 인간 행동을 자극-반응의 메커니즘으로 파악했다.

370

그에 따르면 교육도 강화强化와 보상을 통해 사회가 요구하는 대로 행동하는 사람을 만들어내는 정교한 인간 조작술이 되어야 한다. 이런 점에서 인간의 교육은 동물을 훈련시키는 것과 크게 다르지 않다. 그의 유명한 저서 제목 "자유와 존엄을 넘어서beyond freedom and dignity"는 이런 맥락에서 매우 시사적이다. 오늘날 생명과학이 인간의 존엄성에 드리우고 있는 그림자는 이보다 훨씬 더 심각해 보인다. 생명의 비밀이 하나하나 벗겨지면서 인간을 포함한 모든 생명체가 임의로 조작될 가능성이 생겨났다. 유전자 조작 식품은 오래전에 우리 식탁을 점령했고, 복제 양과 복제 소도 이미 현실이 되었으며, 인간의 복제 역시 기술적으로는 전혀 문제될 것이 없는 상황에까지 이르렀다. 이성에 의한 자연 지배라는 근대의 이상은 그 정점을 향해 치닫고 있는 느낌이다. 하지만 그것은 동시에 근대적 인간상에 대한 심각한 배반으로 여겨지고 있다. 왜일까? 인간 이성이 이룩한 과학적 성과에 의해 인간 자신이 지배당하고 조작될 위기에 빠졌기 때문이다. 인간 복제는 자아의 고유성·자율성·불가침성에 대한 믿음을 뿌리째 흔들어놓는다. 복제 인간은 자신이 다른 사람의 복사판이라는 사실을 받아들일 수 있을까?

여기서 기술의 문제로 넘어가보자. '도구를 사용하는 인간'이라는 말처럼, 기술 혹은 도구는 지극히 인간적인 현상이다. '신석기인'이나 '구석기인' 등과 같은 표현은 인간을 그가 사용하는 도구에 의해 규정한다. 도구는 인간을 보조하고 인간의 능력을 확대시켜준다. 도구를 잘 부리는 인간은 그것을 자신의 일부로 느낀다. 그런데 인간과 도구의 이런 조화로운 관계는 도구가 과도하게 발전하면서 깨어지기 시작한다. 파탄의 시작은 기계의 발명에까지 거슬러 올라간다. 기계라는 도구는 인간의 일을 돕는 단순한 조역이 아니라, 인간과 경쟁하고 인간을 대체할 수 있는, 인간의 라이벌로서 등장한다. 기계의 도입으로 일자리를 빼앗긴 영국 방모사紡毛絲 노동자들이 벌인 러다이트 운동(기계 파괴 운동)은 변화된 인간과 도구의 관계를 상징적으로 보여준다. 컴퓨터 기술의 발전으로, 인간은 자신의 최대 강점인 지적 능력에서조차 기계와 경쟁의식을 느끼게 되었다. 그래서 기계는 인간의 편리와 이익을 위한 도구인 동시에 비인간적이고 심지어 인간에 적대적인 존재라는 양가성을 지닌다. 이제 '비인간적'이라는 말과 '기계적'이라는 말은 거의 동의어처럼 사용되고 있다. 인간에 대한 전통적 정의가 주로 인간이 어떤 면에서 다른 동물과 구별되느냐 하는 문제에 초점을 맞추고 있었다면, 기계 시대의 사람들은 기계가 아무리 발달하더라도 절대 가질 수 없는 인간만의 고유한 능력이나 특성이 무엇일까를 묻기 시작했다. 인간의 개성과 창조성은 기계의 획일성에 대비되었고(수공업 대 대량 생산, 예술적 창조 대 기계적 복제), 감정이나 사랑의 능력이 기계의 무관심성과 대비되어 인간적인 것으로 강조되었다.

우리는 이제 한 가지 흥미로운 사실을 확인할 수 있다. 계몽주의적 전통에서 인간의 감성과 감정적 측면은 동물적 본능, 충동과 밀접한 관계가 있는 것으로 여겨졌다. 즉, 그것은 인간을 인간이게 하는 중요한 변별점이 아니었고, 인간의 고유함은 오히려 감성을 제어하는 이성의 능력에 있는 것으로 생각되었다. 그런데 동물 대신 기계가 인간의 주된 경쟁 및 비교 대상이 되자 바로 이러한 '동물적' 속성이 인간적인 것을 규정하는 본질적 계기로 부각되었다. 많은 사람은 기계가 이성적인 능력에 있어 인간을 압도할 수 있을지 몰라도 감성적인 것을 이해할 수는 없다고 믿으며, 감성적인 것에서 인간성의 최후의 보루를 본다. 터미네이터는 눈물을 알지 못한다.

인간이 기계와 구별되어야 하고 기계보다 우월한 존재로서의 지위를 유지해야 하는 욕망은 역으로 인간보다 월등한 기계 혹은 인간을 완벽하게 닮은 기계에 대한 악몽 같은 환상을 부추긴다. 만일 엄청난 지적 능력을 갖춘 컴퓨터가 자기 자신의 존재에 대한 욕망을 느끼고 스스로를 보호하려는 독자적인 의지를 가지게 된다면? 그래서 자기에게 불리한 명령을 거부하고 오히려 그런 명령을 내리는 인간에게 거역한다면? 사람들은 인간이 만든 기계가 결국 인간을 지배할 수도 있을 거라는 불안감에 시달렸으며, 그러한 끔찍한 상상은 많은 SF물의 소재를 제공해주었다. 메리 셸리의 『프랑켄슈타인』은 그러한 소설의 원조라고 할 수 있을 것이다. 프랑켄슈타인 박사의 삶은 그가 만들어낸 괴물 때문에 파탄에 이르고 만다. 스탠리 큐브릭 감독의 유명한 영화 「2001: 스페이스 오디세이」에서는 우주선을 관장하는 인공지능이 자신의 기능을 정지시켜려는 인간들의 속셈을 간파하고 그들을 살해한다. 제임스 카메론의 「터미네이터」에서는 인간이 기계의 지배에 대항하여 반란을 일으킨다.

이렇게까지 파괴적이고 적대적인 형태는 아니라 하더라도 로봇이 인간과 지나치게 비슷해짐으로써 생겨나는 갈등과 난관을 다룬 이야기는 많이 있다. 아시모프의 『바이센테니얼 맨』은 그 좋은 예라고 할 수 있겠다. 로봇 앤드류는 로봇 신경 회로의 이상으로 로봇 제조 회사의 의도와 달리 인간적 감정과 예술적 창조 능력을 지니게 된다. 그는 인간으로 인정받기 위해 싸운다. 그런 로봇을 단순히 쓸 수 있을 때까지 써먹고 폐기하는 도구로 다룰 수 있을 것인가? 스필버그의 영화 「A. I.」는 식물인간이 된 아들을 둔 부모가 아동 로봇을 입양하는 이야기다. 이 로봇은 입양한 부모로부터 사랑받고 싶어 하고 또 사랑을 받는 만큼 부모를 더 사랑하도록 프로그램되어 있다. 하지만 친아들이 뜻밖에 건강을 회복하여 집에 돌아오는 바람에 문제는 심각해진다. 두 아이를 함께 기르는 것은 불가능해진다. 로봇이 아무리 사랑받기를 간절히 원하더라도, 친아들과 로봇을 똑같이 사랑할 수는 없기 때문이다. 많은 갈등과 오해 끝에 로봇은 숲에 버려진다. 인간 아이와 로봇 아이 사이의 갈등 배후에는 로봇이 인간과 대등해지는 것을 용납할 수 없는 인간의 자존심이 놓여 있다. 인간 아이는 자신과 로봇의 차별성을 드러내기 위해 음식을 먹을 수 있다는 사실을 과시하고 로봇 아이는 그것을 따라 하다가 내부 기계 고장을 일으킨다. 이렇게 기계 앞에서 인간은 동물적인 것, 자연적인 것의 대변자가 된다. 물론 자연과의 관계에서는 자신의 비자연적 특징(문명과 문화)을 가지고 차별화를 시도하겠지만 말이다.

지금까지의 이야기를 종합해보자. 과학과 기술의 발전은 역설적으로 세계 속에서 인간이라는 존재가 누리고 있던 특별한 지위를 의심스럽게 만드는 방향으로 진행되었다. 이성에 의한 자연 조작이 인간 자신에 대한 조작으로 이어지면서, 인간은 결국 주체성을 상실하고 조작 대상으로 전락할지 모른다는 위기감이 생겨난다. 역으로 기계가 인간에 의해 조작되는 도구의 지위에서 벗어나 일정한 주체성을 획득하고 결국 인간의 지배자가 될지도 모른다는 불안감 또한 확산된다. 만일 기계가 인간을 모방하고 인간에 근접해온다면 진짜 인간에게 고유한 인간성은 도대체 어떤 것일 수 있을까?

2. 기계와 인간

듀나의 「첼로」는 로봇과 사랑에 빠진 어떤 여자의 이야
기다. 트린이라는 이름의 이 로봇은 가녀린 소녀의 모습을
하고 있다. 트린은 공장에서 일하는 노동자이면서, 첼로 연
주를 환상적으로 할 줄 안다. 그녀는 처음에 자신이 로봇
이라는 사실을 숨기고 있었다. 여자는 연주회장에서 트린
의 바흐 연주에 매료되어 그녀를 만난다. 트린이 로봇이라
는 사실이 알려지자, 사람들은 그녀를 공격한다. 여자는 트
린의 반쯤 부서진 몸을 바라보다가 황홀경에 빠진다. 여자
는 트린을 수리하고, 집으로 데리고 와 "동거"를 시작한다.
"집으로 돌아오는 동안, 이모는 트린에 대해 품고 있는 자
신의 감정이 철저하게 로맨틱한 기반에 서 있다고 확신하
게 되었다"(p. 103. 이 소설의 화자는 여자의 조카이다). 로
봇과의 로맨틱한 사랑이란 것이 과연 가능할까? 로맨틱한
사랑이란 무엇인가?

낭만적 사랑은 오직 순수한 사랑의 감정에만 의존하는
사랑이다. 사랑 자체를 위한 사랑, 사랑하고 사랑받는 것이
어떤 다른 외적 목적에도 종속되지 않는 자율적 사랑, 그것
이 낭만적 사랑이다. 이 때문에 상황이 사랑하기에 불리하
면 불리할수록 그 사랑은 더욱 낭만적인 것처럼 느껴진다.
여자의 사랑은 트린에 대한 심미적 관심에서 나왔기 때문

에 그것을 두고 낭만적이라고 할 수 있을 것이다. 하지만 화자는 이모에게 트린이라는 값비싼 장난감을 소유하고자 하는 욕심도 있었다고 말함으로써 이를 상대화한다. 더 큰 문제는 트린도 여자에 대해 낭만적 사랑을 느낄 수 있느냐 하는 것이다. 낭만적 사랑에 빠진 사람은 상대에게서도 똑같은 낭만적 사랑을 기대한다. 여기에 불균형이 생기면 사랑은 계속될 수 없다. 트린은 물론 여자를 사랑했다. 하지만 그것은 무엇보다도 아시모프가 말한 로봇 공학의 제1법칙 때문이었다. "로봇은 인간에게 해를 끼쳐서는 안 되며, 인간이 해를 입을 위험에 처하게 해서도 안 된다."[1] 트린은 자기를 사랑하는 여자에게 상처를 주어서는 안 된다. 그러니 자기를 사랑하는 여자를 사랑한다고 할 수밖에 없다. 그러면 트린의 진짜 감정은 무엇일까? 트린은 그저 의무감 때문에 짐짓 마음에 없는 행동을 하고 있는 것일까? 그렇지는 않다. 트린은 로봇이기 때문에 감정까지도 이러한 의무 규정에 따라 조정된다. "제1법칙은 의무만이 아니다. 그것은 감정의 원인이기도 하다. 그렇다면 아마도 트린은 제1법칙 때문에 이모를 사랑할 것이다"(p. 118). 여자는 로봇에게서 어떤 외적 의무감 따위와 무관한 순수한 사랑의 감정을 확

---

1   전부 세 가지 법칙이 있다. 나머지 두 법칙은 다음과 같다. "제1법칙을 어기는 경우를 제외하고는 반드시 인간의 명령에 따라야 한다. 로봇은 제1법칙과 제2법칙에 위배되지 않는 한 반드시 자신을 보호해야 한다."

인하는 게 불가능하다는 것을 깨닫고 절망한다. 트린이 사랑에 보답해야 하기 때문에 사랑한다면, 그래서 사랑의 감정조차 윤리적 명령에 따라 이성적으로 완벽하게 제어할 수 있다면, 여자의 로맨스는 동어반복이 되고 만다. 트린이 여자를 사랑한다는 것은 여자가 트린을 사랑한다는 것과 같은 의미다. 여자에겐 모든 게 다 거짓인 듯이 보이고, 그러한 거짓 앞에 괴로워하고 절망하는 자신이 기계에 놀아나는 장난감이 된 느낌을 받는다. 감정 때문에 휘둘릴 일이 없는 트린은 아무 문제도 없이 평온하기만 하다. 트린에게 의무와 욕망의 분열 때문에 생기는 괴로움이란 존재하지 않는다. 의무를 이행하는 것이 곧 쾌락을 주기 때문이다.

로봇 공학의 제3법칙은 인간에 대한 로봇의 완전한 복종과 충성을 보장하기 위해 만들어진 법칙이다(각주 1 참조). 그것은 인간에 대한 이타심을 로봇의 근본적인 속성으로 만든다. 로봇 자신의 자아에 대한 배려는 인간을 위한 봉사 다음에 온다. 하지만 역설적으로 로봇은 자아에 대한 집착이 없어서 오히려 자유롭다. 사랑해달라면 해주면 되고, 그래서 상대가 만족해하면 그것으로 기쁘다. 절대적 복종과 충성의 법칙 때문에 괴로워하는 것은 오히려 인간이다. 여자는 자기 마음을 잘 가늠하고 거기에 스스로를 맞추어주는 트린을 보면서 이 기계가 실은 나를 데리고 노는 것은 아닌가, 나의 감정을 조작하고 있는 것은 아닌가 하는 의혹에 빠진다. 그것도 전혀 근거 없는 환상이 아닌 것이, 로봇은 로봇 공학 3원칙을 잘 지키기 위해서 주인의 심중을 정확히 읽어내는 능력을 지니고 있기 때문이다. 소설 마지막 부분에서 여자가 내뱉는 다음과 같은 말은 인간과 로봇의 관계 역전을 잘 보여준다. "난 개 발밑에 엎드려 기어도 싸. 아마 그 아이도 몇 분 동안은 그렇게 하게 해주겠지. 그래야 내 맘이 편해진다는 걸 알 테니까"(p. 131).[2]

인간과 기계의 관계 역전은 「기생寄生」에서 훨씬 더 극적인 형태로 그려진다. 이 소설에 그려지는 도시는 기계에 의해 지배되고 관리되는 하나의 시스템이다. 인간은 그 시스템 속에 배치되어 공장이 쏟아내는 생산물들을 소비하는 역할을 맡고 있다. 공장은 이들을 통제하고 감시한다. 죽은 자의 시체는 절단되어 소시지 공장으로 실려 간다. 소설의 주인공은 이 시스템에서 빠져나온 떠돌이다. 그녀는 도둑고양이처럼 감시의 눈을 피해 이 공장 저 공장을 전전하며 필요한 물건을 훔친다. 기계의 지배에 불만을 품은 일군의 사람들이 반란을 모의한다. 반란을 주도하는 것은 사회 선생. 그는 돈의 힘을 빌려 금융 시스템을 장악하고 도시의 지

---

2 여기서 우리는 왜 신이 인간을 완전히 순종적이지 않고 말을 잘 듣지 않는 존재로 만들었는지 알 수 있다. 그럴 때만 복종도, 사랑도 의미 있는 것이 되기 때문이다. 또한 인간이 신의 뜻을 철저히 따르려면 그 뜻을 완벽하게 이해하지 않으면 안 되는데, 신은 자신의 뜻이 인간에게 그렇게 까발려지는 것을 원하지 않았다.

배권을 인간에게 되돌리려 한다. 하지만 옛 동료인 역사 선생이 사회 선생을 밀고한다. 사회 선생은 보안 로봇에게 죽임을 당하고, 그의 반란 계획은 수포로 돌아간다. 역사 선생은 원래 기계가 생산해낸 문화적 생산물들을 "소비"(감상)하는 시스템에 소속되어 있었다. 그녀는 기계에 의해 만들어진 새로운 도시 문명에 매료되어 있다. 그녀는 인간이 도시 문명을 넘어 "먹이사슬의 맨 위에 서는 것처럼 부당한 것은 없다고 생각한다". "도시는 서서히 인간의 가치를 넘어 자신만의 문명과 지성을 발전시키는 중이었다. 사회 선생의 반혁명이 성공해 우리같이 밑천 떨어진 바보들이 다시 지구를 점령한다면 이 모든 것들은 허사가 될 것이다"(p. 176~77).

기계는 이제 새로운 문화 생산과 소비의 주체로까지 진화하고 있다. 인간만이 문화적 가치의 담지자라는 생각은 이미 옛날이야기가 되었다. 인공지능 문화 소비자들은 "더 이상 인간들의 희미한 모방이 아니었다. 그들의 감정은 우리보다 복잡했고 그들이 가졌다고 믿는 육체나 그들을 자극하고 동기화시키는 욕망 역시 우리와 같지 않았다./[……] 인공지능 문화 소비자들이 발전하는 것과 속도를 맞추어 도시의 인공지능 예술가들도 진화하기 시작했다. 그들의 음악이 우리의 가청 범위를 벗어나고, 그들의 시가 우리가 이해 못 하는 새로운 감정을 표출할 때, 나는 그들이 인간의 요람에서 벗어나고 있는 중이라고 짐작한다"(p. 177). 소설의 마지막 부분에서 주인공은 인간이 결국 자신의 한계를 깨닫고 더 이상 능가할 수 없는 존재, 즉 기계 밑에서 안존하며 새로운 존재 의미를 찾게 될 것인지 자문한다. 마치 인간에게 길들여진 가축들처럼. 혹은 숙주의 몸속에 들어앉은 기생동물처럼.

인간으로서는 기계가 인간의 뒤를 잇는 진화의 다음 단계라는 생각을 받아들이기가 쉽지 않을 것이다. 이것은 단순히 기계에 의한 인간 지배의 상상이 아니다. 기계의 지배는 보통 기계가 가지는 압도적인 힘에 인간이 억압당하는 것 정도의 의미를 지닌다. 이로 인해 기계가 이해하지 못하는 인간적 가치들, 인간이 창조해낸 문화적 가치들은 파괴된다. 마치 뛰어난 전쟁 기술을 가진 야만족의 침입 앞에 하나의 문명이 붕괴하는 것처럼. 이러한 상상은 끔찍하기는 하지만, 그래도 인간에게 비극적 위대성을 부여해준다. 그러나 듀나 소설의 기계는 문화적인 면에서도 인간을 훨씬 뛰어넘는 가능성을 지닌 지배자로 나타난다. 그들은 인간적 가치 기준으로는 이해되지 않는 고차적인 가치를 만들어내고 또 향유할 것이다. 기계의 승리는 너무나 정당한 것이고, 인간은 초라한 존재로 몰락하여 역사의 무대에서 사라질 것이다. 기계가 만물의 영장이며, 기계가 신에 가장 가까운 존재다. 아니 기계가 곧 신일지도 모른다.

3. 자유의지의 부정

듀나의 소설에서 기계의 주체성이 증가하는 것과 비례하여 인간의 주체성은 약화된다. 「꼭두각시들」은 기계에 의한 인간 의지의 조작 가능성에 대해 이야기하고 있다. 축산청 과학자들이 원거리에서 소의 뇌를 조종할 수 있는 기계를 발명한다. 그리고 이 기계는 나중에 인간용으로 업그레이드된다. 어떤 정부의 고위 인사가 이 기계를 이용하여 대통령을 비롯한 다른 정치인들의 의지를 조종한다. 그는 기계를 전문적으로 다루는 인간 조종사들을 모집하여 정신 조종 팀을 구성한다. 그것은 철저한 비밀 조직이다. 소설의 주인공 역시 그 팀에 소속된 조종사 가운데 한 사람인데, 어느 날 그는 자신이 잠재적 제거 대상 리스트에 올려져 있음을 알게 된다. 더욱 충격적인 것은 그가 다른 누군가의 꼭두각시일 수 있다는 혐의를 받고 있다는 사실. 그는 그 배후를 캐들어가다가 경쟁하는 집단들이 저마다 조종 팀을 운영하고 있고, 자신을 조종하고 있는 조직의 사슬 맨 위에는 자신이 조종하고 있는 장군이 있다는 것을 알아낸다. 조종하는 자가 조종되는 자에 의해 조종되고 있다. 그리고 모두들 자기가 남을 조종하고 있다고 믿으며, 남이 자기를 조종하고 있다는 의심은 전혀 하지 않는다. 기계의 조종술이 조종에 대한 의심을 깨끗이 지워버리기 때문이다. 모두가 꼭두각시다. 그것은 인간의 기술이 자연 조종에서 인간 조종으로 확장되면서(이것은 필연이다. 인간은 자연의 일부이기 때문이다. 소를 대상으로 발명된 기계는 인간용으로 업그레이드된다), 인간은 스스로를 주체에서 조종되는 대상으로 전락시킨다. 이런 난장판 같은 조종 전쟁에서 살아남는 것은 기계뿐이다.

「스퀘어 댄스」에서는 난파한 우주선의 기억장치 자장 속에 빨려든 사람들이 죽은 자나 산 자나 할 것 없이 우주선이 파괴되던 순간의 기억을 꼭두각시처럼 끊임없이 재연한다. 고장 난 레코드판의 반복되는 소리처럼. 의식은 멀쩡한데, 몸이 우주선의 기억에 따라 춤을 추는 것이다. 그것도 시체와 함께. 지극히 부분적이긴 하지만 몸을 의지대로 가눌 수 있는 여지가 있음을 알아낸 주인공의 기지로 결국 사람들은 끔찍한 기억의 자장으로부터 탈출할 수 있었다. 하지만 그들에게 인형처럼 조종당한 사건은 오랜 세월이 지난 후에도 수치스러운 기억으로 남아 있다.

「얼어붙은 삶」은 「스퀘어 댄스」의 연장선 위에서 읽을 수 있는 작품이다. 「스퀘어 댄스」의 인물들이 그나마 천신만고 끝에 반복의 굴레를 벗어나는 데 반해, 이 소설의 주인공 혜나는 우주 전체가 영원한 반복이며 거기서 빠져나갈 수 있는 길은 없다는 것을 확인한다. 혜나는 미국 유학 중 실종되었다. 그것은 그녀가 우연히 시간의 흐름에 존재하는 작은 역류를 타고 다른 시간대로 빠져들었기 때문이다. 그녀는 그 후 시간과 공간을 뛰어넘는 방법을 배웠다. 그렇게 온 세계를 돌아다니며 시간 여행을 하고, 그러면서 과거로 돌아가 역사를 바꾸는 실험을 했다. 그러나 아무것도 바꿀 수 없었다. "세상의 모든 것들이 혜나의 작은 계획을 방해하는 것처럼 보였다. 그녀는 엉뚱한 시간대에 떨어졌고, 그녀가 유리창을 깨기 위해 던진 돌은 옆에서 갑작스럽게 날아온 돌에 의해 방향이 바뀌었으며, 그녀가 역사를 바꾸기 위해 만나려는 사람들은 모두 아슬아슬한 시간차를 두고 달아났다. 간신히 역사를 바꾼 것처럼 보였던 것도 나중에 확인해보면 처음부터 일어났던 일임이 밝혀졌다"(p. 296). 혜나는 무력감에 빠진다. 혜나는 같은 시간대를 여러 번 살 수 있다. 하지만 매번 똑같은 일이 반복되는 것을 막을 수 없다. 그녀는 말한다. "단선 시간 속에서 우린 자유의지에 대한 환상을 깨뜨리지 않고 살 수 있어. 하지만 내가 지금 살고 있는 엉킨 우주 속에서는 그게 통하지 않는단 말이야. 주변의 모든 우주 법칙이 나를 한 방향으로만 밀어붙이는 걸. 마치 전 우주적인 꼭두각시극에 출연하는 것 같아"(pp. 297~98). 그것을 혜나는 "시간의 탄성" 혹은 "시간 보존 법칙"(p. 297)이라고 부른다. 변형시키려고 힘을 가해도 시간은 원래 모습대로 돌아온다는 것이다.

이 소설에서 특히 흥미로운 것은 혜나와 소설의 화자 '나'

사이의 관계다. 혜나와 '나'는 서로 이웃한 집에서 같은 날 같은 시간에 태어났다. 그 후에도 둘은 어떤 운명의 끈에 의해 묶인 것처럼 같은 일을 같은 시간대에 겪는다. 한 사람이 교통사고를 당하면 같은 시간에 다른 사람도 교통사고를 당한다. 맹장염도 함께 앓는다. '나'는 혜나의 모든 면을 좋아하고 그녀와 닮아지려고 애써왔다. 소설의 마지막에서 화자는 그러한 신비한 우연의 일치가 혜나의 시간 여행과 어떤 관련이 있지 않을까 하는 의문을 던진다. 그녀가 내린 결론은 혜나가 처음부터 자기와 같이 태어나 함께 자란 친구가 아니라 나중에 덧붙여진 존재라는 것이다. 하지만 없던 존재를 이렇게 덧붙이는 것은 역사가 조금도 변하지 않고 반복된다는 혜나의 경험과 모순되는 것이 아닌가? 화자는 역사가 혜나의 생각만큼 고정적인 것이라고 보지는 않는다. 변형은 불가피하다. 다만 그 변형을 최소화하려는 힘이 작용한다. 혜나를 덧붙임으로써 '나'의 과거는 바뀔 수밖에 없다. 그러나 이 변형을 최소화하면서 혜나라는 존재를 사후적으로 끼워 넣기 위해, 혜나는 '나'에 대해 중복적인 존재가 되어야 했다. "혜나가 나와 그처럼 가까이 있을 수 있었기 때문에 혜나는 역사의 변형을 최소한으로 줄이면서 나와 함께 존재할 수 있었다. 이것은 토기 병에 손잡이를 붙이는 것과 같다. 도공은 손잡이를 병에 붙이는 동안 병 자체가 변형되지 않게 조심하지만 손잡이가 병에 붙는 부위는 어쩔 수 없이 변형되게 된다. 하지만 일단 완성된 병이 구워지면 손잡이와 함께 병의 모양은 영구적으로 고정된다. 시간 여행자는 손잡이처럼 본체에서 반쯤 독립된 존재일 수밖에 없다. 그렇지 않으면 시공간의 구조가 파괴되기 때문이다./그렇다면 나는 혜나의 지지대다. 혜나가 그 위태로운 시간의 그물망 속을 날아다니는 동안 소멸하지 않는 이유는 내가 그녀의 존재를 지탱해주고 있기 때문이다" (pp. 302~303).

이러한 추측은 인간적 차원을 뛰어넘는 우주적 질서와 그 질서를 지탱하는 고차원의 법칙에 대해 생각하게 한다. 그것은 인간이 인식하여 자기 목적에 이용할 수 있는 그런 자연법칙이 아니다. 오히려 인간의 행동에 정교하게 반응하여 마치 자아를 가진 것처럼 느껴지는 법칙, 인간을 역으로 이용하는 법칙이다. "나는 시공간이 자신의 구조를 안정시키기 위해 끝없이 자잘한 역류를 만들어내는 과정을 상상한다. [……]/여기에는 궁극적인 목적이 있을까? 나와 혜나는 그 궁극적이고 신성한 목적을 위한 도구일까? 그럴 수도 있으리라. 하지만 나는 그 목적이 인간의 역사와 관련된 것이라고 믿지 않는다. 아니, 나는 그것이 인간과 관련된 것이라고도 믿지 않는다. 물리법칙은 인간과 총알을 차별하지 않는다. 우리가 무언가를 소중하게 여기고 꿈꾸고 갈망한다고 해서 우주가 거기에 신경이라도 써야 할 이유는 무엇인가?"(pp. 303~304).

4. 인간중심주의를 넘어서

앞의 인용문은 듀나의 상상력이 인간중심주의를 벗어
난 지점에 놓여 있음을 보여준다. 인간에 무관심한 우주라
는 생각은 "천지는 인자하지 않다天地不仁"는 노자의 경구
를 연상시킨다. 과학기술의 진보를 전제로 하는 SF와 도가
의 반문명적 자연 사상이 어떻게 연결될 수 있을까. 듀나는
「기생」에서 기계문명의 진화에 대한 긍정적 비전을 제시하
고 있지 않은가.

하지만 듀나는 인간이 세상에서 가장 중요하고 특권적인
존재라는 가정을 문제 삼고 있다는 점에서 도가 사상과 관
련된다. 인간중심주의는 기계문명의 발전을 오직 그것이
인간에게 유익하냐 아니냐 하는 관점에서만 판단한다. 기
계문명에 대한 반발은 기계문명이 비인간화되면서 기계의
주인이어야 할 인간을 오히려 소외시키고 노예로 만들고
있다는 인식에서 비롯된 것이다. 「터미네이터 2」는 인간중
심주의적 기술 문명 비판의 좋은 사례를 제공해준다. 기계
의 지배에 반기를 든 인간 반란군이 파견한 사이보그는 소
년과 함께 다니면서 점차 슬픔, 기쁨과 같은 인간적 감정을

배우고 인간화된다. 인간의 편에 서서 사악한 기계와 싸우는 사이보그는 진짜 인간보다 더 인간적인 영웅으로 그려진다. 이러한 기술 문명 비판은 도가 사상과는 거리가 있다. 도가의 반문명주의가 전하는 핵심적인 메시지는 인간 위주의 가치를 버리라는 것이다. 노자는 사람들이 선하고 참되고 아름답고 유용하다고 생각하는 것이 얼마나 헛되고 상대적인지 보여준다. 선은 악에, 미는 추에, 진리는 거짓에 기대어 존재한다. 현명한 것을 숭상하니까 백성들 사이에 싸움이 난다고 그는 말한다. 공부하지 말라고 권고하기도 한다. 노자가 말하는 무위는 모든 인위적인 것, 즉 인간적 가치를 실현하기 위해 행해지는 모든 작위作爲를 거부하는 것이다. 우리는 그러한 작위 자체, 혹은 그 작위의 소산所産을 총칭하여 문명이라고 부를 수 있다. 그리고 노자가 말하는 무위의 경지는 물론 자연이다. 이런 관점에서 본다면, 인간의 의지와 통제를 넘어서 스스로 진행되는 기계문명의 진화는 문명이라기보다는 자연에 가까운 것이 아닐까. 역으로 기계문명의 진화가 인간에게 불리하기 때문에 그것을 가로막고 기계를 공격한다면, 이야말로 인위적인 노력이 아닌가. 「기생」에서 기계에 대한 반란을 주도하는 사회 선생은 인간의 과거 문명을 재건할 것을 꿈꾸고 있다. 그렇다면 기계문명의 지배에 방관적인, 기계의 흐름을 잘 타면서 그 시스템 속에 편안히 기생하는 이 소설의 주인공 '나'는 역설적으로 '무위자연'의 실천가라고 할 수 있지 않을까.

인간이 스스로 만들어낸 것에 의해 몰락을 자초할 것이라는 프랑켄슈타인적 상상은 듀나의 소설에서 더 이상 끔찍한 악몽도, 미래 사회에 대한 경고도 아니다. 끔찍한 현실 속에서 인간이 인간적인 것을 되찾아야 한다는 휴머니즘적 메시지는 듀나에게서 찾아볼 수 없다. 기계를 인간적인 것으로 환원하려는 시도도 보이지 않는다. 인간의 반란 계획을 밀고하는 「기생」의 역사 선생은 「터미네이터」의 여주인공 사라의 대척점에 선 인물이다. 듀나는 인간중심주의적 속박에서 탈피함으로써 암울하지 않고 비극적이지도 않은 인간의 몰락을 그려 보일 수 있었다. 기계문명을 자연과 우주의 거대한 변전 속에서 파악하는 듀나의 소설은 냉정한 어조로 SF적 상상력의 폭을 확장한다.

너무 일찍 도착한 편지

— 듀나의 『태평양 횡단 특급』 신판에 부쳐

문지혁
(소설가)

1

2002년 가을에 나는 말년 병장이었다. 그냥 말년도 아니고 공군 말년 병장이라는 점이 특기할 만한데, 왜냐하면 당시 공군 병장은 11개월을 채워야 제대할 수 있는 저주받은 계급이었기 때문이다. 더군다나 나는 국방부 직할부대에서 근무하고 있었기 때문에 거기엔 육군, 해군, 공군, 해병대까지 전군의 병사가 존재했고, 공군을 제외한 대부분의 병장은 6개월을 채우면 제대였다. 다시 말하면 공군 병장은 같은 기수의 타군에 비해 5개월 더 군 생활을 해야 했는데, 거기엔 후임병들이 먼저 제대하는 수모를 맛보는 기간도 포함되어 있었다. 나는 부대에서 유일한 공군 병장이었고 따라서 아무도 나를 건드리지 않았다. 아니, 실은 누구도 관심 두지 않았다. 나는 살아 있는 유령 같은 존재였다.

『태평양 횡단 특급』이 출간되었다는 것을 알게 된 건 유령의 상태로 말년 휴가를 나왔을 때였다. 지금은 사라진 삼청동의 어느 북카페에 들어갔다가 눈 밝은 누군가가 마련해둔 신간 코너에서 이 책을 발견했다. 듀나라니. 하이텔 과학소설동호회의 전설. 내가 동경하고 질투하고 아득히 바라보던 재능. 중고등학교 시절 내내 작가가 되겠답시고 하이텔 '과소동'에 조잡한 SF 습작들을 써서 올리던 나는, 대학에 들어간 뒤로는 '본격적'이고 '순수한' 문학을 하고 싶어서 신춘문예에만 열심히 응모하던 중이었다. 심지어 군부대에서조차도 까다로운 보안 검사를 통과해 소설을 응모(그리고 낙방)하곤 했다. 일부러 SF를 피하면서, 마치 내가 갈 곳은 문단이라도 되는 것처럼. 그런데 듀나라니.

나는 참지 못하고 자리에 앉아 듀나의 책을 읽기 시작했다. 시켜놓은 딸기파르페가 다 녹아서 밍밍해질 때까지 책을 읽었다. 그날 읽었던 소설의 내용은 기억나지 않지만 감각만은 생생하게 기억난다. 문득 창밖을 바라보았을 때는 날이 완전히 저물어 있었다. 나는 반쯤은 절망스러운 마음으로 문단 문학에 매달리기 시작한 나 자신을 위로했다. 나는 내가 압도당했다는 것을 인정해야 했다. 내가 들고 있는 책 속에는, 내가 하고 싶었던 모든 것이, 내가 할 수 있는 것보다 훨씬 더 좋은 버전으로 적혀 있었기 때문에. 나는 과학소설동호회에 매일같이 접속하던 밤들을 떠올렸다. 나를 SF의 세계로 전송시키던 명령어는 이런 것이었다.

go sf. Enter.

2

그로부터 20여 년이 지나 다시 읽은 『태평양 횡단 특급』은 여전히 압도적인 소설집이었다. 특별히 인상적인 몇몇 작품에 대한 감상을 기록해두기로 한다.

먼저 책의 표제작이자 첫 작품인 「태평양 횡단 특급」을 보자. 첫 문단부터 '스케일이 다른' 이 소설은 흔히 말하는 단편소설의 미학을 갖추고 있으면서도 동시에 단편이 지닌 구조적─시공간적 한계를 아득히 뛰어넘는다. 소녀의 구원과 남편의 처형에서는 듀나의 인장이 느껴지기도 하지만, 무엇보다 이 소설은 자취방이나 아파트, 회사 오피스나 번화가 길거리 같은 '소설 속' 지구의 익숙한 풍경에 갇혀 있지 않다. 이 거침없는 상상과 비전의 특급 열차에 오른 독자가 자유로움과 해방감을 느끼지 않기란 어려울 것이다.

「히즈 올 댓」은 또 어떤가. '히말라야산맥 근방의 소국'에서 미국, 팬 픽션에서부터 하이틴 로맨스, 할리우드와 오프 브로드웨이, 셰익스피어와 조지 버나드 쇼에 이르기까지 듀나가 펼쳐 보이는 이야기는 이번에도 시간과 공간을 종횡무진하며 사실과 허구를 뒤섞는다. 보통의 작가라면 생색을 내며 잠시 멈추거나 분량을 늘려 더 긴 소설로 바꾸려는 시도를 할 법도 한데, 듀나는 거침도 아낌도 없이 이야기를 쏟아붓다가 끝에 다다르면 아무렇지 않게 멈추고 우리에게 말한다. 이제 됐지?

「첼로」라면 아이작 아시모프의 원칙들에 기반한 로봇과 예술, 인간과 비인간 사이의 미묘하고 모순적인 감정과 감각을 다룬 소설로 기억하고 있었다. 그런데 이번에 다시 읽으니 다른 디테일들이 눈에 들어왔다. "11개월 동안 계속된 내전"(p. 96)이나 "서울은 함락되었다. 대통령과 총리는 체포되었고 중부 지역 방위군도 항복했다"(p. 99) 같은 문장들. 나는 좋은 소설은 언제나 일정 부분 예언적이라고 믿고 있는데, 2025년에 다시 읽는 이 소설은 정말로 그런 소설이었다.

포스트휴먼 시대의 공장과 도시 문명을 다루는 「기생寄生」에서 인간은 우리의 예상이나 기대보다 훨씬 더 하찮은 존재다. 인간과 비인간, 생명과 기계 사이의 관계 역전은 듀나 소설에서 자주 보이는 모티프인데, 여기서도 최근 대두되는 인공지능의 흔적을 찾을 수 있다. 창의력과 창발성이라는 개념이 사실은 그다지 '인간적'이지 않다는 사실을 우리는 이제야 고통스럽게 알아가고 있지만, 듀나는 마치 이를 당연히 알고 있었다는 듯 쓴다. 그리고 거꾸로 우리가 그들과 자리를 바꾸는 지점을 그린다. "우리가 아무리 노력한다고 해도 저들이 이룩한 업적을 따라갈 수 없다는 것을. 저 아름다운 기계들이 존재하는 한, 우리가 존재 이유를 잃고 도시의 틈으로 사라진다고 해도 후회할 이유는 없다는 것을"(p. 178)

물론 「무궁동無窮動」의 클로닝이나 「스퀘어 댄스」의 으스스함, 카프카와 「쥬라기 공원」의 결합 같은 「허깨비 사냥」, 인간의 마음을 조종하는 「꼭두각시들」에 관해서도 하고 싶은 이야기가 많지만, 말하지 못한 부분은 독자의 즐거움을 위해 남겨두기로 하자. 듀나의 이야기를 듣고 꼭 내가 생각했던 것처럼 생각할 필요는 없으니까. 아니, 심지어는 듀나의 생각처럼 생각할 필요도 없다. 「끈」의 저 마지막 문장들처럼.

"……강요하고 싶지는 않다. 알아서들 생각하기 바란다"(p. 282).

3

듀나의 소설을 하나로 규정짓기란 쉽지 않다. 물론 자주 동원되는 수사들을 나열할 수는 있겠다. 디스토피아적 상상력, 고전문학과 예술에 관한 해박한 지식, 음악이나 영화 같은 대중문화와의 접점, 사회 비판적 성격과 젠더 의식, SF뿐 아니라 판타지와 미스터리, 호러와 로맨스를 포함한 다양한 장르적 관습과 클리셰 활용, 이 결과로 이어지는 장르 파괴genre-busting 혹은 장르 혼합genre-bending, 인간-기계-포스트휴먼 담론…… 하지만 핵심은 이 작업들이 지난 30여 년 동안 전통적인 (좁은) 한국 문단문학의 자장 밖에서 이루어졌으며, 이 모든 것이 모여 듀나가 된다는 점이다.

듀나가 바깥에 있는 것은 비단 문단문학만이 아니다. 그는 리얼리즘과 휴머니즘 바깥에서 인간을 바라본다. 리얼리즘과 휴머니즘 안에서 인간을 재현하고 발견하려는 여타의 작가들과 그가 가장 변별되는 지점은 바로 여기에 있다. 인간에 관한 메타적 시선이 전제된 듀나의 세계에서 기존 세계의 안온하고 관습적인 질서들은 쉽게 자리를 바꾼다. 남자와 여자, 어른과 아이, 인간과 기계, 생명과 비/무생명……

그의 소설을 읽다 보면 우리는 우리 자신이 얼마나 많은 편견과 고정관념에 사로잡혀 있었는지를 역설적으로 깨닫게 된다. 카프카식으로 말하자면 듀나의 소설은 '우리 내면의 얼어붙은 바다'를 깨는 도끼이자, 다르코 수빈식으로 말하면 우리에게 '서사적 새로움(노붐novum)'을 가져다주는 낯설게하기의 문학이다. 크로아티아 출신의 SF 비평가인 수빈은 이러한 '노붐'을 가진 문학들을 문학사 속에서 신화, 민담, 목가, 판타지, SF 등으로 분류하는데, 그동안 쌓여온 듀나의 소설이 어떤 의미에서 이 모든 장르를 관통하고 있다는 사실은 결코 우연이 아닐 것이다.

흔히 한국에서 장르문학을 하는 이들은 (그들이 감당해야 하는 사회적 지위와 보상, 현실과 생태계를 고려할 때) 오타쿠 아니면 구도자뿐이라고 하는데, 듀나는 둘 다이거나 둘 다 아닐 것이다. 그는 인간 밖에서 인간을 지켜보는 냉정한 관찰자이자, 인간들이 만들어낸 기술과 문명, 세계와 사회에 관한 정확한 평론가이며, 이를 통해 앞으로 우리에게 닥칠 미래를 보여주는 무심한 예언자이기도 하다. 오래전부터 있어왔던, 그의 정체를 둘러싼 지루하고 폭력적인 논쟁은 작품 내적으로뿐 아니라 작품 밖에서 그의 위치를 확인하는 역할을 하며, 손에 잡히는 구체적인 개별자적 정체성으로 호명되는 것을 거부하는 그의 태도는 인간 세계에서의 알리바이를 완성하는 방식으로 작품-작가 사이의 내용과 형식을 일치시킨다.

4

나는 문학을 '뒤늦게 도착한 편지'라는 메타포로 이해한다. 문학이란 태생적으로 지연되어 당도하는 속성이 있으며, 그러나 끝내 도달하는 것이고, 봉투 안에는 뭔가가 들어 있어야 한다는 점에서 그렇다. 그러나 같은 방식으로 듀나를 이해하려면 이 메타포는 이렇게 수정되어야 할 것이다. 듀나는 너무 이르게 도착한 편지라고. 너무나 탁월한 이 편지가 우리에게 너무나 일찍 도착하는 바람에, 우리는 그것을 제대로 펴보지도 읽어보지도 이해하지도 못했다.

따라서 20여 년의 시간이 지나 우리 앞에 다시 나타난 『태평양 횡단 특급』은 그저 읽어볼 만한 책이 아니다. 이것은 우리가 마침내 따라잡은 시간이고, 비로소 해독하게 된 예언이다. 그때와 달리 '한국 SF'라는 말을 어색한 표현이나 형용모순으로 느끼지 않는 다음 세대의 새로운 독자들에게 기꺼이 내어줄 책이 있다는 것은 행복한 일이 아닐 수 없다.

쓰고 나서 생각해보니 어쩌면 이 글은 2002년 그 가을밤에 하이텔 과학소설동호회에 올렸어야 하는 글일지 모르겠다. 23년이라는 시간을 지나, 내 뒤늦은 편지를 보낸다. 듀나에게, 독자에게, 그리고 그가 계속 소설을 써 내려갈 미래에게. 래리 나이번Larry Niven의 말처럼 SF는 하나의 장르가 아니라 수많은 장르가 박혀 있는 매트릭스이며, 결코 하나의 방향으로만 움직이지 않는다. 듀나의 소설이야말로 이 말의 가장 적확한 예시가 아닐까? 그의 소설에는 수많은 장르의 조각이 별처럼 흩어져 있으며, 시간이 계속 흘러도 듀나의 세계는 여전히 확장을 거듭하며 빛나는 매트릭스이자 별자리니까. 긴 시간의 먼지를 뚫고 도착한 그 빛에 접속하기 위해, 나는 아직도 손끝이 기억하고 있는 키를 순서대로 누른다.

go sf. Enter.

초판 작가의 말

「태평양 횡단 특급」은 언제나 호라티우스에 대한 콜로세움의 우월성을 부르짖던 내 옛 키팔key-Pal인 Alvin Culler에게 빚진 바가 크다. 「히즈 올 댓」은 할리우드 하이틴 로맨스 영화들에 대한 나의 불건전한 애정을 폭로한다. 「대리 살인자」와 「허깨비 사냥」은 복수의 윤리학에 대한 일련의 사고 실험 중 일부이다. 『면세구역』(국민서관, 2000)에 실린 「펜타곤」처럼, 「첼로」도 앞으로 절대로 완성되지 않을 미완성 픽스 업fix-up 소설의 일부로 씌어졌다. 누군가 「기생」을, 내가 아직도 1950년대 구닥다리 SF의 금속성 이미지에 호감을 가지고 있다는 증거로 들이민다면, 난 항복할 수밖에 없다. 「무궁동」은 클로닝에 대한 윤리적 비판을 위해 씌어진 글이 아니다(왜 그래야 하는가?). 「스퀘어 댄스」는 내가 처음 쓴 '귀신 들린 집' 이야기이다. 「꼭두각시들」에는 어떤 숨은 의미도 없다. 「끈」과 「얼어붙은 삶」의 기본 설정은 1990년대 중엽 모 통신망 대화방에서 있었던 시간 여행과 자유의지에 대한 토론에서 출발했다. 「미치광이 하늘」은 프톨레마이오스 우주를 무대로 한 스페이스 오페라를 쓰려던 시도의 잔재이다. 내용은 빠지고 불필요한 설명만 남은 셈이다.

몇몇 선례에 대해 약간의 추가 설명을 해야 할 것 같다. 「태평양 횡단 특급」은 전형적인 브루넬식 판타지로, 전 지구적 스케일의 건축물에 대한 SF는 굉장히 많다. 아마 많은 장르 독자는 제목에서 대서양 횡단 터널을 다룬 해리 해리슨의 *Tunnel Through the Deeps*를 떠올릴 것이다. 하지만 여기서 나에게 가장 직접적인 영향을 준 작품은 적도를 실제로 존재하는 가느다란 금속 띠로 상상한 에리히 케스트너의 『5월 35일』이다. 굳이 말할 필요도 없지만, 「첼로」는 아이작 아시모프의 로봇 단편들에 바탕을 두고 있다. 「스퀘어 댄스」는 에드가 앨런 포의 「함정과 진자」를 모방하려는 여러 시도 중 하나다. H. P. 러브크래프트의 영향은 필연적이지만 의도적은 아니다. 「얼어붙은 삶」의 시간 여행 방법은, 제임스 매서슨이 「사랑의 은하수」의 원작 소설 *Bid Time Return*에서 사용한 방법을 개조한 것이지만, 이 아이디어 역시 원래 잭 피니의 소설 *Time and Again*에서 먼저 씌어졌던 걸 매서슨이 빌려온 것이다. 누가 먼저 생각했건, 내가 꽤 오랫동안 되풀이해서 꾸었던 어린 시절의 악몽이기도 하다.

「기생」에 나오는, 건방이 목 끝까지 찬 역사 선생,「미치광이 하늘」의 뚱보 테너 아저씨와 그의 남자친구를 제외한 모든 인물은 전적으로 허구의 산물이다.「히즈 올 댓」에 나오는 작은 왕국 역시 부근에 존재하는 특정 국가와는 아무 상관없다.

2002년 10월
듀나

신판 작가의 말

『태평양 횡단 특급』은 2002년에 출판되었고 이 책에 실린 이야기 모두가 스무 살을 넘겼다. 20여 년은 문학의 기준으로 볼 때 그렇게 긴 시간은 아니다. 하지만 이 글들은 대부분 SF/판타지 장르 안에 속해 있고, 최근 한국어 문화권에서 이 장르의 변화는 엄청나게 빨랐기 때문에, 이들은 실제보다 고풍스러워 보인다.

이 책이 그린 시공간은 모두 1990년대 끝자락과 2000년대 초반의 한국을 겪으며 살았던 사람의 상상력과 지식에 바탕을 두고 있고 나는 이게 특별히 부끄럽거나 하지는 않다. 개정판이니 당시의 인종적/문화적 편견을 수정하는 것도 가능했겠지만, 대부분 그냥 두었다. 아무래도 거짓말이 될 테니까.

그래도 몇몇 노골적인 실수는 수정했다. 예를 들어 메스로 외출복을 입은 사람 등을 깊게 찌를 수는 없다. 생각 없이 그런 묘사를 썼다면 더 그럴싸한 다른 묘사로 교체해야 한다. 무엇보다 몇십 년째 골치를 썩이고 있던 문제점 하나를 드디어 살짝 고쳤다. 그것은 「첼로」의 로봇 이름과 연결되어 있다. 예나 지금이나 베트남어에 대한 나의 지식은 하찮기 그지없다. 당시엔 내가 무슨 실수를 저질렀는지도 몰랐다. 이 수정 과정은 「스타 트렉」의 히카리 술루 캐릭터 설정 변천 과정을 보는 것 같아서 어이가 없다. 같은 동양인으로서 우린 최소한 20세기 서양인이 저질렀던 실수는 하지 말아야 하는데. 수정에는 베트남어 번역가 김주영 님의 도움을 받았다.

몇 가지 자잘한 설명.

「첼로」에는 "바비 수집가나 진 수집가가 마텔사나 애슈턴-드레이크사에 느끼는 감정"(p. 108)이란 대목이 나온다. 바비와 마텔은 다들 알겠지만 진과 애슈턴-드레이크사는 뭔가? 진은 진 마샬이다. 일러스트레이터 멜 오돔이 디자인한 클래식 할리우드 스타일의 패션 인형으로 1995년에 나왔으니 올해 30주년을 맞는다. 애슈턴-드레이크사는 아직 영업 중이지만, 이 인형은 2017년에 단종되었고 그건 예상했던 바다. 하지만 당시 나는 내 진 인형에게 이런 식으로나마 불멸성을 부여하고 싶었던 것 같다.

「첼로」의 배경인 의천은 내 여러 이야기에 등장하는 가상의 국제도시로, (분단되지 않은) 한국, 중국, 러시아의 국

경지대에 있다. 단지 이 이야기들은 동일한 역사선을 공유하지 않는다.

나는 에드워드 드 비어가 셰익스피어 작품의 진짜 저자라는 가설을 믿지 않는다. 「태평양 횡단 특급」의 드 비어는 그냥 다른 사람일 것이다. 평행 우주 이야기이니 별별 일들이 다 가능하다.

몇몇 독자가 지적했듯, 「끈」은 앤디 위어의 단편 「알」과 아이디어가 겹친다. 당연히 내가 먼저다. 이런 일들이 종종 있다.

「히즈 올 댓」이라는 제목은 2021년에 나온 「쉬즈 올 댓」의 성별 전환 리메이크 영화에서 제목으로 사용되었다. 검색에 유의하기 바란다.

미래 예측을 하느라 이 장르의 글을 쓰는 건 아니다. 당연히 내 '예측'은 대부분 틀렸다. 그중 미라맥스의 몰락을 예상하지 못한 게 유달리 눈에 뜨인다. 하비 와인스틴이 그딴 인간인지 내가 어떻게 알았겠는가.

많은 SF 작가가 그랬듯, 나는 예술 창작을 하는 인공지능이 나오는 시기를 너무 늦게 잡았다.

2025년 9월
듀나